聯經經典

哈姆雷

（修訂版）

Hamlet

莎士比亞　著
William Shakespeare

彭鏡禧　譯注

國科會經典譯注計畫

謹以此書

紀念

先父 彭達煌先生（1910-1993）

先母 黃庚妹女士（1911-1999）

前　言

　　這個譯本希望儘量保持原作的風格與內容——做到多少是另一回事。如果有人要以它為演出的底本，刪改更動不只是難免，更是必要；就是英文演出，自莎士比亞以來也罕有完全照本宣科的。

　　比起和他同一時代的作家，莎士比亞的文字不算特別艱深，卻極為巧妙，而且他的文字遊戲往往與戲劇意義息息相關。這就更加難為了譯者。我在此之前翻譯過兩本書、一本詩集、六個劇本，以及其他短詩、短篇小說、散文、論述近百篇；如今回顧，都只能算是為翻譯莎士比亞做暖身功夫。即便如此，才疏學淺的我，動起筆來還是覺得左支右絀。

　　選擇翻譯《哈姆雷》，一來因為這個劇本的高難度具有挑戰性，二來因為多年前，我的學生施悅文小姐邀我為她所服務的公共電視翻譯勞倫斯・奧立佛主演的《王子復仇記》電影腳本。由於這個因緣，我便利用教書之餘斷斷續續工作，補足了奧立佛版大量刪除的情節。

　　這本書得以面世，要感謝許多單位、許多人的幫助。行政

院國科會支持這項翻譯計畫，使我下定決心完成多年心願。透過臺灣大學的合作計畫，我得以前往芝加哥大學研究一年，修訂完稿。爲此，外文系同事必須分擔我的教學工作，情誼可感。芝大圖書館館藏豐富，使用方便，加上東亞研究中心副主任Dr. Theodore Foss在行政方面全力配合，因此研究工作進行得十分順利。

在芝加哥大學，我有幸親炙曾任美國莎士比亞學會會長的貝文騰（David Bevington）教授；在大師的課堂上固然如沐春風，課餘的討論更深受啓發。同在芝大擔任講座教授的余國藩院士非常關心這本翻譯，不時給予鼓勵，並且撥冗閱讀了〈緒論〉和第一場的譯文。他對莎士比亞和文學翻譯的洞見使我受益匪淺。

任教密西根薩谷州立大學英文系的王裕珩教授專研莎士比亞；他在暑期授課之餘校讀譯稿，寫了六頁的意見，也補充了極爲有用的書目資料。主編《新莎士比亞全集》的著名翻譯家方平先生自己也是集中《哈姆萊特》一劇的譯者。他讀了我翻譯的第一場，除了慰勉之外，也對譯文有所指教。

最令我感動的是張曉風教授。她自己雖有極爲繁忙的寫作時間表，仍然抽空閱讀全部譯稿，而且字斟句酌，特別從演出唸詞的角度，不厭其煩的指出譯文兩百多處缺失，同時細心提供了改進之道。

內人燕生照例是這本書稿的第一位讀者兼批評者，但是這回她打破慣例，對譯文多所包容，使我減輕了許多壓力，增添了些許信心。我們旅居芝城期間，住在郊區的舍妹瑞婷全家每

日至少一通電話，每週至少一次歡聚；溫馨的親情消解了我們的鄉愁。她也仔細閱讀全部譯稿並潤飾了部分文字。

　　對以上師友親人的關心和協助，謹此深致謝意。他們的指教，我也已經儘量審酌採納，但書中一定還有許多缺失，責任當然在我，敬請讀者不吝賜正。

彭鏡禧謹識

2001年9月

於臺灣大學戲劇學系

修訂版說明

　　*Hamlet*一劇現存幾個版本：（1）第一四開本（The First Quarto [Q1], 1603），品質差，行數少；一般認爲是憑演出記憶重建的版本。（2）第二四開本（The Second Quarto [Q2], 1604/05），顯然是經過授權的版本，用以取代第一四開本；一般認爲版本根據的是莎士比亞的手稿。（3）對開本（Folio [F], 1623），有較多的舞台指示，可能是根據演出本而來。（另請參閱本書〈緒論：三、劇本詮釋〉的「版本」節，頁21-23。）

　　過去許多編輯合併Q2與 F的戲文，認爲都是莎士比亞的手筆。這本翻譯所根據的第二代Arden Shakespeare版也是如此。但近年來有學者認爲這兩種版本代表這齣戲不同階段的生命，宜分別處理。

　　然而合刊本由來已久，是歷代許多評論的根據；對熟悉合刊本的讀者，任何單一版本也可能造成疑惑。葛林布萊（Stephen Greenblatt）的The Norton Shakespeare以Q2爲主，將

F所無的部分以不同字體顯示，並且縮排，以利分辨，不失為折衷方法。修訂版參酌他的做法，以灰色底標示Q2有而F無的部分。這是比較重大的修訂。

　　此外，修訂版主要補足了第一版漏譯的幾行、潤飾一些譯文、加添若干注釋以及數筆中文譯本及參考資料。

彭 鏡 禧 謹誌

2013年12月

輔仁大學跨文化研究所

目次

緒　論[*]

> 《哈姆雷》是文壇最大的市集：貨色齊全，都有保單
> 和商標。[1]
>
> Frank Kermode, *Shakespeare's Language* 125

英國詩人劇作家莎士比亞（William Shakespeare, 1564-
1616）名氣響亮；據說，每天都有一本關於他的書在世界某
處出版（Holden: 1）。然而，對他的生平，我們了解有限；
照Harold Bloom的說法，理由不是我們知道的不夠，而是資
料原本就缺乏（引自Holden: 1）。但是世人對莎士比亞這個
人的興趣並不因此而稍減。1997年的The Norton Shakespeare

---

[*] 本文的部分內容曾以〈莎劇中譯本概述：臺灣篇〉、〈拼湊哈姆雷〉、
〈言為心聲〉、〈「據實以告」：《哈姆雷》的文本與電影〉等篇名發
表。

[1] 原文是："*Hamlet* is literature's greatest bazaar: everything available, all
warranted and trademarked."

版，在「莎士比亞生平」（Shakespeare's Life）項下也選
列了二十四本參考著作，包括知名學者Samuel Schoenbaum
的三本（Greenblatt: 401-2）。不過，誠如其中之一的書名
Shakespeare's Lives 所暗示，各種傳記泰半是種種傳說的演
義。在這方面，臺灣出版的中文資料有劉蘊芳譯，《莎士比
亞》；陳冠學，《莎士比亞識字不多？》可供參考。美國學者
葛林布萊（Stephen Greenblatt）近著《推理莎士比亞》（*Will
in the World: How Shakespeare Became Shakespeare*）以深厚學
養耙梳歷史資料，提出大膽假設，最值得一讀。

　　相對於他貧瘠的傳記資料，莎士比亞留給了後世的作品顯
得格外宏富瑰麗，包括長詩〈維納斯與阿東尼〉和〈魯葵絲受
辱記〉、〈十四行詩集〉、若干短詩，以及戲劇三十八齣，其
中喜劇十四齣、歷史劇十齣、悲劇十齣、傳奇劇四齣。他的作
品引人入勝，在世之時就已享有盛名，擁有大批讀者與觀眾。
四百多年來，隨著英國以及英語勢力的不斷擴張，他的影響更
是深入了世界各地的文壇和劇場。

　　四個世紀以來，莎士比亞戲劇作品的舞臺演出以及學者專
家所作的詮釋註疏，見證了各個時代的文學品味和劇場風尚；
每一種理論、每一個學派，無論是滾滾長江或是涓涓細流，都
各自挾帶著或多或少或大或小的洞見與偏見，同奔莎士比亞研
究的浩瀚大海。近年來，文學觀念的轉變尤其迅速，文學研究
日益豐富多元，各種理論又每每以莎士比亞為試金石，儼然形
成了「莎士比亞工業」。其中又以《哈姆雷》一劇最受青睞。
筆者在閱讀參考書籍的過程中，發現所有可說的話，前人幾乎

都已說盡，自己筆下簡直可以做到「無一字無來歷」——毫無創見可言。攀附前賢，雖然可用「英雄所見略同」自我解嘲，卻難免掉書袋之譏。本緒論僅就個人所見所好，參酌中文譯本讀者可能的需要，分節介紹下列課題：

　　一、莎士比亞的中文譯本
　　二、中文的《哈姆雷》
　　三、劇本詮釋
　　四、絕妙好辭：語言與戲劇的結合
　　五、現代電影版本

　　第六節是簡短的結論。著墨最多的部分則是第四節，因為這是認識《哈姆雷》這齣戲——乃至了解莎士比亞整體藝術成就——的基本功課。至於近年來日益受到重視的版本研究、舞臺臺演出、理論應用，則限於篇幅以及筆者才疏學淺，只能在文中粗略描述。「重要參考書目」列於全書之後，謹供讀者參酌。

一、莎士比亞的中文譯本

　　學者指出，莎士比亞是在清末介紹到中國的。1856年英國傳教士慕維廉翻譯《大英國志》，書中提到的「舌克斯畢」便是莎士比亞。此後近半個世紀，莎翁的名稱沒有定譯，從「沙基斯庇爾」到「希哀苦皮阿」到「狹斯丕爾」，多達十幾

種。今日中文世界通用的「莎士比亞」譯名始於梁啓超1902年的《飲冰室詩話》。至於作品內容的引介，最早是翻譯英國散文名家藍姆（Charles Lamb, 1775-1834）及其姊（Mary Lamb, 1764-1847）以散文方式講述的二十齣莎劇故事 *Tales from Shakespeare*（1807）。1903年出版了未署譯者姓名的《澥外奇談》，譯有藍姆書中的十篇，但是大家比較熟知、影響也比較大的或許是林紓（琴南）和魏易的文言文譯本《英國詩人吟邊燕語》（1904）（周兆祥：5-6；孟憲強：2-10；Perng, "Chinese *Hamlets*"）。

第一本莎士比亞全劇以戲劇形式譯成中文的，就是《哈姆雷》，譯者田漢，劇名譯爲《哈孟雷特》，1921年發表在《少年中國》雜誌，由上海中華書局於次年出版（周兆祥：6；孟憲強：12）。此後數十年間，莎士比亞作品一直受到學術界、出版界、戲劇界的重視與歡迎。現有資料顯示，梁實秋（1902-1987）、曹未風（1911-1963）、朱生豪（1912-1944）三位都有過翻譯莎士比亞戲劇全集的計畫。曹未風「先後至少出版了十五種」戲劇（周兆祥：7）。梁實秋則從1936年到1969年，歷時三十三載，譯出當時所知的全部莎士比亞作品；至今爲止，國人當中也只有他是以一人之力完成這項偉業。朱生豪從1935年開始，到1944年病逝爲止，短短十年之間，翻譯了三十一個劇本又半，成就輝煌。

在臺灣，流行的莎士比亞譯本可以歸類爲兩大系統，分別是梁實秋的全集和以朱生豪譯本爲主的全集。梁實秋開始翻譯莎士比亞，大約是在1930年代。根據梁氏所提資料，當時

胡適先生邀請梁實秋、聞一多、陳通伯、徐志摩、葉公超五位
文壇健筆，「期以五年十年，要成一部莎氏集定本。」胡適並
且說，「最要的是決定用何種文體翻譯莎士比亞。我主張先
由一多志摩試譯韻文體，另由你[梁實秋]和通伯試譯散文體。
試驗之後，我們才可以決定，或決定全用散文，或決定用兩
種文體」（梁實秋，〈關於莎士比亞的翻譯〉：33）。這項饒
有創意的嘗試若是成功，對我國文壇、戲劇、翻譯、學術必然
會有重大的影響，著實令人期待；可惜由於種種原因未能實現
（梁，〈關於〉：34）。幸而梁實秋堅持下去，在困頓的環境
中「斷斷續續的進行」，終於在1967年竣工，完成了三十六個
劇本、兩首長詩，以及十四行詩詩集的中譯，由遠東圖書公司
刊行。梁氏在〈翻譯莎氏全集後記〉自謂「工作完成，如釋重
負」（75），應是寫實——而且還只是輕描淡寫。

　　朱生豪的際遇更為艱苦。據〈莎士比亞全集譯者自序〉所
述，年輕的他畢業於之江大學後，進入世界書局工作，受到詹
文滸的鼓勵，於1935年開始嘗試翻譯全集。在對日抗戰的歲月
裡，莫說物資匱乏，參考資料取得不易，更因為戰事，「歷
年來辛苦搜集之各種莎集版本及諸註釋考證批評之書，不下
一二百冊，悉數毀於砲火」（19），甚至譯稿也曾部分遺失
（清如，〈介紹生豪〉：21）。最後他病倒，以三十二歲的英
年於1944年逝世[2]。這時他已完成了喜劇、悲劇、傳奇劇，以
及部分歷史劇，共三十一部又半。這些譯本原擬分「喜劇」、

2　另見朱生豪之妻宋清如撰〈關於朱生豪〉一文，有較詳細的記述。

「悲劇」、「雜劇」、「史劇」四輯出版，但實際只出版了前三輯。他的之江大學（今併入浙江大學）校友虞爾昌，在臺灣大學外文系任教的時候，賡續他的遺志，補齊了所有歷史劇（十種），以及《十四行詩》，兩者合爲莎士比亞全集，由臺北世界書局出版。

梁實秋和朱生豪─虞爾昌這兩種全集版本一直是臺灣讀者接受莎士比亞的最重要途徑，數十年來曾多次再版。前者曾出版若干英漢對照本；後者也在1996年，以英漢對照形式重新排版發行，然而在譯文方面，未見任何修訂。數十年來偶有個別莎劇的新譯，畢竟不多，影響也無法相比。夏翼天譯《朱利奧凱撒》和《卡里歐黎納士》，合爲一集（1961）；楊世彭翻譯過《馴悍記》（1982），黃美序編譯過《李爾王》（1987）。後二者是爲演出而翻譯，發表於《中外文學》月刊，但是沒有出版單行本。

梁實秋、朱生豪、虞爾昌三位成於近半世紀或更早的翻譯本對臺灣戲劇界也有重大的影響。以話劇而論，臺灣戲劇界導演莎士比亞劇作最多也最有成績的，當屬曾經長期任教文化大學戲劇系的王生善教授。他在1960年代和1970年代，連續導演了《仲夏夜之夢》（1966）、《李爾王》（1967, 1968, 1969）、《凱撒大帝》（1968, 1977）、《威尼斯商人》(1969)、《奧賽羅》（1969）、《哈姆雷特》（1971）、《馬克白》（1972）、《考利歐雷諾斯》（1973）、《安東尼與可麗歐佩屈拉》（1975）等十餘齣莎劇（陳淑芬：43）。這些戲劇演出便是以朱譯爲主，梁譯爲輔。以上作品除少數喜劇外，

多為悲劇。他如歷史劇、傳奇劇演出較少,在此表過不論[3]。

1980年,河洛書局自大陸引進了以朱生豪譯本為主的《莎士比亞全集》。這個由北京人民文學出版社1978年出版的全集,除了由方平、吳興華、方重三位校訂朱譯三十一個劇本之外,凡朱生豪未譯的,都另外補齊,包括方平譯《亨利五世》,方重譯《理查三世》,章益譯《亨利六世》上、中、下三篇,楊周翰譯《亨利八世》,張若谷譯《維納斯與阿都尼》(長詩),楊德豫譯《魯克麗絲受辱記》(長詩),梁宗岱譯《十四行詩》,以及黃雨石譯〈情女怨〉、〈愛情的禮讚〉、〈樂曲雜詠〉、〈鳳凰和斑鳩〉等較短詩篇。這套全集後由臺北的國家出版社於1981年重印。

以上幾種全集裡劇本的翻譯,最大的缺憾是沒有翻譯出莎士比亞堪稱獨步的無韻詩(blank verse,或稱「素詩體」)。莎士比亞的戲劇號稱詩劇,其中有散文有韻文有歌謠;更多的是以抑揚格五音步(iambic pentameter)寫成的無韻詩,在他中、晚期成熟的劇本中所占比例尤大,向來評價極高。這種詩行既精鍊濃縮如詩,又靈活親切如日常口語,有清晰可辨的悅耳節奏;從經驗老到的演員口中朗誦出來,多能達到聲情合一的理想境界。然而歷來中譯的全集對散文和韻文雖然尚能妥善處理,唯獨把莎劇語言中最稱精華的無韻詩翻譯成了散文。這

---

3 關於莎劇的中文演出,大陸部分,曹樹鈞、孫福良,《莎士比亞在中國舞臺上》有頗為詳細的描述;臺灣部分,請參閱王婉容,〈莎士比亞與臺灣當代劇場的對話〉,王淑華,〈眾聲喧嘩裡的莎士比亞〉;香港部分,請參閱黃偉儀,〈「發現莎士比亞」——香港、殖民、劇場〉。

或許和早期白話詩的節奏亟待確立有密切關連，但造成中文讀者無可彌補的損失，則是不容否認的事實；據以作為演出的腳本，不只盡失原作的詩韻，也模糊了許多戲劇焦點（詳見下文第四節）。

這個現象在最近有了大幅改善。1999年，莎士比亞譯本突然再度成為臺北出版界的焦點。一年之內依序出現了呂健忠翻譯的《馬克白》、卞之琳翻譯的《莎士比亞四大悲劇》、楊牧編譯的《暴風雨》、孫大雨翻譯的《莎士比亞四大悲劇》、李魁賢翻譯的《暴風雨》。其中卞、孫兩位的基本上是大陸的舊作新刊[4]。這些譯本共同的優點是以詩譯詩；譯者企圖把莎士比亞的無韻詩轉換成有類似節奏的白話中文，而且都有相當好的成績。呂、卞、孫三位的譯本且附有極為詳盡的註疏；李魁賢以（臺灣）閩南語翻譯則是創新的實驗。

2000年10月，方平主編的《新莎士比亞全集》譯本，在大陸出版不到一年，就在臺北重新校排刊行。這是個完全獨立於梁實秋、朱生豪—虞爾昌的譯本之外的全集。從此中文讀者有了另一個全新的選擇。譯作之中固然有些完成的年代較早，但都經過重新修訂。新全集除了企圖以詩譯詩，在版本的校勘、注釋、作品介紹等方面，也大量使用了近代學術的研究成果。

4　卞之琳譯本原由北京人民出版社於1988年發行，書名是《莎士比亞悲劇四種：〈哈姆雷特〉、〈奧瑟羅〉、〈里亞王〉、〈麥克白斯〉》。其中《哈姆雷特》曾於1956年出版，其餘三劇則為首次出版。孫大雨翻譯的《莎士比亞四大悲劇》由上海譯文出版社出版，其中《罕秣萊德》（即《哈姆雷》）。單行本刊於1991年；合訂本刊於1995年。

臺灣版更加編了行碼，不僅符合現代學術版本的慣例，即使一般讀者使用起來也方便許多。

　　2001年5月，楊世彭根據他導演莎劇的豐富經驗，整理他的譯作。首先出版的是《仲夏夜之夢》。這個譯本有幾大特色。第一，全劇英漢對照。第二，演出時刪去的文字，以藍色標示，因此讀者可以讀到「原作」，也可以看「演出版」。第三，書中附有演出圖片近百幅。第四，首版隨書附贈香港話劇團2000年國語版演出的全劇VCD。後面三者在國內洵屬創舉，至於印刷精美，猶其餘事。稱之為「中國莎劇研究的新里程碑」（胡耀恆，〈中國莎劇〉：10），實不為過。2002年他以同樣形式又出版了《李爾王》。近年的新譯本有利文祺的《哈姆雷特》（2008）、《羅密歐與朱麗葉》（2008）、《暴風雨》（2009），以及彭鏡禧譯注的《威尼斯商人》（2006）和《量‧度》（2012）。

二、中文的《哈姆雷》

　　根據周兆祥出版於1981年的研究，在中國最受歡迎的莎士比亞作品是《哈姆雷》；主要譯本依序包括前述田漢的《哈孟雷特》（初版於1922）、邵挺的《天仇記》（1924）、梁實秋的《哈姆雷特》（1936）、曹未風的《漢姆萊特》（1946）、朱生豪的《漢姆萊脫》（1947）、卞之琳的《哈姆雷特》（1956）。

　　在臺灣最常見的《哈姆雷》譯本是梁實秋（臺北遠東書

局）和朱生豪（臺北世界書局）的版本；這兩種翻譯除中文本外，另有英漢對照本，但是字體較小，編排較差。如前所述，梁、朱兩位以散文翻譯劇中的無韻詩，殊爲可惜。卞之琳的譯本以詩譯詩，流利可誦，成績斐然（參見周兆祥，《漢譯〈哈姆雷特〉研究》及拙作Perng, "Dramatic Effect"、〈言爲心聲〉）。1999年，臺北聯經出版公司引進孫大雨在大陸出版的《哈姆雷特》。孫大雨是把「音組」觀念適用在莎劇翻譯的第一人，替後來的譯者提供了一條可行的道路；他和卞之琳兩人的譯本都有詳盡的注釋，大有助於有心研究的中文讀者。方平的譯本《哈姆萊特》收入他主編的《新莎士比亞全集》第四卷，也根據音組觀念，力求還原原詩的韻味；這個譯本最大的優點在於中國化的語言，讀來十分通順。

2013年，黃國彬譯注的《解讀哈姆雷特——莎士比亞原注漢譯及詳注》分爲上下兩冊在北京出版，其中「譯本前言」達115頁，注解分量超過原文，都是中文譯本的首見。

三、劇本詮釋

哈姆雷　嘿，瞧您把我當成什麼玩意兒啦。您想要玩弄我，想要知道我的氣孔，想要挖掘我內心的祕密，要聽我的低音到高音；而這小小的樂器裡頭有多少音樂，美妙的聲音，可是您無法讓它說話。天哪，您以爲我比豎笛還容易玩弄嗎？隨便您稱呼我是什麼樂器，任

憑您怎樣撩撥，都不能玩弄我。（3.2.354-
63）[5]

　　莎士比亞《哈姆雷》一劇的全名是《丹麥王子哈姆雷的悲
劇》（*The Tragedy of Hamlet, Prince of Denmark*），大約寫成
於1601年（Jenkins: 13）；距離他的「少作」，例如《維容納
二紳士》（*The Two Gentlemen of Verona, 1590-91*）至少十年，
距離收筆還鄉也還有十一、二年，正值春秋鼎盛，思慮周全、
文筆也已臻成熟。之前他的作品多為喜劇和歷史劇，悲劇只寫
過《泰土斯·安卓尼可士》（*Titus Andronicus, 1592*）和《羅
密歐與朱麗葉》（*Romeo and Juliet, 1595*）；這些作品雖然已
經粲然展露莎士比亞寫詩編劇的才華，畢竟難掩少作的青澀。
《哈姆雷》的出現，是莎士比亞邁向創作高峰的重要標竿。

版本

　　無論演出、研究或翻譯《哈姆雷》，首先要面對的問題
是版本的選擇。較早的版本有三種（Thompson and Taylor: 18-
21，MacCary: 1-9，Hapgood: 5-8；另參見Jenkins: 13-82詳盡的
比對與分析）：

The Tragicall Historie of Hamlet Prince of Denmarke By

5　所有《哈姆雷》劇本引文，皆根據本書，並按照一般學術慣例，以阿拉
　　伯數字顯示出處：第一個數字代表場次（Act），第二個代表景次
　　（Scene），第三個代表行次（Line），中間以英文句點分開。例如
　　3.2.354-63表示「第三場，第二景，第354行—第363行」。

William Shakespeare，1603年出版，是為「第一四開本」（First Quarto，簡稱Q1），共2,154行。一般認為這是「憑記憶重組的」（memorial reconstruction），乃是不肖演員或觀眾在演出時記錄下來的，極不精確。

The Tragicall Historie of Hamlet，1604年出版，是為「第二四開本」（Second Quarto，簡稱Q2）。Q2長達3,674行，且內容和Q1有極大的差異。有人認為這是最接近莎士比亞當時演出的版本。

The Tragedie of Hamlet，1623年出版，是為「對開本」（Folio，簡稱F）或稱「第一對開本」（First Folio，簡稱F1）。F刪除了Q2裡面的222行，但新添了83行，合計3,535行。有人認為F1是莎士比亞根據Q2刪訂之後的演出本。

除此之外還有兩個版本。其一，因為演出三千多行的劇本，每每需要四小時以上；真正的演出多半經過大量的刪節。這就形成第四種版本。其二，到了二十世紀，各種注疏版多半以Q2或F1為底本，參照各本，編成「合刊本」（conflated version）。這又造成第五種版本（Hapgood: 6-8）。例如Harold Jenkins編的Arden Edition（讀者手上這個譯本的主要依據）便是。當代學者認為這個版本應非莎士比亞原意，但因文字都是莎士比亞所寫，且多是歷來讀者耳熟能詳，不忍割捨，遂另作安排，例如The New Cambridge Shakespeare版的*Hamlet, Prince of Denmark*以F1為底本，把添補的Q2文字用方引號加以區分。The Oxford Shakespeare版和Royal Shakespeare Company版則把Q2獨有的文字另外放在附錄裡；依據Oxford Shakespeare編輯

的The Norton Shakespeare版也以F 為底本，但是把Q2文字移回正文，以不同字體顯示並加以內縮排版。這個譯本則把Q2獨有的文字以淡灰底色顯示。

　　總而言之，一個「真正原版的《哈姆雷》」並不存在（Thompson and Taylor: 18-21；另參見林璄南：349-74）。而哈姆雷被視為猶豫不決、自相矛盾，合併本可能要負一部分責任（MacCary: 9）。

劇情簡介

　　《哈姆雷》受到廣大世人厚愛，歷久不衰，最大的因素應該是情文並茂的劇本。全劇大要如下：

> 丹麥國王老哈姆雷過世，其弟柯勞狄（Claudius）繼
> 位，並且娶了嫂子葛楚（Gertrude）為妻。老哈姆雷
> 的鬼魂出現，說自己是被弟弟毒死的，要兒子替他報
> 仇。哈姆雷由是裝瘋賣傻，想伺機行動。但他是個深
> 思的知識分子（留學德國威騰堡大學），其實頗多疑
> 慮。為了確定鬼魂所說為真，他安排了一場戲中戲，
> 其中情節略如鬼魂所述的受害經過。柯勞狄看戲時果
> 然大為震驚，中途離席，間接證明了他的犯行。其
> 後哈姆雷誤殺情人娥菲麗（Ophelia）的父親老臣波
> 龍尼（Polonius）；國王把他遣往英國，名為收取貢
> 租，實則密令英王將他就地處決。但哈姆雷在途中掉
> 換國書，讓押解他的羅增侃（Rosencrantz）和紀思騰

（Guildenstern）去送命；自己又因海盜劫船，得以安全返回丹麥。這時，柯勞狄與爲報父仇而歸國的波龍尼之子雷厄提（Laertes）密謀，邀哈姆雷與雷厄提比武，暗藏利刃，於劍尖塗上致命劇毒，又在酒中下藥，務必除哈姆雷而後快。比劍時，雷厄提偷襲，以毒劍刺傷哈姆雷，但哈姆雷也在換了劍之後，刺傷雷厄提。毒酒則由王后蒽楚喝下。雷厄提臨死之前供出陰謀，於是哈姆雷以毒酒、毒劍把柯勞狄殺死，而自己也毒發斃命。就在這時，借道丹麥遠征波蘭的挪威王子符廷霸（Fortinbras）正好凱旋歸來，便乘機接管丹麥，自立爲王。

這樣一個故事，本身的戲劇性就足以扣人心弦。表面看來，煽色腥作品的主要成分幾乎一應俱全：鬼魂、謀殺、懸疑、政治、亂倫、情愛、復仇、間諜、瘋癲、武打……。而在更深層處，它所探討的人生種種——生與死、善與惡、眞與假、復仇與寬恕、天命與人力……——又都是亙古以來哲人企圖尋求答案的問題。十八世紀的學者、批評家仔細考究文本，更發現了觀劇時容易疏漏而又頗饒興味的細節。直到今日，《哈姆雷》的盛名不衰；研究此劇成爲莎士比亞顯學中的顯學。

戲在前來換班的守衛大喝一聲「是誰？」之後，揭開序幕。「是誰？」——後世也紛紛用劇首這句名言反詰這齣戲（Greenblatt, "Introduction to *Hamlet*": 1659）。整齣戲就在人

人發現疑問、個個尋求答案的情況下進行，企圖挖掘事實的眞相，然後根據自己的良知或需要，加以舉發、揭露或掩飾、隱藏。其中最重要的當然是關乎主角哈姆雷——不只是柯勞狄或替他服務的羅增侃和紀思騰，歷來的讀者，包括導演及演員，都想要弄《哈姆雷》這支豎笛，挖掘其中的祕密。

　　哈姆雷故事的主要來源約有四種：（1）所謂*Ur-Hamlet*，今已失傳；（2）Saxo Grammaticus, *Historiae Danicae*；（3）Belleforest, *Histoires Tragique*；（4）Thomas Kyd, *The Spanish Tragedy*（詳見Jenkins: 82-112）。與前述情節雷同或類似之處包括：（1）惡人弒其兄，奪其王位，娶其嫂；（2）聰明的前王之子假裝成傻瓜，以防叔父加害，並掩飾復仇計畫；（3）惡人起疑，以美女試之；王子表面上不爲所動；（4）惡人再派間諜到王后寢室竊聽母子對話；王子發現，殺死間諜；（5）惡人三度試探，派王子與二隨員前往外國，密令外國國君殺死王子；王子智高一著，安排隨員赴死；（6）王子回國，遇一葬禮；換劍之後，殺死惡人，成爲國王（Thompson and Taylor: 10）。換言之，《哈姆雷》和同時代流行的其他許多復仇戲劇在戲劇主幹上並沒有太大區別。

　　然而，莎士比亞添加了次要情節，使這齣戲有四個兒子替父親復仇，互爲對照，增加了「有意義的並列」（Vickers, *Appropriating Shakespeare*:151-2；另參見下文「戲劇結構」一小節）；他也在細節部分添枝加葉——特別是哈姆雷的復仇行動與心理轉變——使劇本意義產生極大的變化（參見Hansen: 66-91，MacCary: 12-26）。

主題探討：要報仇，或不要報仇，這才是問題

　　汗牛充棟的《哈姆雷》評論中，著墨最多卻也眾說紛紜的，大概莫過於哈姆雷為什麼猶豫不決、遲遲沒有採取復仇行動。當然，批評家往往在作品裡面看到自己的影子；歷代文論終究是反映各時代的心靈。

　　莎士比亞所屬的時代，也是英國文藝復興的時代。文藝復興（Renaissance）一詞原意是「再生」，是西洋從十三、十四世紀，發源於義大利的文藝運動，力圖擺脫中世紀神學上帝至尊的影響，主張重新詮讀古典文學作品，強調人的能量與價值。直到今日，英文裡還有「文藝復興人」（Renaissance Man）一詞，指的就是多才多藝之士。哈姆雷王子既是大學生（留學德國），雅好戲劇（在劇中有戲劇評論，還修訂劇本、指導甚至參加演出），精通劍術，堪稱「文藝復興人」而無愧。他的情人娥菲麗就曾讚美他具備了「廷臣、軍人、學者的眉目、口舌、刀劍」（3.1.153）。

　　處在文藝復興時代的人，同時深受古典文學影響，自不待言。《哈姆雷》劇中影射、套用希臘羅馬神話之處，不知凡幾。以本劇重要的復仇主題而論，依循古代的看法，復仇乃是英雄氣概的一種具體表現；子報父仇，尤其是責無旁貸。然而當時基督教宗教改革運動方興，聖經——特別是新約——的影響，在《哈姆雷》劇中也處處可見。基督教不僅主張寬恕，也認為掌管賞罰的大權最終是握在上帝手裡。罔顧律法而私自復仇畢竟是莎士比亞所處基督教新教時代所不容的野蠻行為。這

就造成了哈姆雷王子的復仇困境：他本是一個慎思明辨、果決有為的人，只是由於他的作者所處的歷史情境，使他在復仇與不復仇之間，感覺千萬難。他無法找出兩全其美的做法。然而他有心擴張人的極限，這種企圖類似另一個文藝復興時期的戲劇腳色浮士德（Faustus），雖然終歸失敗，終究不失英雄風範（Cantor: 53-57）。

戲劇結構：四個復仇故事

哈姆雷自己的復仇故事，在戲中有其他三個類似的情節，互為對照，凸顯了哈姆雷的與眾不同。

首先是本劇的重要副線。國之重臣波龍尼因為竊聽哈姆雷與母后談話而被哈姆雷誤殺，他的兒子雷厄提為此兼程回國，鳩集群眾闖入王宮，企圖為父報仇。哈姆雷自己說過，「因為將心比心，我可以了解／他的心境」（5.2.77-78）。兩位青年復仇的志向相同，然而行事風格大異。雷厄提血氣方剛，鹵莽衝動；為達目的，不擇手段。如前所述，他甚至跟柯勞狄勾結，在比劍時以卑鄙下流的方式謀殺哈姆雷。他和莎士比亞所本舊有故事之一裡面放火燒宮、遍殺宮中人，然後登上王位的野蠻主角比較類似；跟莎士比亞筆下大體上光明磊落、謹慎小心的哈姆雷卻有天壤之別。

第二，此劇主戲前後的框架也是個復仇故事。原來老哈姆雷在三十年前曾經與挪威國王老符廷霸（Fortinbras）決鬥獲勝，降伏挪威。而今在位的挪威國王——老符廷霸的弟弟，小符廷霸的叔父——年老病弱，於是小符廷霸招兵買馬準備攻打

丹麥，奪回失土。柯勞狄婚後上朝處理的第一件公事，就是透過外交手段，預防外患於未然，要求符廷霸的叔父對他嚴加管束，並且讓他帶兵去攻打波蘭，爭取一小塊不值錢的土地。劇終之前，符廷霸凱旋歸來，借道丹麥，眼見丹麥王室的血腥場景，乘機接管丹麥，達到了復仇、復國的初衷，也印證了哈姆雷後來體認到的天意（參見下文）。

這項安排另有一層意義。老哈姆雷和老符廷霸以單人決鬥定勝負，乃是中世紀騎士精神的發揚。經過世代交替，柯勞狄用的是外交手腕，屬於現代做法。在劇末哈姆雷跟雷厄提比劍，似乎是呼應兩位老王的騎士作風，實則不然。先人的做法光明磊落，決鬥之前立下約書，決鬥之後切實遵行；雷厄提跟柯勞狄則倚賴陰謀詭計，純粹是小人行徑。兩者差別不可以道里計。

第三，一個跑江湖的戲班子來到王宮，其中主角應哈姆雷之請朗誦了一段臺詞，講的又是兒子為父親報仇的故事。話說希臘神話裡的阿基力士（Achilles）在圍攻特洛城時中箭而亡，他的兒子霹汝士（Pyrrhus）砍殺特洛老王以為報復。這乃是典型的古代英雄作為。哈姆雷選擇這段戲文，有意無意之間對照了自己的處境，並且提醒了自己的復仇責任。在演員離開後，哈姆雷有感於演員逼真的感情表露，痛罵自己說：「哎，我是笨驢啊！真是了不起，」因為

親愛的父親被謀殺了，而我這兒子，
雖然天堂和地獄都鼓勵我復仇，

　　卻像賣春的，只會嚷嚷心頭話，

　　開始嘴裡咒罵，像個妓女，

　　一張臭嘴巴！不要臉哪！呸！

　　　　　　　　　　　（2.2.578-83）

《捕鼠器》：戲中戲的妙用

　　但是哈姆雷自責之餘，倒也從演員的朗誦中得到重要靈感。他決定讓這班演員在宮內搬演一場戲，情節類似鬼魂所述，而他要在一旁觀察叔父的表情，「只要他縮頭，我就知道該怎麼辦」。為了獲得更堅強的證據——畢竟，照鬼魂的敘述（1.5.9-13）看來，它似乎是「來自煉獄，而這是哈姆雷的新教信仰並不認同的範疇」（Hanson: 76）[6]——哈姆雷說：「利用這齣戲，／我要把國王的良心獵取」（2.2.600-1）。戲中戲的位置，不偏不倚，恰巧擺在《哈姆雷》全劇的正中央。它跟主戲的關係，在莎士比亞諸多戲中戲裡，可謂絕無僅有（Cohen: 75）。它的重要性也非比尋常。「《哈姆雷》演的不是謀殺國王，而是如何揭發那樁謀殺案，以及揭發的後果，

6　Hansen（76）並且認為，「鬼魂的本質究竟為何，這個問題在戲裡並沒有客觀的解決」（"The ghost ... implies that it is come from purgatory, a category that Hamlet's Protestantism does not acknowledge. The question of the nature of the ghost is never objectively settled in the play."）。另據McGee的研究，對莎士比亞的觀眾而言，復仇的鬼魂無論如何都是邪惡的（13-42）。Waters則持反對意見（209-12），Greenblatt認為戲裡雙方面的證據都十足，對鬼魂的好壞不置可否，而像這樣把不相容事物強行並置，正是劇本的一項特色（*Hamlet in Purgatory*: 239-40）。

特別把重點擺在揭發這一部分——而直到全戲演完這都還沒有
結束」（Cohen: 75）[7]；戲中戲在揭發真相方面，發揮了關鍵
作用。它除了是《哈姆雷》劇情發展的轉捩點之外，就象徵意
義而言，也是全劇的中心，因為從這個焦點，透過戲劇，表達
出主角——以及劇作家——對表象與內裡、真實與虛假的關注
（Righter: 143）。

　　哈姆雷挑的戲叫做《謀殺貢札果》（*The Murder of
Gonzago*），但是當柯勞狄問哈姆雷劇名的時候，哈姆雷卻回
答說是《捕鼠器》（*The Mousetrap*），簡直是向柯勞狄擺明了
他的企圖。從演出的部分看來，劇情重點是國王被毒死，而謀
殺者奪得王位，向王后求歡。果然，戲演到謀殺者傾倒毒藥於
睡在花園的國王耳裡的時候，柯勞狄突然站了起來。於是舞臺
上一團混亂，戲也就此中斷。

　　哈姆雷自以為得計。他興奮的對好友何瑞修（Horatio）
說：「老何啊，那個鬼魂的話真是一字值千金哪。你看到沒
有？」（3.2.280-81）

　　但是且慢。

　　即使哈姆雷滿意於戲中戲的效果，何瑞修似乎並不是那麼
肯定。哈姆雷問他：「你看到沒有？」何瑞修回答：「很清
楚，大人。」哈姆雷接著講：「就在說到下毒的時候。」何
瑞修接著說：「我的確很清楚地注意到他」（3.2.281-84）。

7　原文是："Hamlet is not about the murder of a king but about the revelation of
　　that murder and what happens as a result of the revelation, though much more
　　about the revelation itself, which is not even finished at the end of the play."

對這麼關鍵的問題，何瑞修只說他看得很清楚；他清楚注意到
國王。至於國王的反應究竟如何？有什麼樣的表情？代表什麼
樣的心理？這些他不僅沒有交代，連一點暗示都沒有。換句話
說，實驗的結果其實頗為曖昧（J. Kerrigan: 79）。國王後來的
確認罪了，卻是私下去小教堂──至於場上陷於混亂狀態的觀
眾，看到這齣戲也看到國王的反應之後，只怕對哈姆雷更加不
解或更為疑懼。

　　這種模稜兩可情勢的造成，是因為哈姆雷過度興奮的介入
了戲中戲。

　　謀殺者上場的時候，一直在旁邊解釋劇情的哈姆雷向舞
臺上的觀眾說了一句：「這個人叫盧先納，是國王的侄兒」
（3.2.239）。叔侄的關係，正是柯勞狄跟哈姆雷的關係。這齣
戲中戲固然讓哈姆雷獵取了國王的良心，但他這句話豈不也
洩了自己的底，讓國王獵取到他的內心？尤其是對舞臺上不
知內情的其他觀眾，這齣戲最容易引發的聯想是哈姆雷有弒
君的企圖。獵人同時成了獵物。妙的是，兩種看法都對。套
句Bevington的話，當觀眾看到盧先納不是國王的兄弟，而是
他的侄兒，他們會「發現自己面對的不是歷史，而是預言」
（*Complete Works* :1063）[8]；原本是用來回顧的工具，卻也達
到前瞻的效果。換言之，「《捕鼠器》同時證實了兩人的猜
疑：國王確信哈姆雷可能企圖殺他，哈姆雷確信國王殺了他父

8　原文是："When Lucianus in the Mousetrap play turns out to be nephew rather
　　than brother to the dead king, the audience finds itself face to face, not with
　　history, but with prophecy."

親」（Hansen 77）[9]。這是莎士比亞一貫好用兩面手法的最佳例證。

戲中戲有很多妙用。在《哈姆雷》劇中，精於此道的莎士比亞除了前述由戲班子演出的戲中戲以外，還暗藏了許多其他刻意安排的戲。第三場第一景哈姆雷「巧遇」娥菲麗，就是出於國王和波龍尼的精心設計：他們躲在幕後竊聽，想從這對戀人的談話中探得哈姆雷言行瘋癲的眞正原因。又如第三場第四景，哈姆雷到母后房間裡深談，也是出於波龍尼的安排；後者還躲在遮牆幕後面偷聽，並因而喪命。

的確，戲劇觀念主控了《哈姆雷》全劇（Righter: 142ff）。戲裡充滿了戲劇的討論與實際演出，於莎士比亞劇作中，是最富於自覺意識（self-consciousness）（Charney, *Style*: 137）的一齣。在「後設戲劇」（metadrama）這個名詞還沒有流行的年代，Sanford 稱之爲 theatricality（於此或可譯爲「戲說戲劇」），意思是，「在一齣戲裡，明確的把劇場事物和舞臺技術與慣例使用於劇情當中」（3）[10]。她認爲，《哈姆雷》第一場第一景，當班守夜的馬賽拉和巴拿都安排何瑞修和鬼魂見面，對何瑞修說：「樣子不像國王嗎？看清楚了，何瑞修」以及「你去問它，何瑞修」（1.1.46, 48），已經是導演的口吻

9　原文是："The *Mousetrap* simultaneously confirms the suspicions of them both: the king is convinced that Hamlet may try to kill him, and Hamlet is convinced that Claudius killed his father."

10　原文是："Theatricality, or the explicit dramatic use in a play of the things of the theater and of the artifice and conventions of the stage ...."

（Sanford: 8）；類似的情況，戲裡俯拾皆是。至於柯勞狄、波龍尼、哈姆雷，更都是導演高手，不在話下（Sanford；另參見 Aldus: 85-121）。因此，看這齣戲的觀眾必須能夠「分辨戲劇故事毋庸置疑的眞實，以及戲劇形式的伎倆」（Charney, *Style*: 137）[11]。虛虛幻幻，眞眞假假，《哈姆雷》劇中例子多得是。

表象與真實：錯失復仇機會？

看了《謀殺貢札果》之後，良心受到譴責的柯勞狄獨自到宮中的小教堂祈禱，想要乞求上帝寬恕他的罪行。哈姆雷這時總算得到復仇的機會了。然而，劍已出鞘，基督教的思想卻制止了他；因爲根據基督教的信仰，柯勞狄若在懺悔禱告之際死去，他的靈魂可以得救上天堂。「這是拿工錢替人辦事，不是報仇」（3.3.79）；所以哈姆雷斬釘截鐵說：

> 不行。
> 回鞘吧，寶劍，且待更惡毒的時機。
> 趁他酒醉熟睡、或是暴怒、
> 或是享受著亂倫的床笫之樂、
> 在遊戲中詛咒、或是做些什麼
> 毫無救贖指望的行爲，
> 那時候絆倒他，要他腳跟踢向天堂，

11　原文是：“The play demands an... awareness on the part of the audience, who must be able to distinguish between the persuasive truth of the dramatic fable and the artifice of the dramatic vehicle.”

他的靈魂受到天譴，黑得
像地獄，它的去處。……

（3.3.87-95）

我們再度看到哈姆雷掙扎於舊的復仇觀念與新的基督教教
義之間。但是這一次又有不同。哈姆雷不僅要他叔父肉身的
命，也要把他的靈魂打入地獄，永世不得超生。弔詭的是，哈
姆雷對基督教的理解，使他做了違反基督教教義的決定。哈姆
雷在心地最為狠毒的時候，竟然錯過了復仇的「良機」[12]。他
的推理固然正確，判斷其實有誤，因為國王並不是真心懺悔：
他自己承認，「我的言語飛往上界，心念還在凡間。／言語沒
有誠心，永遠無法升天」（3.3.97-98）。

表面與真相的差異向來是莎士比亞戲劇喜歡探討的一個重
要主題，在本劇裡也一再強調。這裡又添加一個例證。哈姆雷
的錯誤判斷當然是極大的戲劇反諷，但是我們絕不能據此而說
他缺乏果斷、猶豫不決。若是哈姆雷真的在此時殺了國王，表
面上是報了殺父之仇，卻是犯了弒君的大罪，無由辯解，因為
他沒有證據說服丹麥國人。

12　Burnett 把哈姆雷擺在巧詐者（trickster）的傳統中討論；這是他舉證的
　　例子之一（44）；他也指出（36），「《哈姆雷》這齣戲的震撼力有一
　　部分是來自戲中的爾虞我詐，而柯勞狄和鬼魂也可列名巧詐者。」
　　（"Part of the impact of *Hamlet* in the theatre derives from its representation
　　of a competition between rival tricksters, among whom can be counted
　　Claudius and the Ghost."）然而，從基督教的眼光看來，哈姆雷因為不肯
　　寬恕柯勞狄的靈魂才暫時饒了一命，理由錯誤（Waters: 230）。

天意與王子的轉變

　　失去復仇機會的王子和母后大吵了一架又言歸於好。但誤
殺波龍尼之後，國王要他立即出發前往英國，由他的總角之交
羅增侃與紀思騰結伴同行，名為護送，實為押解，並要求英國
國王看了信之後立即處死哈姆雷。然而，在海上旅途中，哈姆
雷無意間搜到國書，得悉國王的陰謀，動手改換內容，反而讓
羅、紀兩人送死[13]。但封信需要用的印章又該怎麼辦？

　　　　欸，就連這也是老天的安排。
　　　　我的皮包裡有先父的圖章，
　　　　就是丹麥國璽所用的模子。

　　　　　　　　　　　　　　　　（5.2.48-50）

　　隨後他的船遇上海盜，在打鬥間「誤上賊船」而得以返
國。所以他回來對好友何瑞修說：

　　　　冒冒失失有時反倒有利，
　　　　而深思熟慮沒有效果；可見
　　　　有天意雕琢我們的命運，
　　　　無論我們如何去塑造──

　　　　　　　　　　　　　　　　（5.2.8-11）

13　這是哈姆雷巧詐的又一例證（Burnett: 44）。

哈姆雷這一趟旅行得到的教訓，使他從此決定放棄個人的
掙扎，而聽命於天，因為「一隻麻雀掉下也有特別的天意」
（5.2.215-16）。他跟雷厄提比劍，完全由國王促成。哈姆雷
最後終於達到復仇[14]，也是天意使然；他本人則是消極被動
的。顏元叔認為他「是一個積極人格與一個消極人格的混合
體」，而這兩者既是分開的，也互相干擾（〈《哈姆雷特》的
評論（下）〉：12）。Cantor 則說「第五幕的新哈姆雷是個宿
命論者，確信只要上帝另有打算，他無論如何都沒法改變事
情的結局」（58）[15]。我們也看到國王和雷厄提如何算計哈姆
雷，「而，到頭來，居心不良的後果／落在設計者的頭上」
（何瑞修語，5.2.389-90）。又如挪威王子符廷霸——哈姆雷
的另一個對照人物——起先招兵買馬想替父王復仇，以武力奪

14　但也有人質疑這一點。例如 J. Kerrigan 指出，「無論如何，哈姆雷無法
　　變成盧先納，因此無法替他的父親復仇。最後用來殺柯勞狄的武器（淬
　　毒的細劍以及用來慶賀的毒酒）顯示出他的攻擊是一時衝動的報復，不
　　是處心積慮的復仇。國王之死，是因為謀殺了王后和王子，不是因為他
　　在花園裡下毒。」原文是："In any case, Hamlet cannot become a
　　Lucianus, and so does not revenge his father. The weapons finally used to kill
　　Claudius (the venomous rapier and celebratory, poisoned drink) mark the
　　attack as spontaneous retaliation, not long-nurtured vengeance. The king dies
　　for the murder of Gertrude and the prince, not for a poisoning in the orchard"
　　(187).
15　原文是："The new Hamlet of Act V is a fatalist, convinced that nothing he
　　can do will alter the outcome of events if God wills otherwise."這和A.C.
　　Bradley, *Shakespearean Tragedy*（1904）的說法接近（見顏元叔，〈《哈
　　姆雷特》的評論（下）〉：15，附註92引文）。胡耀恆反對哈姆雷是宿
　　命論者之說，因為即使「已經聽天由命，他至少從未放棄盡其在我」
　　（178）。

回被老哈姆雷贏得的土地，但是受到阻撓；結果卻是不費吹灰之力而達到目的，當上丹麥的國王。

遺憾在人間

　　哈姆雷終於殺了柯勞狄（即使是被動的），但這個故事的發展與結局留下了許多遺憾。丹麥王宮一場諜對諜的惡鬥下來，居然成全了挪威王子小符廷霸的復仇心願。哈姆雷臨終時說他支持符廷霸入主丹麥，頗為令人費解。顏元叔認為莎士比亞或許並不甘心讓符廷霸統治丹麥，但他更「不能讓他的戲劇世界結束於無秩序無政府的渾沌當中」（〈《哈姆雷特》的評論（上）〉：81）。顏元叔分析符廷霸兩次出場時說話的語氣，指出他在第四場頗為傲岸，但到了第五場，經過戰爭的洗禮之後，人格似乎起了變化（75-82），「增加了一份謙遜的美德；他適宜於做王」（80）。Dodsworth的看法略似：「符廷霸要求王位的語氣謙和，並且置之於哀悼之後；何瑞修也強烈的把這件事聯繫到哈姆雷的意願」（295）[16]。

　　然而，把國家拱手送給一個外國人，無論如何說不過去。Booth說，符廷霸在第一場第一景威脅到丹麥的未來；全戲結束時，倒成了政治救贖的希望所寄（39）；胡耀恆也說哈姆雷

16　原文是："Fortinbras's claim to the throne is advanced modestly and made subordinate to his grief, and Horatio emphatically associates it with Hamlet's wishes."符廷霸的名字Fortinbras原意是「堅強的手臂」，或者暗示他是軍事強人。Michael Pennington認為莎士比亞的觀眾會聽出這名字一語雙關，影射1530年代經常騷擾英格蘭和蘇格蘭邊境的蘇格蘭人Armstrong of Gilnockie（177, n. 11）。

臨死之前提名符廷霸繼位，「以免中樞無主，局勢紊亂。這種安排，使得政權能和平轉移，也讓他的人民能夠分霑到他的遺澤」（179）。然而，即使有必要讓符廷霸來整頓丹麥，恢復秩序，這也是極大的反諷，因為「老哈姆雷鬼魂渴求復仇之願容或得償，老王的事功卻也同時一筆勾消。他命兒子以具有淨化作用的暴力滌清王位，如今竟將王位轉交給為父英勇擊潰的外國政權」（Holderness: 99）[17]。Brennan 從腳色在場上與場外的角度觀察，認為對觀眾而言，符廷霸這個上場時間只有百分之一點三的挪威王子只能算是個陌生人（112）。或許我們可以勉強接受 Cantor 所說，哈姆雷臨終之時，已經完全拋開了政治層面的考量，因此顯示出比較豁達的國際觀（61-62）。

再說，老哈姆雷的鬼魂殷殷告誡兒子，仇一定要報，卻不可以傷害到母親；然而葛楚喝了毒酒而死。娥菲麗原本可以跟哈姆雷成就良緣，卻因父兄阻撓加上捲入宮廷政治鬥爭而慘遭犧牲，最後在瘋癲中墜河身亡。對這兩條人命，哈姆雷至少要負間接的責任。

羅增侃與紀思騰也是宮廷政治下的祭品：他們被國王收買，跟監舊友哈姆雷，落得個不明不白枉死異域的下場。聽哈姆雷興奮地敘述他如何把國書掉包，何瑞修只說了一句：「紀思騰跟羅增侃就這麼走了」（5.2.56）。他的話裡似乎有迷惑

17　原文是：“... although the ghost of old Hamlet may have been appeased in its thirst for revenge, the old king's work is simultaneously undone. The crown he asked his son to purity by cathartic violence now simply reverts to that same foreign power the father had heroically defeated.”

不解，也有惋惜慨嘆，雖然哈姆雷自覺問心無愧，認爲那兩個人是咎由自取（5.2.57-62）。當代英國劇作家史滔柏（Tom Stoppard）根據這兩人的命運，寫成一齣新的荒謬劇場經典之作《羅增侃與紀思騰已經死了》（*Rosencrantz and Guildenstern Are Dead*, 1967）。他把哈姆雷王子擺在一旁，從羅、紀兩人的觀點出發。戲中兩人的身分混淆不清，兩人的命運非僅無足輕重，更是完全操在別人手裡（Hapgood: 89）。

　　擅演《哈姆雷》劇中各重要腳色的英國當代演員Michael Pennington 評論這齣戲的結局說，演到最後

> 什麼都沒有講清楚：只是死了許多人，但眞正該死的那個——柯勞狄之死——沒有洗滌心靈的作用。我們不知道鬼魂的身分，也不知道他如今是否安息；也不知道葛楚是否知道自己第二任丈夫的眞面目；也不知道哈姆雷可有別的方法完成自我——只知道我們若是處在他的困境裡，不可能做得更好。一度強盛的丹麥，如今沒落成了挪威的屬國——而哈姆雷的行爲要負大部分責任。但他的意義當然不會受制於這些狀況；絕對不會。……當戲結束……燈光漸漸暗落在哈姆雷身上，落在 [抬著他的]軍人肩頭，這時，他脆弱的生命、他永恆的精神，尤其是他那種罕見的追根究柢，開始在我們耳裡長鳴。（150）[18]

18　原文是：“Nothing is resolved: there has been only prodigal death, of which

這是持平的說法。

　　莎士比亞筆下少有平板人物。柯勞狄毒害親兄、烝淫嫂子，篡奪王位、與雷厄提共謀殺侄，可謂窮凶極惡；他的犯行甚至導致丹麥國的崩潰。這種人最後慘死，當然是罪有應得，符合文學的正義（poetic justice）。但是我們看他在第一場處理公事有條不紊，以靈活的外交手腕化解了外敵入侵的危機。又如第三場，雷厄提興師問罪，率眾闖宮，他也表現得臨危不懼，確實有過人之處，絕非如哈姆雷描述的那般不堪。莎士比亞也讓他在戲中戲之後萌生懺悔的意念。波龍尼確如哈姆雷所說，是個愛管閒事的老糊塗，害了女兒也害了自己。他明顯向新的權力中心靠攏，三番兩次自告奮勇導演戲中戲，想要探查哈姆雷的內心世界，報效主子，是哈姆雷口中的「政治蛆」（political worm）[19]。他的言行可鄙亦復可笑，然而他和柯勞狄對文字的敏感與駕馭能力，也堪比擬哈姆雷（參見下文）。Pennington指出，「正如柯勞狄因為有自知之明而得以彌補，

（續）

the required one—claudius's—is without catharsis. We do not know who the Ghost was, or whether he is now at peace, or whether Gertrude knew about her second husband, or how else Hamlet could have fulfilled himself—only that we could have done no better with his difficulties than he has. Denmark, once powerful, has been reduced to a client of Norway—largely through the activities of Hamlet. But of course his meaning is not contained by these circumstances, far from it .... As the play closes ... and the lights go down on Hamlet, probably on the soldiers' shoulders, the frailty of his life, the permanence of his spirit, and above all his extraordinary enquiries, begin their long ringing in the ears."

19　顏元叔認為他跟羅增侃、紀思騰這些「政治蛆」必須加以剷除，否則無以拯救丹麥（〈《哈姆雷特》的評論（上）〉：64-66）。

波龍尼也因為有趣——或至少能夠引發別人的機智——而可以讓人接受」[20]（162）。雷厄提是血氣方剛的青年，一時不慎墜入國王圈套，甘做下流殺手，但畢竟在臨死之前醒悟、懺悔。

　　由於莎士比亞對惡人不吝惜賦予優點，一如他對善人也老實描寫缺陷——例如哈姆雷種種不穩定的情緒以及偶發的惡毒心腸——所以他的劇中人才會個個栩栩如生。Kermode 讚嘆說，「整個戲劇腳色的觀念因為這齣戲而永遠改變了」[21]（125），這或許是過譽之詞，但，莎士比亞作品力求對複雜的人性諸貌做全面而完整的觀照，《哈姆雷》是一個明顯的例證。

當代批評與反省

　　前文提過，莎士比亞是新興文學理論愛用的試金石。對此，Brian Vickers 著有專書，做了頗為詳盡而嚴厲的批判。書中第二部分討論個別理論如何應用於莎士比亞作品，各章的標題明顯表達了他的反對意見：「解構：挖牆腳、弄巧反拙」；「新歷史主義：忿忿不平的子民」；「心理學批評：專挑毛病」；「女性主義刻板印象：憎惡女性、父權制度、夸夸其談」；「基督教徒與馬克思信徒：寓言、意識形態」

20　原文是："Just as Claudius is redeemed by self-knowledge, Polonius is made palatable by the fact that he is funny—or at least the cause that wit is in other men."

21　原文是："...the whole idea of dramatic character is changed for ever by this play."

（*Appropriating Shakespeare*）[22]。他認爲，解構主義不斷裂解莎士比亞的文字，以證明語言及意義不定論，於是戲劇人物幾乎不存在；女性主義則認定腳色必須有性別之分，有文化上的高低，有迫害者與受害者；新歷史主義不是批評劇中人物宰制、剝削他人，就是同情權力或殖民的犧牲品；佛洛伊德的追隨者把腳色當作個案研究，他們的幻想和精神官能症狀可以有無窮的組合；從基督教出發的詮釋者，認爲莎士比亞的腳色都代表聖經或後世宗教裡的人物或基督徒的美德；馬克思主義則認爲戲劇人物不是代表社會的統治階級、中產階級、普羅大眾，就是代表腐敗的封建社會、新興的中產階級（372-3）。Vickers說，持這些理論的批評家忽略了一項事實：「無論是在戲院或是在私下閱讀的經驗裡，戲劇都展演出人與人之間的互動，這種互動關係需要有理智、感情、倫理各方面回應，而且本身是愉悅的」（372）[23]。

　　Vickers的論斷未免過於嚴苛。他所檢討的理論容或有各自的盲點，但這也是歷代各家批評的通病。無可否認的，現代理論與批評透過科際整合，使莎士比亞研究更爲深入，也更加多元。解構主義可以使我們對莎士比亞文字的感覺更爲敏銳，對

22　這五章的標題原文分別是："Deconstruction: Undermining, Overreaching", "New Historicism: Disaffected Subjects", "Psychocriticism: Finding the Fault", "Feminist Stereotypes: Misogyny, Patriarchy, Bombast", "Christians and Marxists: Allegory, Ideology".

23　原文是："Whether experienced in the theatre or in private reading, drama is a representation of human interaction which demands an intellectual, emotional, ethical response and is pleasing in itself."

他的文字遊戲更有興趣。例如Derrida最近發表一篇討論翻譯的文章，詳細而有趣的分析了《威尼斯商人》（*The Merchant of Venice*）劇中某些關鍵文字，讓我們更進一步了解該劇的意義。又如新歷史主義學者Stephen Greenblatt的近著*Hamlet in Purgatory*，透過對煉獄的研究，全面探討十七世紀歐洲基督教文化，並且對鬼魂在《哈姆雷》一劇的戲劇地位以及劇場演出提出了精闢的見解。他如女性主義、精神分析學派，對戲劇主題與劇中人物的探討也都各有其貢獻[24]。

四、絕妙好辭：語言與戲劇的結合

表演配合文字、文字配合表演。

　　　　　　　　　　　　——哈姆雷（3.2.16-17）

波龍尼　……您讀的是什麼，大人？

哈姆雷　文字，文字，文字。

　　　　　　　　　　　　　　　　（2.1.191-92）

《哈姆雷》何等奇妙！……語言出入何等自在自得，什麼樣的變化、轉折、頓挫！多少不同的聲調，呼應各種各樣深淺不一的激情和心境、思緒的發展、內省

24　MacCary的書裡有一節簡單扼要介紹了精神分析、傳記生平、原型、形式主義、歷史批評、女性主義等如何探討《哈姆雷》（101-22），有興趣的讀者可以參閱。

> 的幽微、公眾場合的氣氛！……如此自然，如此活
> 潑，好像我們忘記了它的藝術。
> ——Madeleine Doran, *Shakespeare's Dramatic Language* 33 [25]

前面說過，《哈姆雷》一劇情文並茂。劇中人物，從國王、廷臣，到演員、掘墓人都有；主線以外另設副線，大戲之中涵括小戲，不僅使結構多元，更增加了語言層次的複雜。單以哈姆雷一人而言，情緒即已變化繁多：時而坦率眞誠、時而隱諱曖昧、時而憂戚感傷、時而快樂振奮；有憤怒激昂也有抑鬱寡歡，有一本正經也有淫穢輕佻。而在莎士比亞筆下，各個腳色、各式情緒、各種場景的描繪無不入木三分。

Kermode 討論莎士比亞的語言，認爲1599年到1600年之間，他的文字技巧提升到新的水準，而轉捩點就是《哈姆雷》和詩作〈鳳凰與斑鳩〉（"The Phoenix and Turtle"）（ix）。《哈姆雷》正是波龍尼戲劇分類（見本劇 2.2.392-96）中那「無所不包的戲文」（"poem unlimited"），因爲它包含了各式各樣的文體或風格（Kermode 96ff, Evans 131）。Inga-Stina Ewbank 強調文字在本劇的重要；她說，這齣戲

25　原文是："What a marvel is *Hamlet*! ...With what freedom and ease the language moves, with what shifts and turns and stops! In how many different keys, responsive to all the shades of passion and mood, to the movement of the thought, to the inwardness of self-examination, to the ambience of public occasion! ... So natural, so alive, it all seems that we forget the art."

　　展露人類情境，具現於劇場整體的視覺語言與口述語
言之中，如此強勁有力……；因此全劇的臺詞具有爲
善爲惡的力量，其複雜遠超過哈姆雷在幻滅時説的，
「文字，文字，文字」（56）。[26]

　　以下首先簡單介紹莎士比亞擅長的無韻詩，再討論《哈姆
雷》劇中若干片段，檢視莎士比亞這齣戲在語言方面的成就，
特別著意於語言與戲劇的緊密結合。

無韻詩的靈活運用

　　以詩寫劇的傳統，在西洋可以追溯到古典希臘悲劇。莎士
比亞的戲劇語言，形式上以「無韻詩」爲主，摻雜了散文、
韻文、歌謠等等。顧名思義，無韻詩的行尾不押韻，但它的
詩行是「抑揚格五音步」（iambic pentameter），節奏相當
齊整：每行十個音節，分爲五個「音步」（foot），每個音
步的重音落在第二個音節；因此每行讀起來是「輕**重**輕**重**輕
重輕**重**輕**重**」。與莎士比亞同年出生但成名較早的劇作家馬
羅（Christopher Marlowe, 1564-93）慣用這種詩體寫作劇本，
多半在行尾停頓，音調鏗鏘，號稱「筆力萬鈞」（"mighty

26　原文是："[the play] is a vision of the human condition realized in the whole visual and verbal language of the theatre with such intensity and gusto ... that in the play as a whole speech is something far more complex, with powers for good and ill, than the 'words, words, words' of Hamlet's disillusionment." 另參見 Ewbank 68, 76。

lines"）。莎士比亞把這種詩體帶到更高的境界。他並不刻意在行尾停頓，反而經常利用迴行（run-on lines，亦稱跨行或接續詩行）和行中停頓（caesura），行於所當行，止於所不得不止。他甚至不拘泥於每行十個音節。試看下面這個例子：

> To **be** or **not** to **be**, **that** is the **ques**tion:
> **Whe**ther 'tis **nob**ler **in** the **mind** to **suf**fer
> The **slings** and **ar**rows **of** out**ra**geous **for**tune,
> Or to **take arms** a**gainst** a **sea** of **trou**bles,
> And **by** op**pos**ing, **end** them. To **die**—to **sleep**,
> No **more**; and **by** a **sleep** to **say** we **end**
> The **heart**-ache **and** the **thou**sand **nat**ural **shocks**
> That **flesh** is **heir** to: 'tis a con**sum**ma**tion**
> De**vout**ly **to** be **wish'd**....

　　這段話是哈姆雷王子「要生存，或不要生存，這才是問題」著名獨白的前九行（下文還會討論它的內涵）；粗黑斜體字標示出重音部分（雖然不同的演員或讀者可能會有稍微不同的念法）。我們注意到引文裡面只有第6、7行是典型的無韻體；第1、2、3、4、5、8行各有11個音節，大多數是在行尾多出一個輕音（第5行多出的輕音是在行中）；行中有些音步並不謹守前輕後重的規則。第2行的行尾沒有停頓，跨到第3行；第6、7行跨到第8行；第8行跨到第9行。另一方面，第1、5、6、8行各有顯著的行中停頓，分別由逗點、句點、破折號、分號、

冒號標示出來。但是，每一行都清清楚楚聽得出有五個重音。這樣靈活彈性的運用，使無韻詩不僅能夠更接近日常口語，也更貼切地表達說話者的內心──而又大致符合應有的節奏。

　　詩劇的寫作中，另有所謂「分享詩行」（split lines，或稱shared lines），也就是同一詩行由兩個以上的劇中人對話組成。這種安排既能照顧到詩行格律的要求，又能凸顯說話者快速輪換（Preminger and Brogan: 1206，李啟範：163），從而戲劇化地表現出說話者內心的急迫焦慮或活潑機智。莎士比亞的無韻詩常見這種分享詩行；在他的後期作品，比例甚至高達百分之十五到二十（Preminger and Brogan: 1206）。《哈姆雷》的第一場第一景，守夜衛兵交接的對白（參見下文討論）就有一個例子：

　　范席科　好像聽見他們了。

　　　　　　　　　　　　　　　　何瑞修和馬賽拉上。

　　　　　　　喝，站住！誰啊？

　　何瑞修　這塊土地的朋友。

　　馬賽拉　　　　　　　　也是丹麥王的忠僕。

　　　　　　　　　　　　　　（1.1.15-16）

其中范席科的一行因為何瑞修和馬賽拉的出現而略有中斷；何瑞修和馬賽拉兩人的話加起來算是另一行。又如雷厄提知道妹妹娥菲麗和王子交往，於是在自己即將遠赴巴黎的行前諄諄叮嚀，要她千萬不可聽信哈姆雷的甜言蜜語。兄妹之間有如下一

段對白。

> 雷厄提　至於哈姆雷，還有他的慇懃點子，
>
> 　　　　只當作一時衝動，短暫的愛情，
>
> 　　　　像一朵春日的紫羅蘭，
>
> 　　　　早開，卻不永恆；甜蜜，卻不持久，
>
> 　　　　只提供片刻的芬芳和消遣——
>
> 　　　　而已。
>
> 娥菲麗　　　如此而已？
>
> 雷厄提　　　　　　　　且當作如此而已。
>
> 　　　　　　　　　　　　　　　（1.3.5-10）

引文最後一行分屬雷厄提、娥菲麗、雷厄提。一行之內「而已」兩字出現了三次，其中兩次還強調是「如此而已」。哥哥的武斷和妹妹的懷疑溢於言表。

　　莎士比亞的無韻詩既有這麼多的變化，在劇場裡不僅考驗演員的功夫，對觀眾的聽力也是一大挑戰，反過來說，這些格律——譬如重音位置和詩行的分享也提供了演員與讀者重要的指標，據以深入了解劇作家的用意。如果把無韻詩當作散文來翻譯，就會失去這條線索。

戲劇氣氛的建立

　　莎士比亞善於在劇首營造氣氛，早有公評（參見Willson）。前文曾提到《哈姆雷》這齣戲一開場的問句如何引

發後人的興趣。Cohen認為詰問正是這齣戲的主要語氣，並且
指出，戲中有三分之一以上的景次裡，頭一個說話人的臺詞裡
面包含了問句（135）[27]。在此摘錄一小節，稍加討論。

衛兵巴拿都和范席科上。

巴拿都	是誰？
范席科	不，你先說。站住，報上名來。
巴拿都	吾王萬歲！
范席科	巴拿都？
巴拿都	正是。　　　　　　　　　　　　　5
范席科	你來得可真準時。
巴拿都	已經敲過十二點了。去睡吧，范席科。
范席科	多謝換班。天氣冷得要命，
	我心裡怪難受。
巴拿都	你這一班安靜嗎？　　　　　　　10
范席科	一隻老鼠都沒有動。
	巴拿都　好吧，晚安。
	假如你遇見何瑞修和馬賽拉，
	我值班的伙伴，要他們快點。
范席科	好像聽見他們了。

何瑞修和馬賽拉上。

27　按：全戲共分20景（scene）；以疑問句開始的有7景，分別是：1.1; 1.5;
　　3.1; 4.1; 4.6; 5.1; 5.2。

	喝，站住！誰啊？	15
何瑞修	這塊土地的朋友。	
馬賽拉	也是丹麥王的忠僕。	
范席科	兩位晚安。	
馬賽拉	哦，再見，忠誠的軍人。誰來替你？	
范席科	巴拿都接我的班。兩位晚安。	
何瑞修	哈囉，巴拿都！	20
巴拿都	咦，怎麼，何瑞修也在？	
何瑞修	好像是吧。	
巴拿都	歡迎，何瑞修。歡迎，馬老哥。	
何瑞修	怎麼，那個東西今晚又出現了嗎？	
巴拿都	我什麼也沒看見。	25

　　　　　　　　　　　　　　　　　（1.1.1-25）

　　這是全戲開場的頭二十五行對白。論者指出，首先發問的理當是正在值班守夜的范席科才對（參見Booth: 22），所以范席科馬上加以糾正。巴拿都會犯這個錯誤，一來應該是因為深夜漆黑一片，視線不佳；范席科後來說「好像聽見他們了」（第15行），可為旁證 [28]。其次可能是巴拿都擔心見鬼──這是觀眾後來才知道的──而范席科似乎並不知情。范席科喝令來者「站住，報上名來」（第2行）；英文是Stand and unfold

---

28　莎士比亞時代的倫敦，公共劇院演戲是在白天，以利用日光；因此夜戲的場面格外需要靠臺詞烘托，並引導觀眾的想像力。

yourself，其中unfold 是「開展」、「披露」之意。把收捲、隱藏的東西抖露出來：確認對方的眞正身分、意圖。觀眾繼續看下去，會發現這幾乎是所有劇中人物最關心的事。范席科後來說他心裡怪難受（第9行）；觀眾也想知道，除了天冷，還有沒有別的原因。

　　稍後來到的何瑞修上場後，劈頭就問巴拿都：「怎麼，那個東西今晚又出現了嗎？」（第24行）至於「那個東西」（"that thing"）究竟是什麼，並沒有明說，顯然是只有他們幾個人才知道的祕密——這又是一個懸疑。何瑞修以「那個東西」稱呼老王的鬼魂，口氣輕蔑，也暗示這個在新教大本營威騰堡大學就讀的學生是個懷疑論者，原本並不相信鬼魂的存在。無論如何，正由於劇中人一直沒有提到「鬼」這個字眼，鬼魂在第42行出現的時候，會帶給觀眾極大的恐懼與震驚。而鬼魂所代表的超自然力量，乃是莎士比亞悲劇裡常有的重要成分：《哈姆雷》「第一場戲的整體效果在於確定宇宙間有非人類所能掌控的較大力量」（Nochimson: 87）[29]。疑懼、不安和焦慮充滿了《哈姆雷》全劇；開場的對白營造了這種氣氛。

　　何瑞修自謂「好像是[他]吧」（第22行），原文A piece of him有多家的注解。近代版本的詮釋大約可以歸納爲兩種。一說因爲天黑，何瑞修可以只伸出手相握（Jenkins: 166）。另一說是因爲天冷，何瑞修身體瑟縮（Hibbard: 144）或精神不濟

29　原文是：" The overall effect of the first scene is to establish the existence of larger forces in the universe that are beyond the control of human beings."

（Edwards: 76）；「或許他是說，還沒有完全了解環境，有一部分的他還在溫暖的樓下」（Lott: 1）。總之，這是懷疑論者何瑞修的幽默（Jenkins: 166）。Charney說，「《哈姆雷》戲裡需要喜劇場景，以使悲劇更為尖銳，更有人性。它的作用在於參照一切必然會受損、被毀，或弄掉的事物。喜劇代表我們失去的普通世界」（*Hamlet's Fictions*: 132）[30]。何瑞修在開場時帶來的些許輕鬆，也是這齣悲劇之下喜劇伏流的開端。

人物刻畫：修辭學之一

第一場第二景，柯勞狄新婚之後，首次上朝召見群臣，開場白如下：

> 國王　　雖然朕親愛的哥哥哈姆雷之死
> 　　　　記憶猶新，因此理所當然地，
> 　　　　我們心情悲痛，舉國上下
> 　　　　一致流露著哀傷的神色，
> 　　　　可是理智跟天性對抗的結果，
> 　　　　我們要以最智慧的憂思紀念他，
> 　　　　同時也要考慮到我們自身。
> 　　　　因此朕昔日之嫂，今日之后，

（右側）5

30　原文是："Comedy is needed in *Hamlet* to make the tragedy more poignant and more human. It functions as a reference point for all that will be deteriorated, destroyed, or made to disappear. Comedy represents the ordinary world we have lost."

吾國邦家大業的繼承者，

朕已經——彷彿以受挫的快樂，　　　　　10

一隻眼睛高興，一隻眼睛落淚，

喪葬中有歡樂，婚慶中有傷慟，

欣然與黯然不分軒輊的情況下——

娶爲妻子。這件事朕也不是沒有

廣徵眾卿的高見，獲得了　　　　　　15

一致贊同。凡此種種，謹致感謝。

King.　Though yet of Hamlet our dear brother's death

The memory be green, and that it us befitted

To bear our hearts in grief, and our whole kingdom

To be contracted in one brow of woe,

Yet so far hath discretion fought with nature　5

That we with wisest sorrow think on him

Together with remembrance of ourselves.

Therefore our sometime sister, now our queen,

Th'imperial jointress to this warlike state,

Have we, as 'twere with a defeated joy,　　　10

With an auspicious and a dropping eye,

With mirth in funeral and with dirge in marriage,

In equal scale weighing delight and dole,

Taken to wife. Nor have we herein barr'd

Your better wisdoms, which have freely gone 15

With this affair along. For all, our thanks.

（1.2.1-16）

這段話的遣詞造句十分慎重。他用「雖然——可是——因此」的邏輯來替自己的行為辯解：簡單的說，「雖然先王我哥哥死了，可是我們也要考慮到自己，因此我就娶了嫂嫂為妻。」「雖然」部分講了四行，「可是」部分有三行，「因此」部分則是六行半。

如此大費周章，為的是什麼？

首先，他在國王兼兄長死後，就匆匆忙忙地與王后兼嫂成婚——這件事似乎令他難以啟齒。他花了很大工夫來遮掩，特別是娶嫂的事實必須儘量拖延到最後才說出口。雖然第8、9行「今日之后」和「繼承者」已經揭示了他跟「昔日之嫂」的關係，「娶為妻子」把這種關係動作化，把語意又提升到另一層境界，以表面相似的用語遮掩截然不同的弦外之音（Houston: 89）。從第8行「因此」開始，僅僅一個簡單句，不但使用了倒裝句法，而且因為填入了同位語、修飾用的副詞片語，吞吞吐吐說了六行半。Booth討論本劇的種種矛盾特色，例證之一便是柯勞狄「過分井然有序」的這段話；他說，國王「塗抹掩蓋了一連串不正常的次要結合，透過節奏、雙聲、疊韻，以及對比句法而顯得平順」。柯勞狄利用油腔滑調，把道德上相反的觀念強做不自然的結合；他的修辭「卑劣齷齪，一如這場亂倫的婚姻」（Booth: 26）[31]。至於「一隻眼

31 原文是：" What he says is overly orderly"; " The simple but contorted

睛高興，一隻眼睛落淚／喪葬中有歡樂，婚慶中有傷慟」這種荒誕不經的說法，乃是伊麗莎白時代修辭學上的矛盾組合法（*synoeciosis*）（Doran: 41）。

　　Houston研究莎士比亞的句法，認為七、八行一句的臺詞，以莎士比亞的作品而言並不算長（88）。值得注意的是它特殊的字序結構。例如把動詞擺在句尾，在《哈姆雷》之前的莎劇尤其罕見（87）。引文第一句的前四行是附屬子句，比主要子句（第5行）以及表示結果的子句（第6、7行）加起來還要長；句子結束時提到「紀念他」和「考慮到我們自身」，彰顯了全句整體結構的對立與二分（89）。

　　引文第二句（第8-14行）的拉丁式語法造成的張力更大。

> Therefore **our sometime sister** [O], now our queen,
>
> Th'imperial jointress to this warlike state,
>
> **Have** [V] **we** [S], as 'twere with a defeated joy,
>
> With an auspicious and a dropping eye,
>
> In equal scale weighing delight and dole,
>
> **Taken** [V] to wife.

（續）

statement ... is plastered together with a succession of subordinate unnatural unions made smooth by rhythm, alliteration, assonance, and syntactical balance"; "The excessively lubricated rhetoric by which Claudius makes unnatural connections between moral contraries is as gross and sweaty as the incestuous marriage itself."

　　這一句的基本句型是 Our sometime sister... have we... taken to wife （參見引文中的粗體部分），結構跟上一句不同，是OVSV（受詞－動詞－主詞－動詞）。莎士比亞擺脫多重子句結構，以便強調主要的動詞片語（have... taken）；動詞片語之間則夾雜了許多同位語和對立的副詞片語，使得文法上的意義必須到最後才算完整。Houston分析這個句子之後，認為理想的拉丁文同時強調句首與句尾，而這個理想在此得到最巧妙的實現（89）。從另一個角度來看，雖然這段話的內容猶如空洞的官式演說，並不誠懇（Evans: 123），這樣倒裝的掉尾句（periodic sentence）加上整段話四平八穩的修辭與邏輯，語調莊嚴而有氣勢，表面上頗能配合乃至彰顯柯勞狄現在的國王身分。

　　柯勞狄接下去的話，

　　　　　這件事朕也不是沒有
　　　廣徵眾卿的高見，獲得了
　　　一致贊同。凡此種種，謹致感謝。

說得極為高明，等於堵住了眾人的悠悠之口：且不論他事先到底有沒有徵詢廷臣的意見，現在大家都必須認可他的婚姻以及王位的合法。

人物刻畫：修辭學之二

在第二場第一景，我們聽到另外一種矯飾的聲音：

波龍尼　　王上、王后——若是要用長篇大論
　　　　　來講為君當如何，為臣當如何，
　　　　　為何畫是畫、夜是夜、光陰是光陰，
　　　　　那根本是浪費畫、夜，和光陰。
　　　　　因此，既然簡要是才智的靈魂，
　　　　　而冗長拖沓是枝節和外表裝飾，
　　　　　我就簡要的說。您的兒子瘋了。
　　　　　我說是瘋，因為發瘋的定義，
　　　　　就是除了發瘋不會其他，可不是？
　　　　　但這不提也罷。

王后　　　　　　　　　　　多講事實，少來賣弄。

波龍尼　　王后，我發誓我沒有絲毫賣弄。
　　　　　說他發瘋，這是真的；真的是可惜；
　　　　　可惜是真的——無聊的修辭；
　　　　　不過就此打住，因為我不要賣弄。
　　　　　我們就說他是瘋了吧。現在問題是
　　　　　要找出這項特點的原因，
　　　　　或者說是這項缺點的原因，
　　　　　因為這項缺憾的特點一定有原因。
　　　　　這樣說來有問題；問題是這樣：

Pol.   My liege and madam, to expostulate
         What majesty should be, what duty is,
         Why day is day, night night, and time is time,
         Were nothing but to waste night, day, and time.
         Therefore, since brevity is the soul of wit,
         And tediousness the limbs and outward flourishes,
         I will be brief. Your noble son is mad.
         Mad call I it, for to define true madness,
         What is't but to be nothing else but mad?
         But let that go.

Queen.   More matter with less art.

Pol.   Madam, I swear I use no art at all.
         That he is mad 'tis true; 'tis true 'tis pity;
         And pity 'tis 'tis true. A foolish figure—
         But farewell it, for I will use no art.
         Mad let us grant him then. And now remains
         That we find out the cause of this effect,
         Or rather say the cause of this defect,
         For this effect defective comes by cause.
         Thus it remains; and the remainder thus:

                                    （2.2.86-104）

波龍尼是兩朝重臣，他的女兒娥菲麗是哈姆雷追求的對象，如
今他又自以爲找到國王和王后最關切問題的答案，未免賣弄

起來。這段可笑的「長篇大論」只是「無聊的修辭」，「根本是浪費晝、夜，和光陰」，更加凸顯出「簡要是才智的靈魂」——恰是波龍尼所欠缺的。當王后不耐煩地要他「多講事實，少來賣弄」，恐怕他還當作是誇讚呢（Doran: 34）。隨後他甚至以生命向國王保證，哈姆雷是因為單戀娥菲麗而發瘋的，指著自己的頭顱和肩膀自信滿滿地說：「把這個從這裡拿走，如果這次不一樣」（2.2.155）。不料一語成讖：這次真的不一樣；而他也在竊聽王子跟母后談話時，被王子誤殺。最反諷的是，徹頭徹尾是喜劇人物的波龍尼竟然牽動了悲劇的運作；這個本來和哈姆雷的復仇毫不相干的局外人一死，使劇情急轉直下，無可挽回的走向災難的結局（Snyder: 109）。

外表與內在

前文已經指出，莎士比亞的作品經常探究表裡不一的現象。《哈姆雷》這齣戲的眾多腳色不遺餘力地抽絲剝繭，挖掘真相，其中以哈姆雷最為顯著。他的第一段長篇臺詞就觸及這個主題。穿著黑色喪服的他，在宮廷一片喜慶的場景裡分外顯得格格不入。母后葛楚要他看淡父親的死，安慰他道：「須知這事很尋常：有生必有死，／走過塵世一遭，到達永恆」，他回答說：「夫人，是很尋常」（1.2.72-74）。接下來的對話是：

王后　　既然如此，
　　　　為什麼你好像與眾不同？

哈姆雷 好像，夫人？是眞的。我不懂什麼「好像」。
好媽媽，不只靠我墨色的外衣，
也不靠習俗規定的深黑服裝，
也不靠用力吹出大口的嘆息，
不，也不靠眼裡江河般的淚水，
也不靠臉上頹喪的神色，
外加哀戚的一切樣式、情緒、形狀，
就能傳達我的眞情。那些才眞是好像，
因爲那些是可以扮演的動作；
但我內心這種感覺無法表露，
前面那些只是傷慟的裝飾和衣服。

Queen. If it be,

Why seems it so particular with thee?

Ham. Seems, madam? Nay, it is. I know not "seems."

'Tis not alone my inky cloak, good mother,

Nor customary suits of solem black,

Nor windy suspiration of forc'd breath,

No, nor the fruitful river in the eye,

Nor the dejected haviour of the visage,

Together with all forms, moods, shapes of grief,

That can denote me truly. These indeed seem,

For they are actions that a man might play;

But I have that within which passes show,

These but the trappings and suits of woe.

　　　　　　　　　　　　　　　　　　　　　　（1.2.74-86）

在這裡，哈姆雷抓住母后「好像」一詞的語病，立即狠狠地搶
白她一頓，刻意彰顯她的虛情假意。引文最後幾行以戲劇的隱
喻強化表面與眞實的差異：「好像」、「扮演」、「動作」、
「表現」、「裝飾和衣服」等等，都是悲劇演員用以製造哀傷
假象的手法或戲服（Righter: 143-44）。他「好像」是說，他
的眞情不是外表所能顯現的。

　　然而，這一段話卻也可以說明劇作家莎士比亞和他所創
造的戲劇腳色哈姆雷一方面貶抑外表，揄揚無法實證之內
在，另一方面又同時實證出了外表的風格（Willbern: 1）[32]。
Thorne說得更明白：哈姆雷既然講「不只靠我墨色的外衣……
就能傳達我的眞情」，則顯然認爲外表至少還是能夠表達出
一部分內在的感覺。哈姆雷自己這時穿的是黑色孝服，說起
話來多的是雙關語和誇飾法。MacCary引述這一段臺詞，指
出引文除了後面三行的戲劇隱喻之外，還使用了「擬人法」
（personification）、「誇張引伸法」（catachresis）、「連接
詞省略法」（asyndeton），而從第5行開始，則連續使用了四
次修辭學裡的「首語重複法」（anaphora），簡直可以說是在

32　他並且指出，這段話裡並置了時下批評的三大主題：詩的寫作（poetic
　　writing），亦即腳色作爲文本；戲劇演出（dramatic enactment），亦即
　　腳色作爲表演；以及隱藏的實體（hidden essence），亦即腳色作爲人
　　（Willbern: 1）。

跟柯勞狄競賽修辭（86）。由此也可見，對造作虛矯的表達模式，他的態度其實頗為曖昧。固然哈姆雷譴責表演作秀，但是我們注意到這是出自一個演員之口──而演員，「照他自己的定義，缺乏本質或『內心』。因此，甚至在王子否認與外表有任何瓜葛的時候，我們警覺到他的作秀傾向（這會具體呈現在他『瘋瘋癲癲的模樣』）」（Thorne: 112-13）[33]。哈姆雷內在世界的魅力不僅來自它的曖昧難明，也來自它的攻擊性，這段話是一個例子（Gross: 23）。

著名的獨白

顧名思義，戲劇腳色「獨白」的時候，沒有──或是自以為沒有──旁人在場 （Maher: xiv）。《哈姆雷》劇中的獨白向觀眾訴說出腳色的內心世界。根據統計，全劇共有十二段獨白，屬於哈姆雷的占了其中八段[34]。莎士比亞給了哈姆雷一個

---

33 原文是：" ...it comes from the mouth of an actor who, by his own definition, lacks any interiority or 'within.' Even as the prince denies any truck with seeming, then, we are alerted to the histrionic propensities that will crystallize in the 'antic disposition.'"

34 這十二段分別在中譯本的（1）1.2.129-59（哈姆雷：「啊，願這齷齪透頂的肉體溶解……」）；（2）1.2.254-57（哈姆雷：「我父親的幽靈──穿著武裝！大事不妙。……」）；（3）1.5.92-1.5.92-112（哈姆雷：「啊眾天使！啊地祇！還有什麼？……」）；（4）2.2.544-601（哈姆雷：「啊真個混蛋卑賤的奴才啊，我！……」）；（5）3.1.56-88（哈姆雷：「要生存，或不要生存，這才是問題……」）；（6）3.1.152-63（娥菲麗：「啊，這麼高貴的心靈竟如此毀了！……」）；（7）3.2.249-54（盧先納：「心黑手辣藥性毒、時間湊巧，……」）；（8）3.2.379-90（哈姆雷：「現在正是夜晚鬼巫作怪的時刻……」）；

人兩百行的獨白，大大拉近了他跟觀眾的距離（Maher: xv）。也因此，「對其他的腳色，哈姆雷打啞謎、拐彎抹角，甚至唇槍舌劍。獨白的時候，他的話誠實發自內心。何瑞修是哈姆雷的朋友，但觀眾可以成爲他的親密夥伴」（Maher: xvi）[35]。獨白在本劇中的重要，由此可見[36]。

　　Newell認爲，總體說來，本劇獨白把意識範疇最深邃的人心加以「極度的戲劇表現」，也就是理智對意識的深入探究（18）。他說：「揭示腳色的心智（與感情）世界，當然是獨白這一戲劇手法的一種基本功能，但莎士比亞在《哈姆雷》進一步發揮這一功能：他使用獨白的手法，前後相當一貫，使我們注意到心智本身，特別是心智之爲人類特有的反思與推理工具」（18）[37]。不僅如此，他並且指出本劇獨白的安排具有結

（續）────────────
　　　（9）3.336-72, 97-98（柯勞狄：「啊我罪孽的惡臭，已經上聞於天……」）；（10）3.3.73-96（哈姆雷：「現在我可以輕易下手，趁他在祈禱。……」）；（11）4.3.61-71（柯勞狄：「英國的王啊，假如你還在乎我的情誼──……」）；（12）4.4.32-66（哈姆雷：「啊所有的一切都在控訴我……」）（參見Newell: 165-73附錄及其說明）。

35　原文是："To the other characters, Hamlet speaks in riddles, obliquely, even confrontationally. In the soliloquies, his discourse is candid and genuine. Horatio is Hamlet's friend, but the audience can be his intimate companion."
36　關於莎士比亞的獨白，可參閱拙著《與獨白對話：莎士比亞獨白研究》、*Dialogue with Monologue: A Study in Shakespearean Soliloquy.*
37　原文是："The revelation of what is going on in the mind (and feelings) of a character is, of course, one of the basic functions of a soliloquy as a dramatic device, but Shakespeare, taking this function one step further in *Hamlet*, has used soliloquies with remarkable consistency to bring attention to the mind itself, especially to the mind as a uniquely human instrument of reflection and ratiocination."

構性的意義，包括可以據而蹤跡主角的復仇經驗（28、 107、134）。

　　《哈姆雷》最出名的獨白大概要數第三場第一景，「要生存，或不要生存，這才是問題」的那長段：

> 要生存，或不要生存，這才是問題。
> 比較高貴的是在內心容忍
> 暴虐命運的弓箭弩石，
> 還是拿起武器面對重重困難，
> 經由對抗來結束一切？死去──睡去；
> 如此而已；假如一覺睡去就結束了
> 內心的痛苦，以及千千萬萬種
> 肉體必然承受的打擊：這種結局
> 正是求之不得。死去，睡去；
> 睡去，可能還做夢──對，這才麻煩。
> 因為在死的睡眠裡會做哪一種夢，
> 即使那時已經擺脫了凡塵的羈絆，
> 還是會逼得我們躊躇──也因此
> 苦難的生命才會如此長久。
> 誰甘心容忍世間的鞭笞和嘲諷、
> 壓迫者的欺負、傲慢者的侮辱、
> 失戀的創痛、法律的延誤、
> 官員的蠻橫，以及有德之士
> 默默地承受小人的踐踏──

假如他自己單憑一把短刀
就能清償宿債？誰甘心背負重擔，
在困頓的人生中喘氣流汗，
若不是從死亡那個未明就裡的
國度，沒有一個旅客回來過，
而對死後的恐懼麻痺了意志，
使我們寧願忍受現有的苦難
也不要飛向未知的折磨。
就這樣，意識使我們懦弱，
就這樣，決心的赤膽本色也因
謹慎顧慮而顯得灰白病態，
於是乎偉大而重要的事業
由於這種關係改變了方向，
失去了行動之名。……

To be, or not to be, that is the question:
Whether 'tis nobler in the mind to suffer
The slings and arrows of outrageous fortune,
Or to take arms against a sea of troubles
And by opposing end them. To die—to sleep,
No more; and by a sleep to say we end
The heart-ache and the thousand natural shocks
That flesh is heir to: 'tis a consummation
Devoutly to be wish'd. to die, to sleep;
To sleep, perchance to dream—ay, there's the rub:

For in that sleep of death what dreams may come,

When we have shuffled off this mortal coil,

Must give us pause, there's the respect

That makes calamity of so long life.

For who would bear the whips and scorns of time,

Th'oppressor's wrong, the proud man's contumely,

The pangs of dispriz'd love, the law's delay,

The insolence of office, and the spurns

That patient merit of th'unworthy takes,

When he himself might his quietus make

With a bare bodkin? Who would fardels bear,

To grunt and sweat under a weary life,

But that the drea of something after death,

The undiscover'd country, from whose bourn

No traveler returns, puzzles the will,

And makes us rather bear those ills we have

Than fly to others that we know not of?

Thus conscience does make cowards of us all,

And thus the native hue of resolution

Is sicklied o'er with the pale cast of thought,

And enterprises of great pitch and moment

With this regard their currents turn awry

And lose the name of action....

(3.1.56-88)

　　歷代對這段獨白的解釋眾說紛紜。Jenkins把前人詮釋的要旨，由大而小歸納整理爲下列五種：（1）「要生存，或不要生存」這個「問題」關心的是人類生存的好處和壞處，同時認識到人有能力以自殺結束自己性命；（2）這個「問題」討論生與死的抉擇，因此從頭到尾重點都是自殺；（3）這個「問題」在於哈姆雷可否結束自己性命；（4）是說哈姆雷應否殺死國王，不是應否自殺；（5）這個「問題」不僅是哈姆雷該不該向國王尋仇，更是問他該不該把戲中戲的探測遊戲玩下去（485）。

　　Jenkins認爲，這段臺詞的「戲劇力量」在於它讓我們看到哈姆雷個人處境的普遍面向；因此，以上五種詮釋當中，若是不加油添醋的話，最合理的應該是第一種（485）。誠然，早在第一場第二景第一次獨白時，哈姆雷就透露出厭世的傾向——「啊，願這齷齪透頂的肉體溶解、／消蝕，自己化成一滴露珠，／或是上帝的律法沒有／禁止自殺」（1.2.129-32）——但他相信人生與困境是同等延伸的（Jenkins: 490）。莎士比亞利用譬喻、對比、鋪陳、設問等種種修辭方式，「巧妙的平衡了生與死、求死與畏死、死之痛苦與生之痛苦等種種對立情況」（Jenkins: 487）[38]。

　　Newell著眼於全劇的結構，指出哈姆雷說這段獨白時，才剛決定了採取行動對付柯勞狄——以戲中戲試探他。他認爲獨

38　原文是："The soliloquy holds in skilful balance the opposites of life and death, the desire for death and the fear of death, the pains of death and the pains of life."

白裡有四項主旨。第一，做重大決定的危機衝突；第二（與前項相關的），哈姆雷對人生的感覺；第三，他略似哲學的人生觀，認為人生充滿機遇，難免失敗；第四，他對死亡的曖昧看法（80）。

Booth甚至認為，了解這段獨白有多高明，也就了解《哈姆雷》這齣戲有多高明（35）。他精細分析這段獨白，證明它從「要生存，或不要生存」的簡單二分法出發，逐漸顯示出「死亡不是生存的對立那樣簡單」（37）；分隔對立事物或觀念的界限逐漸模糊（39）。更由於哈姆雷談生論死的這一刻，國王和波龍尼躲在遮牆幕後面偷聽，觀眾會覺得無論生存或毀滅，都不是哈姆雷能夠操控的（Dodsworth: 110）。Kermode推崇這段獨白，說一般的戲劇獨白只是提供資訊給觀眾；哈姆雷在這裡從自身的處境出發，推廣擴大到全人類的情況，賦予獨白新的功能（115）。

尖刻的文字遊戲

莎士比亞筆下的哈姆雷反應敏銳、辯才無礙，喜玩文字遊戲。Ewbank認為這是環境逼人。她說，比起莎劇的其他主角，哈姆雷的情況特殊：不同的說話對象對他有不同的算計；因此他必須時時注意，處處留神，以便掌握語言的先機；而這也製造了許多笑果（68）。Charney分析哈姆雷的語言，指出他的風格多變，至少可以區分為四種：「（1）諧擬為主的自覺，（2）瘋癲時的機智，（3）獨白為主的激動，以及（4）

敘述或特效的質樸」（*Style*: 258）[39]。文字遊戲具體表現了哈姆雷——以及莎士比亞——對文字的敏感與興趣。

　　例如在第一場第二景，哈姆雷還沒有特定的敵人，也還沒有決定裝瘋賣傻，就已經展露出了他對語言的敏感與掌握能力。他跟柯勞狄的一段話替他們的緊張對立關係做了最佳寫照：

國王	……賢侄哈姆雷，也是我的兒——
哈姆雷	未免親有餘而情不足。
國王	為什麼烏雲還在籠罩著你？
哈姆雷	怎麼會，大人？父親的慈暉照得太多啦！
King.	... my cousin Hamlet, and my son—
Ham.	A little more than kin, and less than kind.
King.	How is it that the clouds still hang on you?
Ham.	Not so, my lord, I am too much in the sun.

（1.2.64-67）

柯勞狄想要拉攏哈姆雷，故意向他示好，卻碰了個軟釘子，一句話還沒有說完就被並不領情的哈姆雷切斷。kin和kind本是同義，都有「親族」之意，但kin只講關係，kind另有「仁慈、好心」之意。「親有餘」（"more than kin"）是指他們現在更

39　原文是："... 1. a self-conscious style expressed chiefly in parody; 2. a witty style associated with his madness; 3. a passionate style primarily in the soliloquy; and 4. a simple style for narration and special effects."

為接近的親屬關係，從叔侄（"cousin" 泛指一般親戚）到父子（"son"）；「情不足」（"less than kind"）這話顯示哈姆雷憎惡繼父柯勞狄，對母親改嫁也強烈不滿（參見Jenkins 434-36注釋）。國王聽若罔聞——抑或佯裝不解？——繼續表示關心，問他「為什麼烏雲還在籠罩著你？」這時哈姆雷又以「父親的慈暉照得太多」回應。以「慈暉」對照國王的「烏雲」譬喻，硬是把國王的一番「好意」頂了回去；原文 I am too much in the sun，其中 sun（太陽）與 son（兒子）諧音，仍然是一語多義：太陽照得太多，是反駁烏雲籠罩之說；兒子做得太多，表示對叔父（兼繼父）的厭惡。又，太陽也是國君的象徵，意謂國王管得太多了。言下之意，對叔父視他如子其實極為反感。

　　Booth指出，柯勞狄一心想要結合兩個互相排斥的關係（侄子，兒子）；哈姆雷則要斷開這種關係（親有餘，情不足）。觀眾在這場戲所樂見的表面秩序因此被打破了。由於「親有餘，情不足」乃是哈姆雷在這齣以他為主角的劇本裡所說的第一句臺詞，「從此哈姆雷跟觀眾緊密結合，兩者在此的關係勝過在其他任何一齣莎劇，乃至任何其他戲劇文學中，主角與觀眾的關係」（27）[40]。

　　Ferguson也說，哈姆雷「親有餘，情不足」這句話破壞了國王先前不久才以修辭建立起來的平衡與聯繫。哈姆雷利用

40　原文是："Hamlet and the audience are from this point in the play more firmly united than any other such pair in Shakespeare, and perhaps in dramatic literature." Booth 指稱「親有餘，情不足」這句話是旁白(aside)；Q1, Q2 和F並沒有這樣說明。近代註疏本說法不一。

「有餘」跟「不足」的對照，加上kin跟kind之間一個字母之差（在譯文裡則是「親」跟「情」一音之差），攻擊國王，不僅點明了國王言行不一，表裡不符，也是反映出他想要母親跟叔父劃清界限（140）。Gross以這句話為例，更進一步指出，哈姆雷之所以愛講這類「晦暗、厭惡的雙關語」，是既要「讓別人對他的話語起疑，又要拒斥別人以虛情假意詆毀他的人格」（22-23）[41]。

對比的詩歌形式

以上所舉的例子都屬「無韻詩」。第三場第二景的戲中戲則是以兩行一韻的「韻文對偶句」（rhymed couplet）寫成：

扮后　……………………………

若有第二任丈夫，讓我受到天譴；
沒有人肯再嫁，除非殺夫在先。

……………………………

造成第二次婚姻的動機
不是愛情，而是卑鄙的利益，
若是跟第二任丈夫床上親愛，
等於我第二次把親夫殺害。

扮王　我相信這是你現在的肺腑之言；

41　原文是：　"I take it that Hamlet's desire at once to attract suspicions to his words and to repel such slanderous glossings of his character is what provokes so many of his dark, aversive puns."

然而我們的決心，常常無法實現。

決心不過是記憶的奴隸，

力量並不大，雖然起初驚天動地。

像那生澀的水果，懸掛在樹梢，

一旦成熟，不去搖它也會掉。

……………………………

我們一時興起，對自己許諾；

興頭過了，決心也就失落。……

P. Queen. ……………………………

In second husband let me be accurst;

None wed the second but who kill'd the first.

……………………………

A second time I kill my husband dead,

When second husband kisses me in bed.

P. King. I do believe you think what now you speak;

But what we do determine, oft we break.

Purpose is but the slave to memory,

Of violent birth but poor validity,

Which now, the fruit unripe, sticks on the tree,

But fall unshaken when they mellow be.

……………………………

What to ourselves in passion we propose,

The passion ending, doth the purpose lose.

（3.2.174-90）

　　Doran 認為這段戲文講的是庸俗的大道理，押韻平板，節奏單調，和主戲有所區隔（35）。這種看法固然有理，但是，戲中戲的戲文內容也另有與主戲互相呼應之處。扮后的信誓旦旦，跟葛楚的寡情別戀形成強烈對比。扮王對決心的看法，不只可以應用到扮后和觀眾之一的葛楚[42]，也像是在嘲弄哈姆雷已經失去了復仇的決心。《謀殺貢札果》這齣戲碼既然是哈姆雷親自挑選的，並且他自己還添加了十幾行的劇情，那麼，哈姆雷似乎是有意借題發揮（當然也可能是潛意識的作用），使戲中戲除了具有表面上捕捉國王良心的功用，也用來又一次表達對母后，以及對自己的不滿——不滿母后再婚、不滿自己還沒有完成報私仇的任務[43]。

風格繁複的散文

一、裝瘋賣傻

　　《哈姆雷》一劇不僅詩的部分多所變化，散文風格也頗繁複。根據Vickers的研究，哈姆雷使用散文的主要情景有二：一是對國王以及他的爪牙裝瘋賣傻，另一則是當他需要放鬆心情的時候（*Artistry*: 248）。例如哈姆雷對國王非僅不假辭

42　雖然哈姆雷說這戲是要試探國王、確認鬼魂的話，葛楚似乎才是最主要的諷刺對象（Cohen: 84）。D. Douglas Waters（224）說：「這場戲中戲測試（1）鬼魂、（2）柯勞狄、（3）葛楚、（4）哈姆雷的想像」（"The play-within-the-play ... is a theater that tests (1) the Ghost, (2) Claudius, (3) Gertrude, and (4) Hamlet's imagination."）。

43　反諷的是，從基督教的觀點來看，沒報私仇不是王子的弱點，想要報私仇才是（Waters: 226）。

色，更時時嘲諷。國王遣送他出國的時候，哈姆雷跟他說：
「再會了，親愛的母親。」柯勞狄立即糾正他：「是你慈愛的
父親，」但是哈姆雷堅持：「是我的母親。父母是夫妻，夫
妻是一體。因此，我的母親。」弄得柯勞狄大為尷尬（4.3.52-
55）。哈姆雷故意誤會別人的意思，這不是頭一回；鋒利尖
銳的推理對他而言，是紓解強烈激情的一種形式（Doran: 56-
57）。

二、輕鬆自在

以下對白出自第二場第二景（羅增侃與紀思騰奉國王與王
后之命，造訪並試探哈姆雷）：

> **哈姆雷** 我最要好的朋友。你好嗎，紀思騰？啊，羅
> 增侃。好兄弟，兩位可好？
>
> **羅增侃** 馬馬虎虎啦。
>
> **紀思騰** 幸福，因為我們不是過分幸福：我們不是幸
> 運女神帽頂的鈕釦。
>
> **哈姆雷** 也不在她的鞋跟？
>
> **羅增侃** 也不是，大人。
>
> **哈姆雷** 那你們住在她的腰部，或是在她慈顏的當中
> 囉？
>
> **紀思騰** 說真的，我們是她的小兵。

哈姆雷	幸運女神的小屁？啊，對極了，她是個淫婦。……
Ham.	My excellent good friends. How dost thou, Guildenstern? Ah, Rosencrantz. Good lads, how do you both?
Ros.	As the infiferent children of the earth.
Guild.	Happy in that we are not over-happy: on Fortune's cap we are not the very button.
Ham.	Nor the soles of her shoe?
Ros.	Neither, my lord.
Ham.	Then you live about her waist, or in the middle of her favours?
Guild.	Faith, her privates we.
Ham.	In the secret parts of Fortune? O most true, she is a strumpet....

(2.2.225-36)

柯勞狄派羅、紀兩人去跟監哈姆雷。哈姆雷剛見到久違的總角之交，不疑有他，立刻玩起文字遊戲，肆無忌憚的真心愉悅溢於言表。

三、散文詩

　　當然散文也不限於用來說笑耍嘴皮。緊跟著上面一段話，哈姆雷察覺他的朋友其實是國王的間諜之後，自述心境說：

……我最近，也不知道爲什麼，失去了歡樂，平常的
運動什麼也不做；眞的，我的心情沉重得連地球這個
完好的結構，在我看來，都像一片荒涼的峽角。天空
這美麗的穹蒼，你看，這燦爛的天幕，這鑲嵌了火一
般黃金的雄偉屋頂，唉，在我看來只不過是一團烏煙
瘴氣。人是何等的傑作，理智何其高貴、能力何其廣
大、容貌和舉止何其完美優秀，行爲多像天使、領悟
力多像上帝：世間的美貌、動物的典範……。

... I have of late, but wherefore I know not, lost all my
mirth, forgone all custom of exercises; and indeed it goes
so heavily with my disposition that this goodly frame
the earth seems to me a sterile promontory, this most
excellent canopy the air, look you, this brave o'erhanging
firmament, this majestical roof fretted with golden fire,
why, it appeareth nothing to me but a foul and pestilent
congregation of vapours. What piece of work is a man,
how noble in reason, how infinite in faculties, in form and
moving how express and admirable, in action how like an
angel, in apprehension how like a god: the beauty of the
world the paragon of animals....

（2.2.295-307）

這段文字以世間的美好明亮對照哈姆雷心中的抑鬱晦暗。譬喻
鮮活、思想澄澈、節奏分明，稱得上佳妙的散文詩。Kermode

甚至認為這可能是莎士比亞有意的安排，「表現散文可以用來複製詩歌」（111）[44]。同時莎士比亞也借哈姆雷之口，道出了文藝復興時代對人的最高禮讚，充滿了自信。

　　更值得注意的是，話聲未了，一個急轉彎，哈姆雷的語氣丕變：「——然而，對我來說，這塵土的精華算是什麼呢？」（"—and yet, to me, what is this quintessence of dust?"）；接著又是「人，我不喜歡——沒錯，包括女人，雖然你們的微笑似乎說是我喜歡」（"Man delights not me—nor woman neither, though by your smiling you seem to say so"）（2.2.308-10）。顯然他又回到自己內心的憂鬱（Evans: 130）：腐敗的丹麥使他「失去歡樂」、「心情沉重」。掘墳者在第五場第一景說得對，「[問題]就在丹麥這裡嘛」（參見下文）。

　　除了表達了哈姆雷的情緒之外，這段話的遣詞用字也描繪了演出這齣戲的劇場。「『結構』、『穹蒼』、『天幕』令人想起伊麗莎白時代的劇場；劇作家常以『峽角』暗喻舞臺；『鑲嵌了火一般黃金』聽來像是『天上』——塗了金星星的舞臺屋頂」；等等（Cartwright: 101）[45]。這一來，提醒了觀眾注意演戲的實際舞臺，引起他們的戲劇自覺，產生心理上的疏離效果，更能認清舞臺上的演出（參見Cartwright: 101）。

44　原文是："... [it] might have been designed to show that prose can double poetry."

45　原文是：" 'Frame,' 'canopy,' and 'firmament' recall the Elizabethan playhouse; playwrights commonly used 'promontory' as a metaphor for the stage; and 'fretted with golden fire' sounds like 'the heavens,' the stage rof painted with gold stars."

四、插科打諢

插科打諢是丑角的本分。第五場第一景，掘墳者嘻皮笑臉，有許多精采的道白。例如他跟另一丑角閒談：

掘墳者	哪一種人造的東西，比蓋房子的、造船的、做木工的還要牢固？
丑乙	搭絞刑臺的，因爲他搭的玩意兒，讓一千個人用過也壞不了。
掘墳者	佩服佩服，絞刑臺是好。好在哪裡呢？它好在對付那壞人。可是，你説絞刑臺比教堂還要牢固，這就壞啦；古曰：絞刑臺用來對付你可能好。再猜猜看，來。
丑乙	誰造的東西，比蓋房子的、造船的、做木工的還要牢固？
掘墳者	對，説出答案，就饒了你。
丑乙	嘿，我曉得了。
掘墳者	説啊。
丑乙	唉，我説不上來。
掘墳者	你也不必傷腦筋了。笨驢子再抽牠也走不快。下回碰到這個問題，就説：「挖墳的。」他蓋的房子可以用到世界末日。……
Grave.	What is he that builds stronger than either the mason, the shipwright, or the carpenter?
Other.	The gallows-maker, for that frame outlives a

　　　　　thousand tenants.

Grave.　I like thy wit well in good faith, the gallows does

　　　　　well. But how does it well? It does well to those

　　　　　that do ill. Now, thou dost ill to say the gallows is

　　　　　built stronger than the church; argal, the gallows

　　　　　may do well to thee. To't again, come.

Other.　Who builds stronger than a mason, a shipwright,

　　　　　or a carpenter?

Grave.　Ay, tell me that and unyoke.

Other.　Marry, now I can tell.

Grave.　To't.

Other.　Mass, I cannot tell.

Grave.　Cudgel thy brains no more about it, for your

　　　　　dull ass will not mend his pace with beating.

　　　　　And when you are asked this question next, say

　　　　　"A grave-maker." The houses he makes lasts till

　　　　　doomsday....

　　　　　　　　　　　　　　　　　　　　（5.1.41-59）

掘墳者欺負老實的丑乙，又賣弄學問，把「故曰」（拉丁文
ergo）講成了「古曰」（原文argal）。Cohen說他不時會有看
似矛盾的雋語，例如他一面「拆除」舊墳，一面自誇「他蓋的
房子可以用到世界末日」（137）。

五、棋逢敵手

如果說，上面一段引文顯示丑乙根本不是掘墳者的對手，在以下這一段，哈姆雷也被他打敗了：

哈姆雷 你是給哪位仁兄挖的？

掘墳者 先生，不是個男人。

哈姆雷 是給哪個女人呢？

掘墳者 也不是個女人。

哈姆雷 是誰要葬在裡面？

掘墳者 先生，先前是女人，可是——願她的靈魂得到安息——現在死了。

Ham. What man dost thou dig it for?

Grave. For no man, sir.

Ham. What woman then?

Grave. For none neither.

Ham. Who is to be buried in't?

Grave. One that was a woman, sir; but rest her soul, she's dead.

(5.1.126-32)

這回就連哈姆雷這麼愛玩文字遊戲的人都不禁感嘆——或者，如Vickers所言（*Artistry*: 267），是佩服吧：「這傢伙真會咬文嚼字。」他接下來的問題是：「你幹這行有多久了？」

掘墳者　不早不晚，我開始做的那一天，恰好是先王
　　　　哈姆雷打敗了符廷霸。

哈姆雷　那到現在有多久了？

掘墳者　您連這也不曉得？連傻瓜都曉得。就是小哈
　　　　姆雷出生那一天嘛——發瘋送到英國的那
　　　　個。

哈姆雷　是啦沒錯。為什麼送他到英國？

掘墳者　為什麼？因為發瘋了嘛。他到那裡會恢復正
　　　　常。就算不能恢復，在那裡也沒什麼大不
　　　　了。

哈姆雷　這話怎麼說？

掘墳者　那裡的人不會看出他發瘋。那裡的人跟他一
　　　　樣是瘋子。

哈姆雷　他怎麼發瘋的？

掘墳者　聽說是非常奇怪。

哈姆雷　怎麼個奇怪法？

掘墳者　真的，因為失去了理智。

哈姆雷　是哪裡出了問題呢？

掘墳者　嘿，就在丹麥這裡嘛。……

Grave.　Of all the days i'th' year I came to't that day
　　　　that our last King Hamlet o'ercame Fortinbras.

Ham.　　How long is that since?

Grave.　Cannot you tell that? Every fool can tell that.
　　　　It was that very day that young Hamlet was

born—he that is mad and sent into England.

Ham.　Ay, marry. Why was he sent into England?

Grave.　Why, because a was mad. A shall recover his wits there. Or if a do not, 'tis no great matter there.

Ham.　Why?

Grave.　'Twill not be seen in him there. There the men are as mad as he.

Ham.　How came he mad?

Grave.　Very strangely, they say.

Ham.　How "strangely"?

Grave.　Faith, e'en with losing his wits.

Ham.　Upon what ground?

Grave.　Why, here in Denmark....

（5.1.139-56）

掘墳者不僅取笑哈姆雷是傻瓜，更諷刺當年倫敦劇院裡看戲的所有觀眾──他們都是瘋子。引文最後兩句，哈姆雷說：Upon what ground?是問失去理智的原因 （ground＝理由）。掘墳者不知道是真不懂還是假不懂，把ground解釋成「土地」，弄得哈姆雷哭笑不得。一向伶牙俐齒，口不饒人的哈姆雷，在這一場文字遊戲裡，總算屈居下風，當了一次配角（Ewbank: 68）。

而在搞笑之餘，莎士比亞的雙關語似乎也別具深意。W.

Kerrigan指出哈姆雷跟掘墳者的這一場戲在全劇發展中的關鍵地位。是哪裡出了問題呢？「盤據哈姆雷心裡的一切——姦情、謀殺、亂倫、鬼魂的指令、自殺的兩難——都聚合在『是哪裡出了問題呢？』這個問題裡。這齣戲、戲中的詩、精采的臺詞、種種思想：哈姆雷之所以爲哈姆雷，《哈姆雷》之所以爲《哈姆雷》，其道理都聚合在這個問題裡」（129）[46]。掘墳者的答案——「嘿，就在丹麥這裡嘛」——指的可能是他腳下的墳土，使哈姆雷的思緒轉到墳土，轉向死亡，以死亡結束一切痛苦，因爲他接下來就問掘墳者：「一個人躺在土裡，多久才會腐爛？」此後他跟何瑞修的一連串談話（幾乎是他自己的獨白）都環繞著死亡的主題，例如人死後會如何如何。「要生存，或不要生存」的難題，先前曾經令他長考，而今逐漸有了解答（W. Kerrigan: 128-51）。誠如W. Kerrigan所說，到頭來，「哈姆雷起初答應鬼魂要殺柯勞狄的諾言，成了上帝的諾言：哈姆雷將會服從鬼魂，殺死柯勞狄」（146）[47]。這樣看來，前面四場演的是復仇觀念對哈姆雷心靈的影響；最後一場則是他的心靈對復仇觀念的影響（W. Kerrigan: 151）。

---

46 原文是："Everything that has preoccupied Hamlet—the adultery, murder, and incest, the injunctions of the ghost, the suicidal dilemma—is collected in the question 'Upon what ground?' The play, the poetry, the great speeches, the thoughts: everything that makes Hamlet Hamlet, and *Hamlet Hamlet* is collected in that question."

47 原文是："... what was initially Hamlet's promise to obey the ghost and kill Claudius becomes God's promise that Hamlet will indeed obey the ghost and kill Claudius."

結語：哈姆雷是胖子嗎？

以上各例或可說明莎士比亞如何結合語言跟戲劇，使語言成爲戲劇的工具，雖然還不足以涵蓋他在《哈姆雷》的文字技巧。學者不斷地研究，使劇中難解的文字逐漸明朗。例如在第五場哈姆雷和雷厄提鬥劍比武那一景，哈姆雷贏了兩擊之後，有如下的對白：

> **King.** Our son shall win.
> **Queen.** He's fat and scant of breath ....
>
> (5.2.290)

王后爲什麼說哈姆雷fat？難道哈姆雷竟是個胖子？以往有人說，這或許是暗指當年擔綱飾演哈姆雷一角的名演員Richard Burbage身材較胖。現代的多數版本，例如Arden，把這個字解釋成 "sweaty"（汗淋淋）或 "out of condition"（體能狀況不佳）；葛楚接著用手帕替哈姆雷擦汗，似乎可以支持這個說法。Hibbard提出更進一步的理由：葛楚擔心兒子落敗難堪，急於替他找個藉口。這話似乎也言之成理。然而，現在明明是哈姆雷領先的局面，連國王都說認爲他會贏。有必要在這個時候替他安排失敗的理由嗎？第一擊成功之後，國王賜酒給哈姆雷，被他婉拒；第二擊成功，母后再次勸酒，他仍舊沒有接受，看來也不像滿頭大汗氣喘吁吁的樣子。

最近Daniell提出了新的解釋。他研究文學以外的資料，

發現在William Tyndale（1492?-1536）翻譯的聖經〈約書亞記〉（Joshua）、〈士師記〉（Judges）、〈撒姆耳記上〉（1 Samuel）裡，fat這個字的意義和今日大不相同。例如〈士師記〉第三章（二十九節）就說，摩押人約有一萬，"all fat, and men of might"。他認為，從上下文看，十六世紀時，fat的意思應該是「十分強壯，善於戰鬥」（"very strong and able in combat"）。這是《牛津英文字典》（*OED*）所忽略的（Daniell: 22）。

用這個意義回頭看葛楚的話，意思就清楚多了。她是在誇獎自己的兒子，同時也附和國王的話（她還不知道國王已在酒裡下毒）。至於scant of breath一詞，Daniell根據*OED*，認為scant在這裡並不意味 "deficient"（缺乏、不足），而應該解讀為 "sparing"（節制、有所保留）。他指出，這種用法在戲裡已有先例：波龍尼制止他的女兒娥菲麗繼續跟哈姆雷要好，命令她 "From this time / Be somewhat scanter of your maiden presence"（從今以後 / 你貞潔的身影要節制一些）（1.3.120-1）（Daniell: 23）。因此，王后那句話的意思便是「他很壯，連氣都不喘」。這種和傳統說法南轅北轍的解釋似乎比較合情合理。

舉這個例子，只想說明一項事實：直到四百年後的今天，《哈姆雷》劇中的文字還有費人猜疑之處。

花了許多篇幅討論《哈姆雷》的戲劇語言，實在是因為戲劇語言牽涉到腳色的性格刻畫跟劇情的推展。特別是在伊麗莎白時代，觀眾到劇場為的是看演員表演，聽演員念白。儘管後

世演出可以在舞臺設計推陳出新，可以任意搬動故事的時代背景，可以在特效上出奇制勝，對觀眾而言，要緊的是莎士比亞戲劇中的人物、語言與情節（Halio: 85）。要體會《哈姆雷》這齣戲的奧妙，尤其須先了解它的語言。

五、現代電影版本

> 他不屬於一個時代，而是屬於永遠。[48]
>
> ——Ben Jonson（1572-1637）

從「書面」到「臺面」

　　然而，莎士比亞寫作劇本，目的在於搬演。近年來的莎學日益注重劇場的演出，「從書面到臺面」（from page to stage）的研究愈來愈多。

　　《哈姆雷》早期的演出狀況已不可考，但是從隨後不久許許多多影射或套用哈姆雷典故的其他作品推測，可知它頗受歡迎。各個時代的人，對哈姆雷王子的底蘊都有不同的看法。跟文本的批評與研究一樣，任何舞臺或電影的演出，也無非表現出導演或演員對這個劇本及腳色的理解與認識。Hapgood認為，對演員而言，飾演哈姆雷一角是取得「入會資格」（diploma-piece）的關鍵；他引用John Barton的話說，哈姆雷必須高貴溫柔，但也能蠻橫粗魯；充滿熱情，但也能以冷眼

48　原文是："He was not of an age, but for all times!"

旁觀；有強烈的反諷、機智、幽默感；有深厚的理智活力；個性極端反覆，變化無常，令人不知道他下一著棋會是什麼（2）。

　　在時間限制之下，絕大多數的演出都有刪減的必要。莎劇的長度（包括詩與文）通常是兩千多行，演出時間約為兩小時半至三小時。《哈姆雷》是莎士比亞最長的劇作，合併本可以長達三千八、九百行，而哈姆雷一個人的臺詞就占了一千六百多行。（莎士比亞早期的《錯誤的喜劇》[*The Comedy of Errors*；或譯《錯中錯》] 總共才一千九百多行，只有《哈》劇的一半。）全劇的演出至少要四個小時。

　　自從有了電影媒體，莎劇立即成為銀幕寵兒。如今，莎士比亞所有劇作都有了電影版，而且多半不只一種、不限一國。在莎士比亞眾多劇本中，《哈姆雷》一直是劇場和學術界的最愛。這個現象也發生在電影界。1990年出版的《銀幕莎士比亞》（*Shakespeare on Screen*）共收錄了莎劇改編的電影（包括節本、教學本、電視版）七百四十七種，而其中《哈姆雷》的各種版本占了八十一種，最早的是1900年法國根據實際演出拍攝的比劍一景，只有五分鐘（Rothwell and Melzer:54-84）。另外根據1994年出版的《影視莎士比亞》（*Shakespeare and the Moving Image*）所述，截至該書出版時，已有四十七種《哈姆雷》的電影版本（包括刪節本），另外至少有九十三種跟《哈姆雷》相關的影片（Taylor: 180）。

　　電影跟舞臺是不同的媒體；無論場景轉換或人物刻畫，憑著鏡頭的運用，都比舞臺劇方便自如。描述場景的文字有時成

了多餘甚至累贅，刪節不足爲怪。然而，情節的選擇與安排是展現導演及演員意圖的重要指標，則無論舞臺劇或電影都是一樣。以下僅就分別由勞倫斯・奧立佛（Laurence Olivier）、弗朗哥・柴菲瑞里（Franco Zeffirelli），和肯尼斯・布雷納（Kenneth Branagh）三人導演——並以主角哈姆雷爲觀察重點，略加探討。

奧立佛版與柴菲瑞里版

奧立佛的電影版《哈姆雷》（中譯名爲《王子復仇記》），由奧立佛自導自演拍攝於1947年，於次年發行。奧立佛精湛的演技，爲他贏得了奧斯卡最佳演員獎。這部電影以黑白拍攝，色調陰沉。它的最大特色在於奧立佛明明白白告訴觀眾他的詮釋角度。他在片頭節用了哈姆雷的一段臺詞：「常常有些特別的人物，／由於他們天生的瑕疵，／由於某種傾向的過度發展，／經常打破理智的藩籬和城堡，／或是因爲積習太深——這些人，／可說帶有一種缺點的戳記，／他們的其他美德，即使聖潔，／也必在眾人眼中受到汙損，／只因那個特別的缺點」（見譯本1.4.24-36；電影版略有刪節）。奧立佛緊接著自己加上一句：「這是一個猶豫不決者的悲劇」（This is the tragedy of a man who could not make up his mind），明白點出哈姆雷的「悲劇缺陷」——當然這是非常狹隘的看法。至於哈姆雷爲什麼無法下定決心，勞倫斯也有定見。他採取（佛洛依德學生）恩內斯・鍾斯（Ernest Jones）的解釋，認爲哈姆雷有伊底帕斯的弒父戀母情結（Rothwell and Melzer: 61）。因此，哈

姆雷叔父柯勞狄所作所為，等於是他自己想做的事。在這種情況下，哈姆雷認同了叔父，又如何能下手殺他？

從這個心理學的詮釋觀點出發，奧立佛幾乎完全捨棄劇中的政治意涵；性與慾成了這部電影重點。他一開始讓鏡頭在像迷宮般的王宮中窺探，然後對準寢宮內室，以特寫展露出一張大床。電影結束的時候，也把鏡頭對準了那張大床。劇中柯勞狄耽溺酒色，葛楚體態撩人。她跟三十歲的兒子哈姆雷嘴對嘴的親吻，以及和哈姆雷在寢宮中的一幕都非常露骨。

為了主題的一致，也為了縮短時間（變成152分鐘），奧立佛大幅度更動、刪節了劇本。其中挪威王子符廷霸、羅增侃與紀思騰完全消失，對劇情影響最為深遠。

符廷霸故事情節所占的時間有限，但是，如前文（第三章「戲劇結構：四個復仇故事」）所示，具有重大的主題意義。其一，這是另一個「王子復仇記」，跟哈姆雷的復仇主線形成對照。符廷霸為了彈丸之地不惜大動干戈，投入金錢、犧牲人命，讓哈姆雷對自己師出有名卻未有行動，深覺愧疚。其二，符廷霸最後因緣際會，順理成章占領丹麥，完成為父復仇的心願，恰好印證了哈姆雷後來領悟到的「人算不如天算」的道理。

此外，莎士比亞原劇又穿插了哈姆雷和兩位總角之交的情節。羅增侃和紀思騰奉國王之命，先是前來刺探哈姆雷發瘋的原因，強化了劇中人物互相監控的事實。哈姆雷誤殺波龍尼之後，他們又負責押送哈姆雷前往英國送死。但是哈姆雷在途中無意中搜到國書，得悉內容，而加以改換，反而讓羅、紀兩人

喪命；他自己則被海盜送回國。哈姆雷這一趟旅行得到的教訓，使他從此決定放棄個人的掙扎，聽命於天，因為「一隻麻雀掉下也有特別的天意」（5.1.215-6）。

任何演出如果忽略以上這兩個情節，就會忽略了莎士比亞「與眾不同」的企圖。奧立佛的電影版因為著眼於表現哈姆雷猶豫不決的悲劇性格，大大局限了原劇的廣度與深度。

柴菲瑞里的版本（中譯名為《哈姆雷特》）更短，只有129分鐘。他在情節內容上也做了大幅度的改動，僅僅保存了原劇本行數的百分之三十一（Taylor :192）。他刪除符廷霸的故事，但保留了羅增侃跟紀思騰的情節，包括在船上偷換國書的一段。由梅爾‧吉勃遜（Mel Gibson）飾演的這位「果決的哈姆雷」（Taylor: 192）對於政治層面似乎也並不重視：劇終之時，哈姆雷只要求何瑞修把他的故事昭告天下，以免遭人誤解。

跟奧立佛版一樣，柴菲瑞里版也強調情慾。電影一開始是老哈姆雷封棺的鏡頭。就在王后葛楚悲戚落淚之後，柯勞狄已經把哈姆雷王子當作自己兒子了——因而「速婚」的印象特別強烈。劇中鏡頭一再顯示哈姆雷極度不滿母親跟叔父的情慾。寢宮責母那一幕，王子有誇張的仿性行為動作，然而不像戀母情節的表現，比較像是在痛斥母親的淫穢不潔[49]。

---

49 朱立民《愛情‧仇恨‧政治》一書有〈勞倫斯奧立佛為漢姆雷特整型〉及〈漢姆雷特之演出〉兩文討論奧立佛及柴菲瑞里兩氏的電影版《哈姆雷》，解說詳盡，分析精闢。

布雷納的足本《哈姆雷》

　　節本的《哈姆雷》難免對原劇造成內傷。布雷納長達四小時的「足本」電影版彌補了這個缺憾[50]。首先是他幾乎完全擺脫了佛洛伊德的影響。片中哈姆雷沒有什麼戀母情結，倒是透過倒敘，幾次呈現出他跟娥菲麗赤裸裸的做愛場景；並不煽情，反而顯出兩人的真情。此外，刪節本裡若干含混不清部分，在這裡都變得合理明白了。尤其是對熟悉原作的觀眾，全劇的意義更為完足、表現更加深刻。

一、充實腳色內涵

　　符廷霸故事這一部分，布雷納把這位挪威王子刻畫成陰險狠毒、老謀深算的冷血青年，跟哈姆雷的對照更為明顯。符廷霸並不是湊巧在從波蘭班師歸國途中碰上丹麥宮廷的血腥屠殺，而是有預謀地突襲丹麥。他是一個有了復仇計畫，就一心一意做去，不達目的不休的人。極為反諷的是，挪威大軍步步進逼之際，丹麥宮內哈姆雷跟雷厄提兩人正纏鬥得不可開交，而謀殺哈姆雷的計畫也一一展開。柯勞狄本來是個精明果決的領袖，但是由於自己一身的罪孽，為了哈姆雷的事費盡心機，無暇照顧國是，丹麥乃有亡國之恨，讓符廷霸撿了一個便宜。從開場時候巨大的老哈姆雷雕像搬神弄鬼，到結束時雕像被

50　布雷納這部電影還另外剪接了一個二小時版，保存了大部分的人物和故事，但已經是殘缺不全了：例如少了柯勞狄看戲之後懺悔的一幕，人物刻畫變得平板。

毀，終於把「哈姆雷」的名字完全遮蔽，象徵舊制的崩垮。

至於羅增侃和紀思騰，布雷納也讓哈姆雷在初次重見他們的時候，表現出真誠的喜悅；等到發現他們甘心被國王利用，才開始翻臉。如此一來，哈姆雷後來對他們嚴加提防，乃至害死他們，便屬合情合理，無須良心不安了。

「足本」的意義豐富，或可再舉一例。

劇中有波龍尼派遣僕人芮拿篤前往法國暗中刺探兒子雷厄提在外的行為。這是充斥全劇的猜疑氣氛的一部分——特別是父親對兒子的不信任，類似柯勞狄派人跟監哈姆雷。值得深思的是，波龍尼指示芮拿篤說，為了套出別人說出有關他兒子的真話，可以不擇手段，甚至可以指稱雷厄提嫖妓，芮拿篤聽了簡直不敢相信自己的耳朵（2.1.26-27）。布雷納的電影裡，波龍尼遣僕之時，有個妓女在他床上。做父親的自己狎妓，才會擔心兒子有同樣毛病。這一段父親懷疑兒子的談話對假冒為善的諷刺十分明顯，同時也可以說明為什麼娥菲麗在聽了雷厄提臨別贈言之後，回了一句：「但是我的好哥哥，／可別像有些不虔誠的牧師，／勸我走艱難荊棘的天堂路，／自己卻像得意的輕狂少年，／踏上縱情放浪的煙花小徑，／罔顧自己的勸世良言」（1.3.46-51）。

二、特效與場景使用

無論導演或演員，要演出像《哈姆雷》這種已經演過無數次的經典之作，必然難免「影響的焦慮」，而力求推陳出新。布雷納的電影版既保存了原劇的完整，又有多處好萊塢式偵

探片令人屏息的場景，娛樂價值很高。他利用了許多電影的技巧，例如鑄成銅人的老哈姆雷的突然拔劍，拉開緊張的序幕；鬼魂出現的時候，土崩地裂、煙火突起、霧氣瀰漫；哈姆雷誤殺波龍尼之後，到處躲藏，突然被一枝長槍抵住太陽穴；羅增侃與紀思騰以特使身分，乘坐火車頭而來；娥菲麗發狂之後遭到囚禁，被噴以冷水；幾次窺視的鏡頭；符廷霸冷酷的臉多次出現，不僅提醒觀眾丹麥除了內憂還有外患，也使觀眾漸漸熟悉這個面孔，因而他在劇終時接管丹麥，就沒有那麼突兀了；符廷霸率軍襲擊丹麥王宮，兵眾飛身破窗而入……，不一而足，加上配樂，都極具震撼效果。

　　本片在牛津（Oxford）附近的布雷南宮（Blenheim Palace）拍攝，時代改為十九世紀。華麗明亮的宮殿竟是齷齪醜聞的發生之處──背景的選擇彰顯了表面與實際差異的主題。宮中大廳有許多門，門上有大面鏡子，左右對照。布雷納做了很多有趣的利用。柯勞狄和波龍尼命令娥菲麗引誘哈姆雷說出真話那一幕，兩人躲在一扇門後；鏡頭一下子從門外拍攝，一下子從門內拍攝，照出娥菲麗壓在鏡面上扭曲的臉──是一張被幾個男人扭曲了的無辜女子的臉。另外又透過鏡頭轉入門內拍攝出窺聽者的驚惶失色，暗示門內門外的互動，頗見匠心。

　　布雷納利用場景的工夫不止於此。他成功地把華麗寬大的布雷南宮變成一座監獄：除了宮前的鐵欄，宮中的房間也像囚室，房門多半緊閉，令人窒息。而絕大多數的戲都發生在宮裡，正應了哈姆雷說的，「丹麥是個監獄」（2.2.243）。娥菲麗眼見父親波龍尼的屍體被抬出去，自己卻被隔在鐵欄裡面。

她發瘋之後，囚禁之處也在宮中。

　　另外值得一提的是最後一幕。奧立佛演的王子從十五英尺高處縱身而下，刺殺柯勞狄，自然是驚險萬狀，據說把柯勞狄的替身演員撞昏，還打落了他兩顆牙齒（Berson）。柴菲瑞里版沒有那麼驚人：梅爾·吉勃遜向前猛衝了約有十多公尺，一劍戳進國王身體。布雷納的最後一擊最是精采：他先是在數十公尺外的樓上擲劍，筆直插入逃往王座的國王背部；接著割斷吊燈的繩索，像人猿泰山一般乘著吊燈飛撲撞上國王；再以毒酒餘瀝塗抹到國王嘴裡。

三、獨白如彩排

　　布雷納的創意也顯示在他如何處理哈姆雷思考「要生存，或不要生存，這才是問題」的那一段獨白。奧立佛唸這一段的時候，是在城堡頂端，俯視萬丈之下洶湧的波濤。他先是陶醉於死亡如睡眠的想法，以為可以帶來解脫，取出短刀準備自殺；然後又想到死後可能有並不安寧的夢，倏然驚醒；最後讓刀子從手中滑落，鏡頭隨之轉向浪花翻騰的海面。他唸這一段話的時候，有一部分是用旁白的方式。孤伶伶一個人，在四處環海的高處，面對了自己的無助與無力，效果很好。柴菲瑞里導演下，梅爾·吉勃遜是在走入城堡內停放王族棺槨之處想到生死問題，也頗為貼切。

　　布雷納則是緩步走入大廳，面對著一扇大鏡門，輕輕緩緩唸出這一段，不時還對鏡修正姿態手勢，很像是戲劇排練。其實，哈姆雷諸多獨白之中，最有名的這一段出現的時機似

乎也最突兀——別的獨白都是針對某一件事而發，唯有這一段
不是。他縱有足夠理由考慮自殺，卻缺乏在這個特定時候引發
此一想法的劇情。因此，可以說，哈姆雷思考這個問題已經有
一陣子了（他在前面明白說過希望上帝沒有禁止自殺行爲），
現在只是再一次的演練。而且獨白是對著自己說話，對鏡自
語正好具體表現了這一點。同時，鏡中看到的是自己的反映
（reflection）；獨白則是內省（reflection）——反映出自己的
內心。何其巧妙的暗喻！出之以戲劇排練的方式，也符合全劇
對劇場藝術的關心。

六、結語

　　《哈姆雷》確乎是一齣與眾不同的戲。它「搖擺於喜劇和
悲劇、雅和俗、暴力和平靜、愛與恨、混亂和救贖之間，以空
前絕後的方式訴說出凡人的故事，儘量把個人與集體的經營灌
注在一個脆弱困惑的行動者、一個詩人哲學家身上，讓他面對
我們自己日常的種種問題，企圖解決一個我們大家都不需要面
對的問題」（Holden: 191）[51]。如前文所言，這麼一齣內涵豐
富、文字高妙、劇力萬鈞的戲，論者每每顧此失彼；縱可獲得

51　原文是："As it lurches from comedy to tragedy, high art to low, violence to
　　stillness, love to hatred, confusion to redemption, it tells the story of
　　Everyman as never before or since, distilling as much individual and
　　collective experience as can be contained in one frail, confused man of action,
　　a poet-philosopher confronting all our own everyday problems while trying to
　　solve one none of us will ever have to face."

部分的共識，歧見必然更多。

　　莎士比亞似乎早已考慮到這個問題。哈姆雷臨死之前，念念不忘的是自己的行為被人誤解，名譽難保，因而要求好友何瑞修繼續活下去，述說他的故事：

> 我死定了，何瑞修。可憐的王后，永別了！
> 各位看到這場不幸而大驚失色，
> 其實你們只是這一幕戲的觀眾，
> 我若還有時間——但死亡這殘忍的捕頭
> 勾拿人命毫不留情——否則我可以告訴你們——
> 不過，算了。何瑞修，我快死了，
> 你還活著。把我的行為和理由，正確地
> 告訴不明就裡的人。
>
> 　　　　　　　　　　　　　　（5.2.336-45）

　　本來「情願學古羅馬人，不做丹麥人」（5.2.347）的何瑞修，拗不過哈姆雷的懇求，勉為其難地接受了這項任務。然而，他辦得到嗎？就算他「據實以告」，觀眾也只能

> 聽到淫蕩、血腥、亂倫的行為，
> 聽到巧合的報應、意外的屠殺，
> 聽到死亡的陷阱和捏造的理由，
> 而，到頭來，居心不良的後果
> 落在設計者的頭上。

（5.2.386-90）

換言之，他能說的，也就是一般復仇故事的簡單內容。對哈姆雷以及這齣戲的內在世界，他能夠挖出多少？J. Kerrigan說得好：何瑞修儘管誠實、聰明、富有同情心，他又如何能轉述劇中許多重要的關目，例如哈姆雷叫娥菲麗滾到修女／妓女院、柯勞狄向上天禱告、「要生存，或不要生存」等等複雜的獨白？「唯獨這齣戲能夠報告這些關目，因此[前引]哈姆雷臺詞中的戲劇意象語才特別值得玩味」（189）[52]。這就說明了一切「轉述」的不足。而無論是文字評論分析，或是電影版本，或是舞臺演出。無非都是學者或批評家或導演或演員對文本的轉述，因此也都無法十足表達原作。

　　反過來說，不同的詮釋與演出展現了不同的風貌，因此也豐富了原作，賦予它新的生命。布雷納自謂拍這部片子「是一個夢想的熱情表述」。他引用歌德的話說：「真正的藝術品跟天然物一樣，對我們的理智而言，永遠是無限的；我們可以去思考它、感覺它，接受它的影響，但是想要完全理解它，恐怕比用文字表達它的精髓和優點更加困難」（Branagh: xv）[53]。我們儘管用文字、用舞臺、用電影來把《哈姆雷》的精髓和優

52　原文是："Only the play can report such things, which is why the dramatic imagery of Hamlet's speech is so interesting."

53　布雷納的引文是："A genuine work of art, no less than a work of nature, will always remain infinite to our reason: it can be contemplated and felt, it affects us, but it cannot be fully comprehended, even less than it is possible to express its essence and its merits in words."

點「據實以告」，但是，這樣的報導——包括這篇緒論——距離完全的理解還遠得很。

　　這正是《哈姆雷》文本迷人之處。

彭鏡禧2013年修訂

輔仁大學跨文化研究所

丹麥王子
哈姆雷的悲劇

凡　例

一、譯文主要根據詹肯斯（Harold Jenkins）所編雅登版
（*Hamlet*, The Arden Edition of the Works of William
Shakespeare）；行碼之編序亦同，但因劇中散文部份並不
分行，行碼或略有出入。

二、譯文力求精準且可誦念。

三、分場、分景多爲後世編者所加，另加方括弧以示區別。

四、舞臺說明以從原作、從簡爲原則，不另加括弧。

五、王子Hamlet 原無固定譯名，但前人多譯成四個字，以
「特」結尾。今音譯爲「哈姆雷」，非爲標新立異，只因
四個漢字太長，何況「特」是第四聲，念起來特別重，跟
原文輕輕點到爲止的 "t" 極不相當。

六、注釋以協助一般讀者閱讀爲主。注釋參考下列各近代版
本，並附出處之縮寫。

Arden: *Hamlet*. Ed. Harold Jenkins. London: Methuen,
1982. The Arden Shakespeare. Gen. Eds. Harold F.
Books, Harold Jenkins and Brian Morris.

Bantam:William Shakespeare, *Hamlet*, ed. David
Bevington, Bantam Books: New York: Bantam
Books, 1988. The Bantam Shakespeare. Gen. Ed.
David Bevington. Forewords by Joseph Papp on the
plays. 29 vols.

New Cambridge: *Hamlet, Prince of Denmark*, ed. Philip
Edwards. Cambridge: Cambridge UP, 1985. The
New Cambridge Shakespeare. Gen. Ed. Philip
Brockbank.

New Swan: William Shakespeare, *Hamlet Prince of
Denmark*, ed. Bernard Lott. London: Longman,
1970. New Swan Shakespeare Advanced Series.
Gen. Ed. Bernard Lott.

Oxford: William Shakespeare, *The Tragedy of Hamlet, Prince
of Denmark*, ed. G.R. Hibbard. Oxford : Oxford UP,
1987. The Oxford Shakespeare. Gen. Ed. Stanley
Wells.

六、其他參照版本：

Bevington, David, ed. *The Complete Works of William
Shakespeare*. Fourth Ed. NY: HarperCollins , 1992.

Greenblatt, Stephen, ed. *The Tragedy of Hamle, Prince
of Denmark. The Norton Shakespeare Based on
the Oxford Edition*. New York and London: W.W.
Norton , 1997. Gen. Ed. Stephen Greenblatt.

Q1 : William Shakespeare, *Hamlet*. First Quarto. 1603.
Menston, England : The Scolar P, 1969. A Scolar Press
Facsimile.

Q2 : William Shakespeare, *Hamlet*. Second Quarto. 1605.
Menston, England: The Scolar P, 1969. A Scolar Press
Facsimile.

F1 : William Shakespeare, *Hamlet*. The Text of the First
Folio. 1623. Menston, England: The Scolar P, 1969. A
Scolar Press Facsimile.

劇中人物表

哈姆雷（Hamlet） 丹麥王子

柯勞狄（Claudius） 丹麥國王，哈姆雷的叔父

鬼魂　丹麥老王，哈姆雷父親的幽靈

葛楚（Gertrude） 王后、哈姆雷的母親，現爲柯勞狄的妻子

波龍尼（Polonius） 國務大臣

雷厄提（Laertes） 波龍尼的兒子

娥菲麗（Ophelia） 波龍尼的女兒

何瑞修（Horatio） 哈姆雷的知交

羅增侃（Rosencrantz）
紀思騰（Guildernstern）　哈姆雷從前的同學，現爲廷臣

符廷霸（Fortinbras） 挪威王子

渥德曼（Voltemand）
柯尼里（Cornelius）　丹麥大臣，派赴挪威的特使

馬賽拉（Marcellus）
巴拿都（Barnardo）　衛兵
范席科（Francisco）

奧斯瑞（Osric） 廷臣

芮那篤（Reynaldo） 波龍尼的僕人

演員　若干人

朝中紳士　一人

牧師　一人

丑角　二人，其一爲掘墳者

符廷霸部隊長官　一人

英國使節

朝臣、貴婦、軍士、水手、傳令、隨扈等

劇中場景：丹麥首都愛新諾，及其附近。

第一場

【第一景】

衛兵巴拿都和范席科上。

巴拿都　　是誰？

范席科　　不，你先說。站住，報上名來。

巴拿都　　吾王萬歲！

范席科　　巴拿都？

巴拿都　　正是。　　　　　　　　　　　　　　　5

范席科　　你來得可真準時。

巴拿都　　已經敲過十二點了。去睡吧，范席科。

范席科　　多謝換班。天氣冷得要命，

　　　　　我心裡怪難受。

巴拿都　　你這一班安靜嗎？　　　　　　　　10

范席科　　一隻老鼠都沒有動。

巴拿都　　好吧，晚安。

假如你遇見何瑞修和馬賽拉，

我值班的伙伴，要他們快點。

范席科　好像聽見他們了。

何瑞修和馬賽拉上。

喝，站住！是誰？　　　15

何瑞修　這塊土地的朋友。

馬賽拉　　　　　也是丹麥王的忠僕。

范席科　兩位晚安。

馬賽拉　哦，再見，忠誠的軍人。誰來替你？

范席科　巴拿都接我的班。兩位晚安。

何瑞修　哈囉，巴拿都！　　　20

巴拿都　咦，怎麼，何瑞修也在？

何瑞修　好像是吧[1]。

巴拿都　歡迎，何瑞修。歡迎，馬老哥。

何瑞修　怎麼，那個東西今晚又出現了嗎？

巴拿都　我什麼也沒看見。　　　25

馬賽拉　何瑞修說這只是我們的幻覺，

他無論如何不肯相信

我們見過兩次的恐怖景象。

1　**好像是吧**：原文A piece of him 有多家的注解。近代版本的解釋大約可以
　歸納為兩種。一說因為天黑，何瑞修可以只伸出手相握（Arden）。另一
　說是因為天冷，何瑞修身體瑟縮（Oxford）或精神不濟（New
　Cambridge）。「或許他是說，還沒有完全了解環境，有一部分的他還在
　溫暖的樓下」（New Swan）。總之，這是何瑞修的幽默。

　　　　　　因此我才再三央求他
　　　　　　今晚跟我們一道來守夜；　　　　　　　　　　30
　　　　　　假如這個鬼魂又來的話，
　　　　　　他就可以證實，並且跟它講話。

何瑞修　　　算了，算了，不會出現的。

巴拿都　　　　　　　　　　　　　坐一會吧，
　　　　　　雖然你對我們所說，連續兩晚
　　　　　　都看見的東西，充耳不聞，　　　　　　　　35
　　　　　　我們還要再次向你敘述。

何瑞修　　　　　　　　　　　　　好，咱們坐下。
　　　　　　且讓巴拿都說來聽聽。

巴拿都　　　就在昨晚，
　　　　　　北斗星西邊的那一顆星星
　　　　　　已經運行到它現在發光的地方，　　　　　40
　　　　　　照耀那一片天空，馬賽拉和我，
　　　　　　當時鐘聲敲了一響——

　　　　　　　　　　　　　　　　鬼魂上。

馬賽拉　　　噓，別說了。瞧它又來了。

巴拿都　　　跟過世的老王一模一樣。

馬賽拉　　　你是有學問的，對它說話呀，何瑞修。　　45

巴拿都　　　樣子不像國王嗎？看清楚了，何瑞修。

何瑞修　　　像極了。看得我膽戰心驚。

巴拿都　　　它在等人開口。

馬賽拉　　　　　　　　你去問它，何瑞修。

何瑞修　你是何物，竟僭占夜晚，
　　　　還冒充過世的丹麥國王　　　　　　50
　　　　當年雄姿英發的威武外貌？
　　　　奉上天之名，我命令你說話。

馬賽拉　它生氣了。

巴拿都　　　　　瞧，它邁著大步走了。

何瑞修　別走，說話，說話，我命令你說話。　鬼魂下。

馬賽拉　它走了，不肯回答。　　　　　　　　55

巴拿都　怎麼，何瑞修？你渾身發抖，臉色蒼白。
　　　　這難道不比幻覺更真實嗎？
　　　　你覺得如何？

何瑞修　上帝為證，若不是我自己
　　　　親眼看見，可以證實，我是　　　　60
　　　　不會相信的。

馬賽拉　　　　　樣子不像國王嗎？

何瑞修　就跟你像你自己那樣。
　　　　當年他跟野心勃勃的挪威王
　　　　戰鬥，穿的正是那件盔甲。
　　　　他在冰上跟坐雪橇的波蘭人　　　　65
　　　　交鋒，砍殺對手，也曾這樣怒氣沖沖。
　　　　真奇怪。

馬賽拉　就這樣兩次，就在這死寂的時刻，
　　　　我們守夜時他耀武揚威走過。

何瑞修　究竟該怎麼去想我不知道，　　　　70

　　　　　　但是依我的淺見，大體說來
　　　　　　這表示國家會有大亂。

馬賽拉　　請坐吧。誰要是知道，說給我聽，
　　　　　　為什麼要這樣嚴格警覺地守更，
　　　　　　夜夜折磨這塊土地的人民，　　　　　　　　　75
　　　　　　為什麼要這樣天天鑄造銅砲
　　　　　　並且向國外購買軍火，
　　　　　　為什麼要這樣徵集水手，逼他們
　　　　　　辛苦工作，沒有一天休息。
　　　　　　有什麼急事要這樣揮汗趕工　　　　　　　　80
　　　　　　甚至到了晝夜不分的地步，
　　　　　　有誰可以告訴我？

何瑞修　　　　　　　　　我倒可以。
　　　　　　至少小道消息這麼說：我們的先王
　　　　　　（他剛剛還顯靈給我們看），
　　　　　　各位都知道他被挪威王符廷霸　　　　　　　85
　　　　　　激將；符廷霸野心勃勃，
　　　　　　向他挑戰；我們英勇的哈姆雷
　　　　　　（普天之下都佩服他的英勇），
　　　　　　手刃了這個符廷霸，而他簽過約，
　　　　　　按照合法手續和騎士規矩，　　　　　　　　90
　　　　　　賠了性命，連帶也輸給贏家
　　　　　　他所擁有的一切土地。
　　　　　　當時我們的國王也提出了

相等的擔保：若是符廷霸獲勝，
世代的基業早就歸給他了；　　　　　　　95
就像根據同一份合約
以及其中所規定的內容，
他輸給哈姆雷的。而今，小符廷霸，
沒有吃過教訓，氣燄高漲，
在挪威邊區東一處西一處　　　　　　　100
聚亡命之徒爲烏合之眾，
管吃管喝，要他們幹一樁大事，
胃口還眞不小——也不是別的，
依我國這方面看來，顯然
是要以武力從我們這裡　　　　　　　　105
強行奪回先前所說他父親
喪失的土地。而這，我認爲，
就是我們備戰的重要理由，
我們守夜的原因，我們舉國
上下忙成一團的主要緣故[2]。　　　　　110

巴拿都　我想沒別的原因，就是這樣了。
也就難怪這可怕的東西
趁我們守夜之際前來，很像先王——
他過去現在都是這些爭端的焦點。
何瑞修　這是一粒塵埃，擾人心目。　　　　115

2　以下灰底部分爲對開本（F）所無。

正當羅馬全盛的時候，
至高的凱撒臨死之前不久，
墳墓都空了，裹著屍衣的死人
跑上羅馬街頭嘰嘰呱呱；
像拖著火把的星球和血紅的露珠[3]，　　　　120
太陽的大難；連那影響著
海神帝國的溼潤的月亮
也因月蝕而黯淡如世界末日[4]。
諸如此類可怕事件的發生，
就如同噩運都有預兆　　　　125
事先告知未來的不幸，
天地已經聯合起來展示
給我們的土地和人民。

　　　　　　　　　　　　　　　　鬼魂上。

安靜，看，瞧！它又出現在那裡。
我拚死也要擋住它。　　　　鬼魂張開手臂。
　　　　　　站住，幻影。　　　　130
假如你有聲音或是能說話，
對我說吧。
假如要做些什麼好事，可以

3　從這裡開始的四行，語法不清楚，雖然大意可解（Arden, New Swan）。

4　莎士比亞時代的人相信血紅的露珠是流星引起；太陽的大難指的是黑
　點；月亮溼潤，因爲它控制海水的潮汐（Arden, New Swan）。

減少你的痛苦，增添我的陰德，

儘管告訴我；   135

假如你握有祖國命運的祕密，

而，也許，事先得知可以預防，

啊，說呀；

或者你在生前曾經聚斂

財寶，貯藏在地穴之中，   140

據說你們亡魂常為此而出沒，

就說出來吧；別走，說呀。   公雞啼。

                                擋住它，馬賽拉。

馬賽拉	可以用三叉戟打嗎？
何瑞修	好，除非它肯站住。
巴拿都	它在這裡。 145
何瑞修	在這裡。 鬼魂下。
馬賽拉	它走了。

我們冒犯了它，它如此威武，

我們還使用暴力的手段；

它有如空氣，無法傷害，   150

我們空打一陣，凶狠都是假的。

巴拿都	它正要說話時，公雞叫了。
何瑞修	那時它嚇了一跳，像是罪犯

接到可怕的傳票。我曾聽說

公雞，這個早晨的先使，   155

能用牠高亢尖銳的喉嚨

喚醒白晝之神。經它警告之後，
無論在海裡火裡，土裡氣裡，
野鬼遊魂都會趕緊回到
監禁的地方；這話當真不假， 160
剛才出現的東西可以證明。

馬賽拉 它在雞鳴的時候消失了。
有人說，每當時序快到
慶祝我們救主⁵誕生的時候，
這隻司晨的鳥會徹夜啼唱； 165
這時，據說鬼魂不敢遊蕩，
夜晚平安無事，星球不來攻擊，
精靈停止作怪，巫婆也失去法力。
這段時間十分聖潔安詳。

何瑞修 這我聽說過，而且多少還相信。 170
不過你看，黎明穿著橙紅的罩袍
走在那高高東山的露珠上。
我們現在散班；依我之見，
應該把我們今夜看到的
告訴哈姆雷王子；我敢打賭， 175
這個鬼，對我們閉嘴，會對他開口。
大家是否同意，從友情或責任的
立場，我們都應該向他稟告？

---

5 **救主**：指耶穌。

馬賽拉　　咱們就這麼辦；我也知道今早
裡最方便找得到他。　　　　　　眾下。180

【第二景】

奏花腔。丹麥王柯勞狄、后葛楚、樞密大臣，包括渥
德曼、科尼里、波龍尼及其子雷厄提，還有哈姆雷等
人上。

國王　　　雖然朕親愛的哥哥哈姆雷之死
　　　　記憶猶新，因此理所當然地
　　　　我們心情悲痛，舉國上下
　　　　一致流露著哀傷的神色，
　　　　可是理智跟天性對抗的結果，　　　　　　5
　　　　我們要以最智慧的憂思紀念他，
　　　　同時也要考慮到我們自身。
　　　　因此朕昔日之嫂，今日之后，
　　　　吾國邦家大業的繼承者，
　　　　朕已經──彷彿以受挫的快樂，　　　　　10
　　　　一隻眼睛高興，一隻眼睛落淚，
　　　　喪葬中有歡樂，婚慶中有傷慟，
　　　　欣然與黯然不分軒輊的情況下──
　　　　娶為妻子。這件事朕也不是沒有
　　　　廣徵眾卿的高見，獲得了　　　　　　　　15
　　　　一致贊同。凡此種種，謹致感謝。

其次是各位已經知道，小符廷霸，
因爲並不把寡人放在眼裡，
或者以爲由於先兄之死
我們就搖搖欲墜邦國大亂，　　　　　　20
一心夢想可以撿到便宜，
他居然寫信來找碴，
說是要我們交還土地，
其實那是他父親謹守約定
輸給寡人英勇先兄的。且不提他。　　　25
至於朕，還有這次開會的理由，
有以下的公事：朕已經修書
給挪威國王，小符廷霸的叔父——
他因爲體弱臥病，不知道
他姪兒的居心——朕要他出面制止　　30
符廷霸這樣蠻幹下去，因爲軍隊的
招募和補給等等，一切都是
來自他的百姓；朕特此派遣
你，賢卿科尼里，還有你，渥德曼，
攜帶這封國書給挪威老王；　　　　　35
朕給予兩位與國王商議的
個人權限，詳載這些文書，
絕對不得超出範圍。
再會，務必快快行動。

| 科尼里
渥德曼 | 領旨。臣等一切遵命。 | 40 |

國王　朕絕對信得過你們。祝一路順風。

渥德曼與科尼里下。

　　　　　欸，雷厄提，你有什麼事啊？
　　　　　你跟朕提過要求：是什麼，雷厄提？
　　　　　只要你對丹麥王說得有理，
　　　　　絕不會白說。雷厄提，你哪一樣要求　　　45
　　　　　不是我主動給你，而毋須懇請的？
　　　　　頭腦和心臟之間的緊密相連，
　　　　　兩手對嘴巴提供的周到服務，
　　　　　都比不上丹麥王跟令尊的關係。
　　　　　你想要什麼，雷厄提？

雷厄提　　　　　　　　　謹稟陛下，　　　　50
　　　　　請您開恩准許我回法國去。
　　　　　雖然我自願從那裡返回丹麥，
　　　　　克盡職責參加您的加冕大典，
　　　　　但現在我必須承認，任務已了，
　　　　　我的心思和願望又轉回法國，　　　55
　　　　　只求您寬宏大量予以成全。

國王　令尊同意了嗎？波龍尼意下如何？

波龍尼　他呀，陛下，是費了不少唇舌
　　　　　使我勉爲其難地同意；最後，
　　　　　只好很不情願地答應了他。　　　60

	我請您准許讓他出國。	
國王	抓住青春，雷厄提，把握時間，	
	以你的聰明才智，好好加以利用。	
	可是啊，賢侄哈姆雷，也是我的兒──	
哈姆雷	未免親有餘而情不足[6]。	65
國王	為什麼烏雲還在籠罩著你？	
哈姆雷	怎麼會，大人？父親的慈暉照得太多啦[7]！	
王后	好哈姆雷，拋棄你黑夜的顏色，	
	用友善的眼光看待丹麥王。	
	不要老是低垂著你的眼皮	70
	尋找你高貴的父親於塵土之中。	
	須知這事很尋常：有生必有死，	
	走過塵世一遭，到達永恆。	
哈姆雷	是啊，夫人，是很尋常。	
王后	既然如此，	
	為什麼你好像與眾不同？	75
哈姆雷	好像，夫人？這是真的。我才不懂什麼「好	

6　**親有餘而情不足**：原文是A little more than kin and less than kind。按：kin 和 kind 本是同一字根，意義相近，都有「親族」之意，但kind另有「仁 慈、好心」之意。國王與哈姆雷原是叔侄，今又成為父子，是另類的 「親上加親」；但哈姆雷反對母親與叔父的婚姻，對叔父的公開示好並 不領情。哈姆雷喜用雙關語，通常有諷刺意味，這只是個開始。

7　哈姆雷這句話承續他前面一句跟國王的對白。原文I am too much in the sun，其中sun（太陽）與son（兒子）諧音，仍然是一語多義：太陽照 得太多，是反駁烏雲籠罩之說；兒子做得太多，表示對叔父（兼繼父） 的厭惡。又，太陽也是國君的象徵，意謂國王管得太多了。

像」。

好媽媽，不只是我墨色的外衣，

也不靠習俗規定的深黑服裝，

也不是用力呼出大口的嘆息，

不，也不是眼眶裡江河般的淚水，　　　　　　　80

也不是臉上頹喪的神色，

外加其他種重表面的哀戚，

能表現我的真情。那些的確是「好像」，

因為它們是可以扮演的動作；

但我內心這種感覺無法表露，　　　　　　　　85

前面那些只算是傷慟的服飾。

國王　　你的天性善良可佩，哈姆雷，

才會對你父親有如此的哀思，

但要了解你父親也失去過父親，

而那位父親也失去過他的父親——　　　　　　90

後死者為了克盡孝道，理當

守喪一段時間。但是如果一味

堅持傷心下去，這種做法就是

不虔敬的頑固、懦弱的哀傷，

顯示在理念上最不順服天意、　　　　　　　　95

內心不剛強、理智不堅毅、

頭腦簡單笨拙、缺乏教養；

對我們明知必然、有如

世上最稀鬆平常的事——

我們豈能固執的反對，並且　　　　　　　100
耿耿於懷？咄！這是冒犯上天、
冒犯死者、冒犯自然之道，
極其荒謬無理，因為自然的常理
就是父親的死亡；從第一個死去的
到今天過世的，它總是大呼：　　　　　105
「勢必如此」。朕希望你拋棄
這種無用的悲悼，把寡人當作
父親；因為朕要讓全世界知道
你是王位的下一個繼承人；
而我要給你真摯高尚的愛，　　　　　　110
絕不亞於最慈愛的父親
之於他的兒子。至於你想要
回威騰堡繼續留學[8]，
這跟朕的願望完全相反，
因此朕請你同意留下來　　　　　　　　115
在朕的面前，讓朕歡喜高興，
擔任首席廷臣、侄子、朕的孩兒。

王后　　別叫你母親的禱告落空，哈姆雷，

8　威騰堡（Wittenberg）大學在德國，成立於1502年，因馬丁‧路德（Martin Luther）宗教改革而聞名。伊利莎白時代的英國人耳熟能詳。這也是丹麥人愛去留學的學府。1586-95年間，該校有兩個學生名叫做Rosenkrantz，一個叫 Gyldenstjerne（Arden），與本劇中哈姆雷王子的同學羅增侃（Rosencrantz）與紀思騰（Gildenstern）相仿。。

	請留在我們身邊，別去威騰堡。
哈姆雷	我儘量遵從您的旨意就是，夫人。 120
國王	啊，這是體貼而又合宜的回答。
	在丹麥享受朕同等的地位。夫人，來吧。
	哈姆雷溫順毫不勉強地同意，
	真叫我開心；爲了表示感謝，
	今天丹麥王喝下每一杯福酒， 125
	都要用大砲向九霄訴說；
	國王的宴飲上天也會回響，
	重述地上的雷鳴。來，走吧。

除哈姆雷外，眾人下。

哈姆雷	啊，願這身齷齪透頂的肉體溶解、
	消蝕，自己化成一滴露水， 130
	或是上帝的律法沒有
	禁止自殺。啊上帝啊上帝！
	這世間的種種在我看來
	多麼無聊、陳腐、乏味、沒有意義！
	可惡啊可惡，這是個荒廢的花園， 135
	長滿野草；被本質低俗的事物
	完全占據。居然到了這個地步！
	才死了兩個月——不對，沒那麼久，沒兩個月——
	這麼優秀的國王，比起現在這個
	猶如天神之於色魔。他鍾愛 140
	我的母親，甚至不讓天上的風

過分用力吹拂她的臉。天哪地呀，
非要我記住嗎？啊，母親常黏著他不放，
好像食慾在吃到東西之後，
越發增長；可是不滿一個月——　　　　　　　145
不堪回想——弱者，你的名字就叫女人——
短短一個月，那雙鞋子還沒穿舊呢——
她穿著爲我可憐的父親送葬，
當時她哭成淚人兒似的，哎呀她——
上帝啊，一個沒有理性的畜生　　　　　　　150
都會悼念得久一點吧——竟嫁給我叔父，
我父親的弟弟——但跟我父親的差別，
好比我跟超人[9]。不滿一個月，
最虛僞的淚水裡的鹽分
還在使她的眼睛繼續紅腫，　　　　　　　155
她就嫁了——啊，最惡毒的速度！如此
迫不及待鑽進亂倫的被窩裡！
這不是好事，也不可能有好結果。
我的心哪，破碎吧，因爲我必須沉默。

　　　　　　　　　何瑞修、馬賽拉、巴拿都上。

何瑞修　　參見大人。

哈姆雷　　　　　眞高興看見您無恙[10]。　　　　160

9　**超人**：原文是赫克力士（Hercules），希臘羅馬神話裡的大力神。
10　何瑞修等人上來的時候，哈姆雷似乎還在沉思，所以立刻隨便講了一句
　　客套話應付，但他發現來人是誰之後，表情立即顯著改變。

	是何瑞修，不然就是我太健忘！
何瑞修	正是在下，您永遠的卑微的僕人。
哈姆雷	老兄，是好朋友，我情願跟你換個名分。
	你離開威騰堡做什麼，何瑞修？——
	馬賽拉？
馬賽拉	好大人。
哈姆雷	很高興見到你。（向巴拿都）老兄，午安。——
	不過，你離開威騰堡到底為什麼？
何瑞修	喜歡逃學嘛，好大人。
哈姆雷	你的仇人說這種話我都不願聽，
	你也不要對我的耳朵亂講，
	讓它聽信你對自己的毀謗
	之詞。我知道你不是逃學的人。
	不過，你來愛新諾有何貴幹？
	咱可要教你喝個痛快才放你走。
何瑞修	大人，我來參加令尊的葬禮。
哈姆雷	拜託，不要嘲弄我，老同學；
	我想是來參加家母的婚禮吧。
何瑞修	的確，大人，日期十分接近。
哈姆雷	省錢，省錢嘛，何瑞修。葬禮的肉餅
	冷冷的鋪陳在婚宴的桌席上。
	我寧可在天堂遇見我的死敵，
	何瑞修啊，也不願見到那個日子。
	我父親——我似乎見到了我父親——

165
170
175
180

何瑞修	在哪裡，大人？	
哈姆雷	在我心目中，何瑞修。	185
何瑞修	我見過他一次；他是威武的國王。	
哈姆雷	總體而言，他是個大丈夫，	
	我再也見不到他這種人了。	
何瑞修	大人，我想我昨晚見到他了。	
哈姆雷	見到？誰？	
何瑞修	大人——您的父王。	190
哈姆雷	我的父王？	
何瑞修	您且暫時不要驚嚇，	
	仔仔細細聽我敘述	
	這兩位先生親眼目睹的	
	怪事。	
哈姆雷	天哪，說來給我聽！	195
何瑞修	連著兩個晚上，這兩位先生，	
	馬賽拉和巴拿都，值班的時候，	
	在死寂無邊的深夜裡，	
	遇到了這件事：類似令尊的形影，	
	從頭到腳，配備整齊的武裝，	200
	出現在他們面前，以威嚴的步伐	
	緩緩肅穆地經過；他三次走過	
	他們惶惑、驚懼的眼前，	
	相距只有他指揮棒的長度，	
	而他們，嚇得幾乎軟成一團果凍	205

呆呆站著沒跟他說話。這件事
他們惶恐地向我密報；
第三天我跟他們一起值班，
在那裡，正如他們描述的，包括
時間和它的形象，絲毫不差， 210
那個鬼魂來了。我見過令尊；
這隻手也沒那麼相似。

哈姆雷　　　　　　　　　但出現在哪裡呢？

何瑞修　大人，在我們值班的平臺上。

哈姆雷　難道你沒跟他說話？

何瑞修　　　　　　　　大人，我說了，
但他沒有回答。不過有一次我覺得 215
它抬起頭來，的確做了一些
動作，好像要開口說話的樣子。
正在那時候，報曉的公雞高啼，
它聽到聲音就匆匆退卻，
從我們眼前消逝。

哈姆雷　　　　　　　　這真是奇怪。 220

何瑞修　是真的，大人，像我現在活著一樣真；
我們認為確實有責任
要讓您知道。

哈姆雷　沒錯，哥兒們；但是我很困擾。
你們今晚值班嗎？

眾人　　　　　　　　值班，大人。 225

哈姆雷	穿著武裝，你們說？
馬賽拉	穿著武裝，大人。
哈姆雷	從頭到腳？
眾人	回大人，從頭到腳。
哈姆雷	那你們沒看見他的臉囉？
何瑞修	有啊，大人，他的面盔是向上拉開的。
哈姆雷	他的表情如何，皺著眉頭嗎？ 230
何瑞修	臉上表情憂傷多於憤怒。
哈姆雷	蒼白，還是紅潤？
何瑞修	啊，很蒼白。
哈姆雷	他的兩眼盯著你瞧？
何瑞修	目不轉睛。
哈姆雷	當時要是我在場就好了。
何瑞修	一定會把您嚇呆的。
哈姆雷	很有可能。 235
	它停留得很久嗎？
何瑞修	按普通速度，大概可以數到一百吧。
馬賽拉⎫ **巴拿都**⎭	不只，不只。
何瑞修	我看到的那次沒有那麼久。
哈姆雷	他的鬍鬚灰白，對不對？ 240
何瑞修	就像他生前我看到的一樣， 黑色中攙雜著銀白。
哈姆雷	我今晚去值班；

	或許它會再出來走動走動。	
何瑞修	我保證會。	
哈姆雷	假如它以我高貴父親的模樣出現，	
	我就要對它說話，哪怕地獄張開	245
	大口要我閉嘴。我請求各位，	
	如果你們還沒有把看到的說出去，	
	就繼續讓它保存在沉默之中；	
	而且無論今晚發生什麼事，	
	知道了就好，不要說出去。	250
	我會報答你們的友誼。就此告別。	
	在平臺上，十一點到十二點之間，	
	我來看你們。	
眾人	大人，我們當克盡職責。	
哈姆雷	是友誼，就如我對你們一樣。再見。	
	何瑞修、馬賽拉、巴拿都齊下。	
	我父親的幽靈──穿著武裝！大事不妙。	
	莫非有什麼隱情。夜啊快快降臨！	255
	現在我要有耐心！惡行終將暴露，	
	即使用全部的泥土來掩人耳目。　　　　下。	

【第三景】

雷厄提和妹妹娥菲麗上。

雷厄提　　我的行李已經上了船。再會。
　　　　妹妹啊，如果風向有利，
　　　　而且船隻也方便，不要偷懶，
　　　　一定要寫信給我。

娥菲麗　　　　　　　這還用擔心嗎？

雷厄提　　至於哈姆雷，還有他的小小慇懃，　　　　5
　　　　只當作一時衝動，短暫的愛情，
　　　　像一朵春日的紫羅蘭，
　　　　早開，卻不永恆；甜蜜，卻不持久，
　　　　只提供片刻的芬芳和消遣——
　　　　而已。

娥菲麗　　如此而已？

雷厄提　　　　　　　　且當作如此而已。　　　　10
　　　　因為自然的成長並不僅止於
　　　　筋骨身軀；隨著肉體的成長，
　　　　內在心智和靈魂的負擔
　　　　也一同擴充。也許他現在愛你，
　　　　現在沒有缺點或詭計玷汙　　　　15

他的真心誠意；但你必須提防，
想想他地位那麼高，身不由己。
連他也得聽命於自己的出身：
他不能夠像一般人那樣，
自己做決定，因為他的選擇關乎　　　　　　20
整個國家的安定和健全。
因此他的選擇必然會受制於
全國的意見和想法，因為
他是領袖。如果他說他愛你，
你的智慧就應該只可相信　　　　　　　　25
他在特殊限制的情況之下
才能夠實踐他的諾言；這不會
超過丹麥人一般的共識。
那你就要考慮名節的損失，
如果你耳根軟，輕信他的情歌，　　　　　30
或是把你的心，或者寶貴的貞操，
因為他死皮賴臉就獻給了他。
要小心，娥菲麗啊，要小心，好妹妹，
你要躲在感情的後方陣地，
避免慾望彈火的危險。　　　　　　　　　35
貞潔的少女若是把她美貌
向月亮顯露，已經是太過分。
美德本身都難免流言毀謗。
蟲兒侵食春天的幼苗，

　　　常常等不到花苞萌發；　　　　　　　　　40
　　　青春如晨光和閃亮的露珠，
　　　最容易遭受病害的損毀。
　　　所以要提防：謹慎才最安全。
　　　青年容易動情，不勞旁人指點[11]。

娥菲麗　我會牢記這番好言勸誡，當作　　　　　45
　　　我心的守護人。但是我的好哥哥，
　　　可別像有些不虔誠的牧師，
　　　勸我走艱難荊棘的天堂路，
　　　自己卻像得意的輕狂少年，
　　　踏上縱情放浪的煙花徑，　　　　　　　　50
　　　罔顧自己的勸告。

雷厄提　　　　　　　　啊，你放心。
　　　我耽擱太久了。

　　　　　　　　　　　　　　　波龍尼上。

　　　　　　不過，父親也來了。
　　　雙重的祝福是雙份的恩典：
　　　是運氣好才能夠告別兩次[12]。

波龍尼　還在這裡，雷厄提？上船上船，真不像話！　55
　　　順風吹在你的船帆上，

11　莎士比亞慣常在長段臺詞或一景結束時，最後兩行叶韻。以下不另作
　　注。

12　告別時祝福遠行者乃是慣例。顯然波龍尼已經跟雷厄提話別過（New
　　Swan）。

人家等著你呢。來，我祝福你。
還有這幾句話你要銘刻在心。
自己的想法不要說出口，
魯莽的念頭也不要化爲行動。　　　　　　　　　60
要親切大方，但絕不一視同仁；
你那些朋友，友誼經過考驗的，
就用鋼索把他們牢牢拴在心裡，
但不要任意結交新朋友，隨便
跟人握手就沒有意義。要提防　　　　　　　　65
與別人發生爭執，但是一旦捲入，
就要使對方怕你三分。
廣聽別人意見，少向他人開口。
考慮別人的想法，保留自己的判斷。
只要荷包付得起，就穿得體面些，　　　　　70
但不要奇裝異服；富麗，不俗豔；
因爲服裝常能表現人品，
他們法國階級地位最高的人
在這方面最是精挑細選。
不欠他人錢，也別做債主：　　　　　　　　75
借款常會金錢朋友兩頭空，
貸款則會挫損節儉的美德。
最重要的是：對自己要忠實；
這樣，就像白晝之後必然是黑夜，
你也必然不會欺騙任何人。　　　　　　　　80

　　　　　別了，願我的祝福使你牢記這番話。

雷厄提　　孩兒謹拜別父親大人。

波龍尼　　時間到了；走吧，你的僕人等著呢。

雷厄提　　別了，娥菲麗，千萬要記得
　　　　　我跟你講的。

娥菲麗　　　　　　　已經鎖在我記憶裡了，　　　　85
　　　　　而鑰匙由你自己保管著。

雷厄提　　別了。　　　　　　　　　　　　　下。

波龍尼　　娥菲麗，他對你說了些什麼？

娥菲麗　　回大人，是有關哈姆雷大人的事。

波龍尼　　哎呀，倒是考慮得周到！　　　　　　90
　　　　　有人告訴我，他最近經常
　　　　　私底下找你，而你自己
　　　　　對他十分聽信，百般順從。
　　　　　果真如此——因為別人這樣跟我講，
　　　　　而且是出於警告——那我就要告訴你，　　95
　　　　　你還不明白應當如何舉止
　　　　　才配做我女兒，才符合你的名節。
　　　　　你們之間怎麼啦？老實告訴我。

娥菲麗　　他呀，大人，近來常常表示
　　　　　對我的愛意。　　　　　　　　　　　100

波龍尼　　愛意？才怪！你說得像幼稚的女孩，
　　　　　沒有處理這種危險場面的經驗。
　　　　　你相信他所謂的表示嗎？

娥菲麗	我不知道，大人，該怎麼去想。	
波龍尼	好，我來教你。你還是個娃娃，	105
	竟然把這些**表示**當作貨眞價實，	
	其實不能當眞。要把自己**標示**得高些，	
	不然──我們也別老在這個字眼上打轉，	
	把話說窮──不然你會**標示**出一個傻瓜[13]。	
娥菲麗	大人，他來向我苦苦的追求，	110
	打算鍾情一世。	
波龍尼	噯，動心一時還差不多吧。算了，算了。	
娥菲麗	而且他說的話都有保證，大人，	
	幾乎用盡了天上聖潔的海誓山盟。	
波龍尼	噯，捕捉傻鳥的陷阱。我很了解，	115
	血性燃燒的時候，心靈慷慨地	
	讓嘴巴說出誓言。丫頭啊，這種火焰	
	亮光多於熱度；而在還沒有點燃	
	之前，兩者就都煙消霧散了；	
	你不可以當眞。從今以後	120
	你貞潔的身影要節制一些，	
	跟人對話要有比較高的條件，	
	不是聽憑人家要求[14]。至於哈姆雷大人，	

---

13 **標示出一個傻瓜**：原文 "tender me a fool"。Bevington 注：這句話可以有三層意思：（1）你自己是傻瓜；（2）你害我成爲眾人眼裡的傻瓜；（3）你會生出個外孫給我（Bantam）。

14 意指哈姆雷是王子，可以作此要求（New Swan）。

可以這樣子相信──他還年輕，
而且他行動的範圍　　　　　　　　　　　125
也比你大。總而言之，娥菲麗，
別相信他的誓言；那是淫媒，
他們的顏色表裡不一，
純粹只爲了淫穢的目的，
說話像聖潔莊嚴的皮條客，　　　　　　　130
騙起來容易罷了。話到此爲止。
說明白了：從今以後，我不許你
把任何閒暇時間浪費在
跟哈姆雷大人寫信或交談。
記住，這是我的吩咐。咱們走吧。　　同下。135

娥菲麗　　孩兒遵命，大人。

【第四景】

哈姆雷、何瑞修、馬賽拉上。

哈姆雷　寒氣刺骨，可真冷啊。

何瑞修　空氣的確十分凜冽。

哈姆雷　幾點鐘了？

何瑞修　　　　我想還不到十二點。

馬賽拉　不對，已經敲過了。

何瑞修　　　　　　真的？我沒聽到。
這樣說來已經接近時辰，　　　　　　　　5
是鬼魂愛出來遊蕩的時候。

喇叭高奏；砲聲兩響。

那是什麼意思，大人？

哈姆雷　王上今晚通宵不眠，秉燭作樂，
豪飲之外，還要瘋狂跳舞；
他每乾下一杯葡萄酒，　　　　　　　　10
銅鼓和喇叭便大肆鼓吹
他乾杯的歡樂。

何瑞修　　　　這是風俗嗎？

哈姆雷　的確，沒錯；
但在我看來，雖然我是本地人，

生於這個傳統，卻認爲這種風俗　　　　　　15
與其遵守不如違背來得光彩[15]。

這樣縱酒狂歡使得從東到西
我們受到各國的嘲諷訕笑；
說我們是醉漢，以「豬」爲綽號
汙辱我們的名聲；甚至抹煞了　　　　　　20
我們表現最爲傑出的成就，
失去別人對我們的推崇。
就像常常有些特別的人物，
由於他們天生的瑕疵，
例如出生的時候——這不能怪他們，　　　25
因爲天性不是自己選擇的——
由於某種傾向的過度發展，
經常打破理智的藩籬和城堡，
或是因爲積習太深，破壞了
原本良好的行爲——這些人，　　　　　　30
可說帶有一種缺點的戳記，
也許天生如此，也許命中注定，
他們的其他美德，即使聖潔，
而且多得不可勝數，
也必在眾人眼中受到汙損，　　　　　　　35
只因那個特別的缺點。小小的惡

15　以下灰底部分爲對開本（F）所無。

常會抹煞一切高貴的品質，
毀損它的美名。

鬼魂上。

何瑞修　　　　　　瞧，大人，它來了。

哈姆雷　天使天使快來庇佑我們！
　　　無論你是天使還是妖魔，　　　　　　　　40
　　　帶來天堂的和風或地獄的陰風，
　　　無論你的存心險惡或善良，
　　　你的形狀引發我向你詢問，
　　　想對你說話：我要叫你哈姆雷、
　　　大王、父親、丹麥國君。啊回答我。　　　45
　　　別把我蒙在鼓裡；說吧，
　　　為什麼你安葬的骨骸，放在棺槨裡，
　　　竟要從壽衣蹦出來；為什麼我們
　　　親眼見你靜靜埋葬的墳墓，
　　　竟張開了它巨大的石頭口腔　　　　　　　50
　　　把你吐了出來。是什麼意思，
　　　你，一具死屍，披著完整的鐵甲
　　　如此又來拜訪黯淡的月光，
　　　使夜晚陰森森，使我們凡夫俗子
　　　嚇得汗毛豎立、精神散亂，　　　　　　　55
　　　根本無法揣摩究竟？
　　　說，這什麼意思？為什麼？要我們怎樣？

鬼魂招喚。

何瑞修	它招喚要您跟著它去。
	好像的確想要把什麼話
	說給您一個人聽。
馬賽拉	看它多麼有禮　　　　60
	向您揮手，要去比較遠僻的地方；
	但是不能跟它去。
何瑞修	對，萬萬不可。
哈姆雷	它不肯說話。那我要跟它去了。
何瑞修	不可以，大人。
哈姆雷	咦，有什麼好怕的？
	我生命的價值抵不上一根針；　　　65
	至於我的靈魂，這鬼能拿它怎樣？
	反正那也跟它同屬不滅。
	它又招我向前了。我要跟它去。
何瑞修	萬一它引誘您走向大海，大人，
	或是前往可怕懸崖的頂端，　　　　70
	那高高俯視海底的地方，
	在那裡變成某種恐怖的形狀，
	甚至奪取您清明的理智，
	害您發狂怎麼辦？還請深思[16]。
	這種地方會好端端害人　　　　　　75
	興起非理性的自殺念頭，

16　以下灰底部分爲對開本（F）所無。

只因為看到萬丈之下的海水，
聽它在底下怒吼。

哈姆雷	它還在向我招手。
	走吧，我跟著你。
馬賽拉	您去不得，大人。
哈姆雷	你們放手。　　　　　　　　　80
何瑞修	聽我們勸告；您不能去。
哈姆雷	我的命運在吶喊，
	使我身上每一根細微的血管
	硬得像凶猛獅子的筋骨。
	它還在向我招呼。放開我，朋友們。
	我發誓，誰來攔我我就要誰變成鬼。　85
	告訴你們，走開！——走啊，我跟你去。

　　　　　　　　鬼魂與哈姆雷同下。

何瑞修	幻想使他變得不顧一切了。
馬賽拉	咱們跟過去。不該這樣聽他的。
何瑞修	跟過去。不知道會有什麼結果。
馬賽拉	丹麥國裡一定有不可告人的醜事。　90
何瑞修	上天自有安排。
馬賽拉	不。咱們跟過去。　　同下。

【第五景】

鬼魂與哈姆雷上。

哈姆雷　　你要帶我到哪裡？說啊；我不走了。
　　　　　　鬼魂聽著。

哈姆雷　　　　　　我會的。

鬼魂　　　　　　　　　我的時限就要到了，
　　　　　　必須向痛苦的硫磺火燄
　　　　　　自行報到。

哈姆雷　　　　　　　啊呀，可憐的陰魂。

鬼魂　　不用憐憫我，只要認真聽好　　　　　　　5
　　　　　　我要講的話。

哈姆雷　　　　　　　　說吧，我當然會聽。

鬼魂　　你聽過之後也當然要復仇。

哈姆雷　　什麼？

鬼魂　　我是你父親的陰魂；
　　　　　　被罰一段時期在夜裡遊蕩，　　　　　　10
　　　　　　白天則關在火裡挨餓[17]，
　　　　　　直到我在陽世所犯的罪惡

17　　**挨餓**：原文fast，亦可解釋爲關得「緊緊的」。今從Arden注。

都焚燒乾淨為止。要不是他們
嚴禁我說出囚牢裡的祕密，
我這故事裡最輕鬆等閒的字眼　　　　　　15
都會搗爛你的靈魂，凍結你的熱血，
使你的兩眼像流星般逸出軌道，
你梳得平整的頭髮會分開，
每一根毛髮都豎立起來
像生氣的箭豬身上的刺。　　　　　　　　20
但這種靈界的描述不宜
血肉之軀的耳朵。聽好，聽好，聽好啊！
如果你曾經愛過你的老爸——

哈姆雷　　啊上帝！

鬼魂　　替他報那卑劣、罔顧人倫的謀殺之仇。　25

哈姆雷　　謀殺？

鬼魂　　謀殺，再怎麼說都是極卑劣的，
這一件更是極卑劣、悖情理、無人倫。

哈姆雷　　快說給我聽，好叫我插上迅如
思緒或愛念一般的翅膀，　　　　　　　　30
飛快地去報仇。

鬼魂　　　　　　　　　我看你反應靈敏。
如果聽了這話不會激動，
你就比那忘川¹⁸岸邊懶散

18　**忘川** (Lethe)：希臘神話中，冥府的一條河；死者到此，喝了河水便會
　　忘記生前的一切。

肥壯的野草還遲鈍。好，哈姆雷，聽著。
根據宣布，我在自家花園睡著，　　　　35
一條蛇咬了我——全丹麥的耳朵
都聽到了捏造的死亡報告，
大大受騙了——要知道，好孩子，
咬死你父親的那一條蛇
如今戴著他的王冠。　　　　　　　40

哈姆雷　啊果然不是個好東西！我的叔父！

鬼魂　不錯，那個亂倫、通姦的畜生，
運用他的巫術，利用叛逆的本事——
啊邪門左道，以及非常魅惑煽情
的手段！——得遂無恥的淫慾，　　45
贏得了貌似貞烈的王后的心。
啊哈姆雷，那是何等的墮落啊，
從我這個愛情堅貞，一直
謹守著對她的結婚誓言，
有如手牽著手的人，而淪落　　　　50
到一個天資稟賦比我差勁的
壞蛋身上。
然而，就像美德永遠不會改變，
哪怕淫蕩假冒天使來勾引，
同理，色慾儘管和光明的天使結合，　55
也會厭膩於天堂的床笫
而去掠奪垃圾。

咦，慢著！我好像聞到早晨的氣息；
就長話短說吧。我睡在自家花園——
這是我一向午後的習慣。 60
趁我睡著時，你叔父偷偷過來，
用杯子裝著可恨的毒液，
朝著我兩耳的大門倒進
會叫人長痲瘋似的毒汁；它的作用
對人的血液極為不利， 65
像水銀一般迅速穿過
我體內的血管和通道；
突然之間，就像酸液倒進
牛奶使它結凍一樣，凝固了
我清純健康的血液。就這樣， 70
我當下立刻迸出了泡疹，
像極了痲瘋，骯髒可怕的厚皮
長滿我平滑的身體。
就這樣，我，睡著，讓我弟弟的手
把生命、冠冕、王后同時奪走， 75
斷送了我罪孽深重的肉身，
沒領聖餐、沒有預備、沒塗聖油
沒曾結帳，就被送去清算，
頭上頂著我的所有過錯。
可怕啊！可怕啊！太可怕了！ 80
假如你還有一點天良，就別容忍；

　　　　別讓丹麥國王的臥榻變成

　　　　淫慾和極惡亂倫的床笫。

　　　　然而無論你採取什麼行動，

　　　　不可心存邪念，或容許靈魂　　　　　　　　85

　　　　構陷你母親絲毫。把她交給上天，

　　　　讓她心裡長的那些荊棘

　　　　去戳她刺她。馬上要告別了：

　　　　螢火蟲顯示黎明已近，

　　　　牠那微弱的光芒逐漸暗淡。　　　　　　　　90

　　　　別了，別了，別了！要記得我。　　　　下。

哈姆雷　啊眾天使！啊地祇！還有什麼？

　　　　還要加上地獄不成？可惡！我的心，要挺住，

　　　　還有你，我的筋骨，不要立即衰老，

　　　　要強壯地撐扶著我。要記得你？　　　　　　95

　　　　會的，可憐的鬼，只要記憶保有席位

　　　　在這昏亂的圓顱之內。要記得你？

　　　　是的，從我記憶的心板裡，

　　　　我要抹除一切瑣碎的記載，

　　　　書上抄來的一切名言、圖形、印象　　　　　100

　　　　（都是些少不更事的觀察筆錄），

　　　　唯有你的命令才會存留

　　　　在我腦海中的書本卷冊，

　　　　不攙雜低級成分。真的，我發誓！

　　　　啊最惡毒的女人！　　　　　　　　　　　　105

啊混蛋，混蛋，該死的笑面混蛋！
我的記事本。我應當記錄下來：
人可以一再微笑，卻是個混蛋——
至少我敢說在丹麥是如此。
好了，叔父，把你記下了。現在來寫座右銘。　　110
是「別了，別了，要記得我。」
我發過誓。

　　　　　　　　　　何瑞修與馬賽拉邊喊邊上。

何瑞修	大人，大人。	
馬賽拉	哈姆雷大人。	
何瑞修	老天保佑他。	115
哈姆雷	（旁白）但願如此。	
何瑞修	唷，呵，呵，大人。	
哈姆雷	唷，呵，呵，孩子。來吧，鳥兒，來吧。	
何瑞修	怎麼樣，尊貴的大人？	
馬賽拉	有什麼消息，大人？	120
哈姆雷	啊，太好了！	
何瑞修	好大人，說來聽。	
哈姆雷	你們會洩漏出去。	
何瑞修	我不會的，大人，我對天發誓。	
馬賽拉	我也不會，大人。	125
哈姆雷	那你們覺得，誰可能想像得到——	
	但是你們可答應保密？	

何瑞修 馬賽拉	答應，以天為誓。
哈姆雷	全丹麥從來沒有一個混蛋 不是個十足的惡棍。 130
何瑞修	大人，沒有必要叫鬼魂從墳墓出來 跟我們說這個。
哈姆雷	嗯有理，你說的有理。 因此，根本不必多加說明， 我覺得我們可以握個手道別， 你們照自己事情和願望的指示—— 135 因為每個人總有事情和願望， 不管是什麼——至於可憐的我呢， 我要去祈禱。
何瑞修	大人，這些話實在是荒誕不經。
哈姆雷	抱歉我這話冒犯了你們，真的—— 140 對，老實說，真的。
何瑞修	沒有冒犯，大人。
哈姆雷	有，我發誓，的確有的，何瑞修， 而且還是大大的冒犯。至於這個鬼影， 它是個真鬼，這個可以告訴你們； 至於想知道我們之間如何如何， 145 那你們就省省吧。現在，好朋友， 你們既是朋友、是學者、是軍人， 答應我一個小小的請求。

何瑞修	大人請說，我們答應。
哈姆雷	絕不把今晚看到的說出去。
何瑞修 **馬賽拉**	大人，我們不會。　　　　　　　150
哈姆雷	好，但還要發誓。
何瑞修	大人，我發誓不會。
馬賽拉	我也發誓不會，大人。
哈姆雷	按我的劍發誓[19]。
馬賽拉	大人，我們都已經發誓了。　　　155
哈姆雷	不行，要按我的劍，真的。
鬼魂	（在舞臺底下叫）發誓。
哈姆雷	啊哈，小子，你也這樣說？你在那裡嗎，誠實的傢伙？ 來吧，你們聽到在地窖的這傢伙。 答應發誓吧。
何瑞修	念誓詞吧，大人。　　　　　　　160
哈姆雷	絕不說出你們見到的這件事。 以我的劍為誓。
鬼魂	發誓。　　　　　　　　　兩人起誓。
哈姆雷	爾無所不在耶[20]？那咱們換個地方。

19　「劍的十字交叉口[劍柄]常作此用」（Arden）。

20　**爾無所不在耶**？：此處原文是拉丁文 *"Hic et ubique?"* 意為 "Here and everywhere?" 「能夠於同一時間無所不在的，只有上帝和魔鬼」（Oxford）。

	來這裡，兩位，	165
	把你們的手按在我的劍上。
	以我的劍爲誓，
	絕不說出你們聽到的這件事。

鬼魂 按住他的劍發誓。　　　　　　　　　兩人起誓。

哈姆雷 說得好，老鼴鼠。在地裡移動這麼快？　　170
　　　　眞是會挖地！再換個地方吧，哥兒們。

何瑞修 啊，日月爲證，這眞是聞所未聞。

哈姆雷 那就當作陌生客人加以款待吧[21]。

何瑞修 啊，天地之間有太多事物
　　　　不是所謂的哲學[22]可以想像的。　　　　175
　　　　好了，過來；
　　　　在這裡，同樣的，絕不可以，老天保佑你們，
　　　　無論我的舉止多麼怪異——
　　　　因爲今後我可能會有必要
　　　　擺出瘋瘋癲癲的模樣——　　　　　　180
　　　　那時你們見到我，千萬不可以

21　何瑞修在前一行說，「這眞是聞所未聞」，原文是"this is wondrous strange"。哈姆雷順著strange（奇怪）這個字，稍加改動，變成stranger（陌生人，外地人）。款待陌生人，是《聖經》裡面常見的教訓。最相近的大概是〈希伯來書〉13:2的「不可忘記用愛心接待客旅」（Do not forget to show hospitality to strangers），因爲那陌生人可能是天使。哈姆雷說這話的時候，除了希望何瑞修接受這件事外，也可能認爲他見到的鬼魂是上帝的信差——這跟他後來懷疑鬼魂是魔鬼假扮，大相逕庭。

22　**哲學**：當時的哲學（philosophy）意指「自然哲學」或「科學」（Bantam）；「理性的探究，科學」（New Cambridge）。

如此叉著雙手，或是這般搖頭，
或是講些什麼曖昧的言語，
例如「嗯，誰不知道」或「我們只是不說而
已」，或是「我們如果想說」，或「要是能講，
　　就有人」，　　　　　　　　　　　　　　　185
或是這類模稜兩可的話，表示
你們了解我的心事──發下這個誓，
願神的恩慈濟助你們的急難。

鬼魂　　發誓！　　　　　　　　　　　兩人起誓[23]。

哈姆雷　安息！安息吧，苦惱的靈魂！好了，兩位，　190
我以全心的愛報答你們；
凡是像哈姆雷這樣一個窮漢
做得到的，爲了表達他愛心和情誼，
只要上帝允許，他都會去做。咱們一起進去。
要永遠守口如瓶，我拜託兩位。　　　　　　195
時代已經大亂。啊可惡的命運，
竟然注定要我扭轉乾坤！──
　　　不，咱們一起進去[24]。　　　　　同下。

23　Bevington 指出，「看來他們共起誓三次……。三連誓是重誓；這三個
　　誓言分別保證不洩漏所見、所聞，以及哈姆雷日後的裝瘋」(Bantam)。
24　前面兩行叶韻，表示此景結束，但顯然眾人站在一旁，禮讓哈姆雷先
　　行，而哈姆雷要大家別客氣（參見Arden）。

第二場

【第一景】

　　　　　　　　　　　波龍尼和僕人芮那篤上。

波龍尼　芮那篤，把這些錢和這幾封信交給他。

芮那篤　我會的，大人。

波龍尼　你最聰明的做法，芮那篤，就是
　　　　在去找他之前，先打聽一下
　　　　他的行為。

芮那篤　　　　　　大人，我正有此意。　　　　　5

波龍尼　啊，那好，太好了。你聽著，老芮，
　　　　先替我打聽在巴黎有哪些丹麥人，
　　　　他們如何、是誰、手頭怎樣、住在哪裡、
　　　　交往如何、開銷又如何；利用
　　　　這種拐彎抹角的問話，得知　　　　　　10
　　　　他們確實認識我兒子，會比

　　開門見山的方式發現更多。
　　不妨假裝你對他略知一二，
　　比方說，「我認識他父親、他的朋友，
　　多少也認識他」──明白了嗎，芮那篤？　　　15
芮那篤　　是啊，明白了，大人。
波龍尼　　「多少也認識他。不過，」你可以說，「並不深
　　　　入；
　　但是，如果是我講的那個人，他很野，
　　沉迷在這樣那樣」──這時候隨便
　　給他編派個罪名──可是，不要低級到　　　20
　　會破壞他的名譽──這個要注意──
　　只可以是，老芮，一般輕狂少年
　　經常會犯的普通毛病，像是
　　荒唐、放肆之類的。
芮那篤　　像賭博，大人？
波龍尼　　　　　　　　對，或喝酒、鬥劍、詛咒、　　25
　　吵架、逛窯子──這些都可以。
芮那篤　　大人，那是會損害他名譽的。
波龍尼　　才不會；你可以講得輕微一些嘛。
　　你不可以讓他罪加一等，
　　說他根本就是縱慾無度──　　　30
　　不是那個意思；說他的壞話要有技巧，
　　聽起來像是放任的過失，
　　是火爆性情的突發行為，

	是血氣方剛的強蠻作風，
	一般人的毛病。　　　　　　　　　　　35
芮那篤	可是好大人——
波龍尼	「爲什麼您要這樣做，是吧？」
芮那篤	是，大人，願聞其詳。
波龍尼	好，老芮，我的用意是這樣的，
	我也相信這個手段合情合理。
	你把這些小毛病加在我兒子身上，　　40
	好比東西在製造過程中稍稍弄髒。
	你聽好了：
	你講話的對象，你所探問的人，
	若是見過犯前面你所說
	罪行的青年，可以確定　　　　　　　45
	他會同意你的話，便接腔說：
	「老兄」什麼的，或「朋友」，或「先生」，
	這要看各人各國所使用的
	稱呼方式。
芮那篤	很好，大人。
波龍尼	然後，老芮，他就——他就——我講到哪裡啦？
	天哪，我是有話要說的。我講到哪裡了？　52
芮那篤	講到「接腔說」。
波龍尼	講到「接腔說」，是啊，沒錯。
	他會接腔說：「我認得這個人，
	昨天才見到他」，或「前幾天」，　　55

或某某時間，跟某某人，「如你所說，
他在那裡賭博」，「他喝得爛醉」，
「他打網球跟人家吵架」，或者
「我見到他走進一家賣春的」—— 60
也就是妓女戶，等等的。
你明白了吧，
你的假餌釣到這條真魚；
這樣子，我們這些聰明靈光的，
迂迂迴迴，略施小計， 65
用間接的手法找到直接的路徑。
照著我前面講的方法和指點，
去打聽我的兒子。明白了吧？

芮那篤　　明白了，大人。

波龍尼　　　　　　　上帝保佑你，再會。

芮那篤　　是，大人。 70

波龍尼　　你也要自己觀察他的性格。

芮那篤　　我會的，大人。

波龍尼　　　　　　讓他練習音樂。

芮那篤　　是的，大人。　　　　　　　　　下。

　　　　　　　　　　　　　　娥菲麗上。

波龍尼　　再見。怎麼了，娥菲麗，怎麼回事？

娥菲麗　　啊大人，大人，嚇死我了。 75

波龍尼　　到底是被什麼東西？

娥菲麗　　大人，我正在房裡縫針線，

哈姆雷大人，上衣扣子全都鬆開，
頭上沒戴帽子，襪子髒兮兮，
沒有吊襪帶，腳鐐似的落到腳跟，　　　　　　80
臉色白得像他的襯衫，膝蓋互撞，
表情可憐到了極點，
活像是從地獄裡放出來
訴說恐怖的事；他來到我面前。

波龍尼　　因為愛你而發瘋？
娥菲麗　　　　　　　　大人，我不知道，　　　　85
但只怕是這樣。

波龍尼　　　　　　他說了些什麼？
娥菲麗　　他拉住我的手腕，抓得緊緊的；
接著後退，伸直了胳臂，
另外一隻手這樣遮住眉頭，
開始仔細端詳我的臉，　　　　　　　　　90
好像要描畫似的。這樣過了好久。
最後，他搖一搖我的手臂，
有三次他這樣上下點頭，
長歎了一口氣，哀傷而沉重，
簡直像要震碎他整個軀體，　　　　　　　95
終結他的生命。這之後，他放開我，
轉身回過頭來朝後面看，
好像不用眼睛就找得到路，
因為沒靠眼睛就走出了門，

| | 從頭到尾，目光一直注視著我。 | 100 |

波龍尼　來，跟我走，我要去見國王。
　　　　這根本就是愛情的瘋狂。
　　　　它的猛烈本性會自我毀滅；
　　　　引導意志做出極端的行為，
　　　　如同普天下的任何熱情，　　　　　　105
　　　　都會影響我們的本性。是我不對——
　　　　咦，你近來有沒有對他不客氣？

娥菲麗　沒有，大人，不過，照您的吩咐，
　　　　我的確退回他的來信，也拒絕
　　　　他來看我。

波龍尼　　　　　　這就使他發瘋了。　　　　110
　　　　是我不對，沒有更為小心謹慎
　　　　留意他。我怕他不過想玩玩，
　　　　占你的便宜。我這該死的疑心病！
　　　　天哪，我們老人家天性喜歡
　　　　強不知以為知，多所猜忌，　　　　　115
　　　　就像年輕人一般說來
　　　　不夠謹慎。來，咱們去見國王。
　　　　這事必須要講；守口如瓶愁更多，
　　　　不如開誠布公把這戀情說。
　　　　走。　　　　　　　　　　　　　同下。120

【第二景】

奏花腔。國王與王后，羅增侃與紀思騰上，扈從隨。

國王　歡迎，親愛的羅增侃和紀思騰。

不僅因爲朕很想跟你們見面，

也因爲朕需要用到兩位，才

十萬火急請來。你們已經聽說過

哈姆雷的改變——我這麼說，　　　　　　　5

因爲無論外表或內在，這人都

不像以前那樣。是什麼原因，

除了他父親的過世，使他

如此嚴重的失魂落魄，

我做夢也想不出。我懇求兩位，　　　　　　10

既然是從小跟他一起長大，

一向又了解他的活力和行爲，

你們就答應留在宮廷這裡

一段時間，藉著你們的陪伴

讓他歡喜起來，也請兩位　　　　　　　　　15

趁這機會打聽打聽，是否有

朕不知情的原因困擾著他，

眞相大白之後，朕可以補救。

王后	兩位先生，他常常提起你們，
	我也相信，當今沒有比兩位跟他 20
	更加親密的人了。只要你們
	周到體貼，真心誠意
	肯花一點時間來陪我們，
	大力協助我們達成願望，
	兩位來這裡，王上不會虧待， 25
	一定有合適的報償。
羅增侃	兩位陛下
	對我們掌有天子的權威，
	大可以對我們發號施令，
	何須懇求。
紀思騰	但我們兩人遵命，
	並且在此保證竭盡全力 30
	願意恭恭敬敬為陛下效勞，
	聽從使喚。
國王	謝了，羅增侃跟體貼的紀思騰。
王后	謝了，紀思騰跟體貼的羅增侃。
	請你們立刻就去探視 35
	我那換了人似的兒子。來人哪，
	帶這兩位先生去見哈姆雷。
紀思騰	但願我們的陪伴和我們的點子
	討他喜歡，對他有益。

王后	是啊，阿們[1]。
	羅增侃與紀思騰及一隨從下。
	波龍尼上。

波龍尼	稟王上，兩位大使已經從挪威	40
	順利歸國了。	
國王	你總是帶來好消息。	
波龍尼	是嗎，王上？我謹向陛下保證	
	我克盡職守，一如保守我的靈魂，	
	對上帝如此，對我仁慈的國君亦然；	45
	而且我相信——除非我這腦筋	
	在處理國家大事方面的把握	
	已經不如從前——我已經找到	
	哈姆雷瘋癲的確切原因。	
國王	啊快說那原因：那原因我很想聽。	50
波龍尼	首先還請接見兩位大使吧。	
	我的消息權充盛宴之後的點心。	
國王	你親自去請他們，帶他們進來。	
	波龍尼下。	
	親愛的葛楚，他跟我說，他已經找到	
	你兒子精神失常的根本原因。	55
王后	我想沒有別的，只有一個主因：	
	他父親的死和我們過分匆促的婚姻。	

1　**阿們**：amen，意爲「但願如此」，是基督徒祈禱的結束語。

國王　嗯，我們來問他個詳細。

　　　　　　　　　　波龍尼、渥德曼、科尼里上。

　　　　　　　　　　歡迎，兩位賢卿。

　　渥德曼，告訴我，朕的挪威兄弟怎麼說？

渥德曼　他回敬您最誠摯的問候和祝福。　　　　　60

　　　　我們才一開口，他就派人去制止

　　　　他侄兒招兵買馬。他原先以為

　　　　是準備去攻打波蘭的；

　　　　可是，仔細調查後，發現確實

　　　　是衝著陛下而來；他很痛心　　　　　65

　　　　因為自己生病、老邁、無能，

　　　　竟然被欺瞞，就發出禁令

　　　　給符廷霸；長話短說，他俯首聽命，

　　　　接受挪威王的譴責，總而言之，

　　　　當面向他叔父發誓，絕不再　　　　　70

　　　　以武力來向陛下挑釁：

　　　　聽了這話，挪威王高興萬分，

　　　　給了他三千金幣作為年金，

　　　　命他率領那些招募來的

　　　　軍隊，照原先一樣，去攻打波蘭。　　　　75

　　　　還有一項要求，寫明在這裡，　　　*呈信。*

　　　　懇請陛下准許他們為這件事

　　　　和和平平通過您的領土；

　　　　他提出的安全保證條件

都寫在信裡。

國王　　　　　　　朕聽了歡喜；　　　　　80
等有空的時候再來讀信、
回答，仔細考慮這件事。
現在，朕謝謝你們勞苦功高。
先去休息，晚上設宴為你們洗塵。
歡迎回國。

　　　　　　　　　　渥德曼和科尼里下。

波龍尼　　　　　這件公事圓滿結束。　　　85
王上、王后——若是要用長篇大論
來講為君當如何、為臣當如何，
為何晝是晝、夜是夜、光陰是光陰，
那根本是浪費晝、夜、和光陰。
因此，既然簡要是才智的靈魂，　　　90
而冗長拖沓是枝節和外表裝飾，
我就簡要地說。您的兒子瘋了。
我說是瘋，因為發瘋的定義，
就是除了發瘋其他都不會，可不是？
但這不提也罷。

王后　　　　　多講事實，少來賣弄。　　95
波龍尼　王后，我發誓我沒有絲毫賣弄。
說他發瘋，這是真的；真的是可惜；
可惜是真的——無聊的修辭；
不過就此打住，因為我不要賣弄。

我們就說他是瘋了吧。現在問題是　　　　　100
要找出這項特點的原因，
或者說是這項缺點的原因，
因為這項缺憾的特點一定有原因。
這樣說來有問題；問題是這樣：
仔細想想，　　　　　　　　　　　　　　105
我有個女兒——有，因為她還屬於我——
她出於責任、順服，您瞧瞧，
給了我這個；現在細細推敲吧。
　（讀信）致天仙般、我心靈的偶像、最美化的
娥菲麗——這一句不好，太遜了；「美化」兩　110
個字太遜了；但是還有呢——這封信；在她
雪白的酥胸裡，謹致此信，等等。

王后　　這是哈姆雷寫給她的？
波龍尼　　稟王后，請稍安；我會據實以告。

　　　　　懷疑星星是火焰；　　　　　　　115
　　　　　懷疑太陽會挪移；
　　　　　懷疑真理是謊言；
　　　　　不可懷疑我愛你。

啊，親愛的娥菲麗，我寫不來這種詩句。我欠
缺文采來敘述衷情；只能說我最愛你，啊最最　120
愛，你要相信。再會。

　　　　只要這個軀殼還屬於我，最親愛的小姐，
　　　　　　我就永遠是屬於你的，哈姆雷

	這是我乖乖女拿給我看的；	
	不只這些，連王子的追求、	125
	發生的時間、方法、和地點，	
	全都告訴了我。	

國王　但是她如何接納王子的愛呢？

波龍尼　您認爲我是什麼樣的人？

國王　你這個人，忠實而正直。　　　　　　　　　130

波龍尼　我願意證明如此。然而您會作何感想，
假如我看到這種熱愛蓄勢待發——
因爲我察覺此事（這點一定要稟明），
是在我女兒告訴我之前——陛下您
或是敬愛的王后陛下您會作何感想，　　　135
如果我公然替他們穿針引線，
或是裝聾作啞佯爲不知，
或是對這愛情視若無睹？
您會作何感想？放心，我當機立斷，
於是對小女我這樣說：　　　　　　　　140
「哈姆雷大人是王子，你高攀不上。
這不可以。」然後我規定她
把自己鎖起來，不讓王子靠近，
不准接見信差、不可接受禮物。
說過之後，她照著吩咐去做，　　　　　145
而王子，吃了閉門羹——長話短說——
變得鬱鬱寡歡，接著茶飯不思，

然後日夜不眠，然後身體虛弱，
然後精神恍惚，就這樣一步步惡化
直到變成現在瘋瘋癲癲的樣子，　　　　　　　　　150
使人人都痛心。

國王　　　　　　　　　你想是這樣嗎？

王后　　或許吧；很可能。

波龍尼　以前可曾有過──我倒想知道──
當我斬釘截鐵說「是這樣」，
而結果不一樣？

國王　　　　　　　　　倒是沒有聽說。　　　　　155

波龍尼　把這個從這裡拿走，如果這次不一樣。

　　　　　　　　　　　　　　指著自己的頭和肩。

假如有必要的話，我會去尋求
真相隱藏之處，就算它是藏在
地球的中央。

國王　　　　　　　我們怎樣進一步試探？

波龍尼　您是知道的，有時他一連四個小時，　　　　160
在這個大廳裡徘徊。

王后　　　　　　　　確實如此。

波龍尼　那個時候，我來放我女兒去會他；
您和我則躲在遮牆幕後面，
觀察他們見面。假如王子不愛她，
不是因此而失去了理智，　　　　　　　　165
那我就不配參贊國家大事，

　　　　　　　而該去種田趕牲口。

國王　　　　　　　　　　　　試試看吧。

　　　　　　　　　　哈姆雷持書閱讀，上。

王后　　瞧那可憐的孩子傷心地讀著書過來了。

波龍尼　迴避一下，煩請兩位迴避一下。

　　　　我這就去會他。啊還請退下。　　　　　　170

　　　　　　　　　　國王、王后及侍從下。

　　　　您好嗎，哈姆雷大人？

哈姆雷　好吧，謝謝。

波龍尼　您認得我嗎，大人？

哈姆雷　太清楚了。您是賣魚的[2]。

波龍尼　不對，大人。　　　　　　　　　　　175

哈姆雷　那我倒希望您有這麼老實。

波龍尼　老實，大人？

哈姆雷　是啊先生。做個老實人，在如今這世界，是萬人
　　　　當中才挑得出一個呢。

波龍尼　那倒是一點不假，大人。　　　　　　　180

哈姆雷　因為如果太陽繁衍蛆蟲於死狗，那塊適合親吻的
　　　　肉——您有個女兒？

波龍尼　有的，大人。

哈姆雷　不可讓她在太陽底下走路[3]。肚子裡有貨固然好，

2　賣魚的（fishmonger）：哈姆雷說這話當然有意貶損波龍尼。魚販另有幾
　　個意思——愛玩女人的人；皮條客；家裡有漂亮女人的人（Oxford）。

3　**太陽底下走路**：原文walk i'th' sun，意指公然亮相；但sun與son諧音，因
　　此這句話也有「懷孕」之意，所以才有接下去的話。

	但是如果你女兒的肚子裡——朋友，要當心！ 186
波龍尼	（旁白）您瞧瞧！老是提我女兒。可是他起先不認得我；說我是賣魚的。他病得太嚴重了。老實說，我年輕時為了愛情受了多少苦，很像這個樣子。我再跟他說說看。——您讀的是什麼，大人？
哈姆雷	文字，文字，文字。 192
波龍尼	講的什麼呢，大人？
哈姆雷	誰講誰啊？
波龍尼	我是指您讀的內容，大人。 195
哈姆雷	是毀謗，先生。因為這個刻薄的傢伙在這裡說，老人的鬍子灰白，說他們臉上有皺紋，他們眼裡流出濃濃的樹膠，又說他們極為無知，加上兩腿全然無力——這一切，我雖然完完全全、徹徹底底相信，卻覺得這樣寫下來，太不厚道。因為大人您自己也會活到我這把年紀——如果像螃蟹一樣，您會倒著走。 204
波龍尼	（旁白）這雖然是瘋言瘋語，卻不無道理。——大人，外面空氣對您不好，請進裡面。 206
哈姆雷	進我墳墓裡面嗎？
波龍尼	那倒真的不必擔心空氣了。—— （旁白）有時候他的反應真是靈敏——瘋子常常妙語如珠，而正常人無法說得這麼恰到好處。我現在要離開他，趕緊想個辦法讓他和我

<blockquote>
女兒碰頭。——大人，請容我告辭。　　　　214
</blockquote>

哈姆雷　　先生，沒有誰的告辭更能讓我高興——除非是我
　　　　　的生命，除非是我的生命。

波龍尼　　再見了，大人。

哈姆雷　　這些囉嗦的老蠢蛋。

<blockquote>
羅增侃與紀思騰上。
</blockquote>

波龍尼　　你們去見哈姆雷大人。他這邊來了。　　　　220

羅增侃　　再見，先生。　　　　　　　　　波龍尼下。

紀思騰　　我尊貴的大人。

羅增侃　　我最敬愛的大人。

哈姆雷　　我最要好的朋友。你好嗎，紀思騰？啊，羅增
　　　　　侃。好兄弟，兩位可好？　　　　226

羅增侃　　馬馬虎虎啦。

紀思騰　　幸福，因為我們不是過分幸福：我們不是幸運女
　　　　　神帽頂的紐釦。

哈姆雷　　也不在她的鞋跟？　　　　230

羅增侃　　也不是，大人。

哈姆雷　　那你們住在她的腰部，或是在她慈顏的當中囉？

紀思騰　　說真的，我們是她的小兵。

哈姆雷　　幸運女神的小屄⁴？啊，對極了，她是個淫婦⁵。
　　　　　有什麼消息？

4　**小兵／小屄**：原文private，至少有兩層意思：（1）身體的私處；（2）
　　沒有一官半職的尋常百姓，引申為密友或寵信（Arden）。

5　因為命運女神的眷顧不分賢愚，一視同仁。

| 羅增侃 | 沒有，大人，只知道世道人心越來越淳厚老實了。 | 237 |

哈姆雷 這麼說來，世界末日近了⁶。不過你的消息並不正確。讓我問個清楚。我的好朋友，你們做了什麼好事，幸運之神會送你到這個監獄來？

紀思騰 監獄，大人？ 242

哈姆雷 丹麥是個監獄。

羅增侃 這麼說來全世界都是了。

哈姆雷 挺漂亮的一座。裡面有許多牢房、囚室、地牢，而丹麥是最惡劣的一個。 247

羅增侃 我們不認為是這樣，大人。

哈姆雷 哦，那對你們就不是了；因為事情沒有什麼好壞，都是思想決定的。對我來說它是監獄。 251

羅增侃 哦，那是您的野心造成的；丹麥太小，容不下您的心。

哈姆雷 啊上帝，我可以被關在一個核桃裡，還覺得自己是
擁有無限空間的國王——只可惜我做了惡夢。 254

紀思騰 那種夢其實是野心；因為野心之為物，只不過是夢的幻影。

哈姆雷 夢本身就是幻影。 260

---

6 因為忠厚的人心與世界的本質不符，會破壞這個世界；哈姆雷前面才說過，老實人是萬中選一(Arden)。

羅增侃	對了，而我認為野心的性質空虛縹緲，根本就是幻影的幻影。
哈姆雷	這麼說來乞丐才是本尊，而國王和有凌雲壯志的英雄反倒是乞丐的影子。咱們要不要進宮裡去？說真的，我講也講不通。　265
羅增侃 紀思騰	我們靜候差遣。
哈姆雷	沒有這種事。我不會把你們當作僕人；因為，老實跟你們說，我被過度奉陪啦。不過，咱們是老朋友了，請問你們來愛新諾幹嘛？
羅增侃	來看您，大人。沒有別的原因。　271
哈姆雷	瞧我這個乞丐，連謝禮都沒有，不過我還是感謝你們。當然啦，親愛的朋友，我的感謝值不得半分錢。你們不是請來的嗎？是你們自願的嗎？是自動自發來的嗎？來，來，跟我老實講。來，來。咦，說啊。　276
紀思騰	要我們怎麼說呢，大人？
哈姆雷	只要是胡扯瞎掰都可以。你們是被請來的；你們的表情已經承認了，因為你們還有廉恥之心，無法遮掩。我知道是好心的王上和王后請你們來的。　281
羅增侃	為什麼呢，大人？
哈姆雷	那，就要你們來告訴我囉。不過，我請你們看在哥兒們的交情、小時候的感情、永遠不變的友情

　　　　　——再加上任何更好的理由，老老實實告訴我，
　　　　　你們是不是被請來的。　　　　　　　　　　287
羅增侃　（低聲向紀思騰）你說呢？
哈姆雷　少來，我在看著你們。如果你們真心愛我，就不
　　　　　要隱瞞。
紀思騰　大人，我們是被請來的。
哈姆雷　我來告訴你爲什麼；由我自己來說，免得害你們
　　　　　洩漏，這樣你們還可以替國王保密。我最近，也
　　　　　不知道爲什麼，失去了歡樂，平常的運動什麼也
　　　　　不做；真的，我的心情沉重得連地球這個完好的
　　　　　結構，在我看來，都像一片荒地。天空這美麗的
　　　　　穹蒼，你看，這燦爛的天幕，這鑲嵌了火一般黃
　　　　　金的雄偉屋頂，唉，在我看來只不過是一團烏煙
　　　　　瘴氣。人是何等的傑作，理智何其高貴、能力何
　　　　　其廣大、容貌和舉止何其完美優秀，行爲多像天
　　　　　使、領悟力多像個天神：世間的美貌、動物的典
　　　　　範——然而，對我來說，這塵土的精華算是什麼
　　　　　呢？人，我不喜歡——沒錯，包括女人，雖然你
　　　　　們的微笑似乎說是我喜歡[7]。　　　　　　　310
羅增侃　大人，我絕對沒那個意思。
哈姆雷　那我說，人，我不喜歡，你爲什麼要笑？

7　**塵土的精華**：根據《聖經》〈創世紀〉2:7記載，上帝用塵土造人。
　　人，我不喜歡：這句話原文是Man delights me not。英文的man指男人，
　　也可以通稱人類，包括女人。

| 羅增侃 | 因為，大人，如果您不喜歡人，那些演員會受到您何等冷淡的待遇？我們在前來的路上超越他們，他們要來這裡替您服務。 | 317 |

| 哈姆雷 | 演國王的會受到歡迎——國王陛下可以得到我的獻金，冒險的騎士可以使用輕劍和輕盾，情人不會白白嘆氣，脾氣古怪的可以充分發揮，直到心平氣和下臺為止，丑角可以讓那些沒事就笑的人發笑，夫人則可以隨意表達心事——否則無韻詩就不順暢了。這些是什麼樣的演員？ | 325 |

| 羅增侃 | 正是您一向喜歡的，城裡的悲劇演員。 | |

| 哈姆雷 | 他們怎麼會出來跑江湖？留在城裡，豈不更能名利雙收？ | |

| 羅增侃 | 我想他們被禁演是因為最近惹的事端。 | 330 |

| 哈姆雷 | 他們的名氣還是跟我在城裡的時候一樣嗎？還有很多戲迷嗎？ | |

| 羅增侃 | 沒有，真是不比當年了。 | |

| 哈姆雷 | 怎麼？他們演技生疏了嗎？ | 335 |

| 羅增侃 | 那倒不是，他們還是跟以前一樣賣力；但是，大人，有兒童戲班子，像聒噪的小鷹，扯著嗓門叫罵公共劇場，大家就沒命地鼓掌。現在流行的是這個，大聲譴責「一般劇院」——他們是這樣說的——害得許多配劍的時髦觀眾唯恐成為編劇者筆下嘲諷的對象而不敢去。 | 342 |

| 哈姆雷 | 什麼，他們是小孩？是誰供養他們？他們的待遇 | |

　　　　　如何？難道他們破嗓之後不想繼續演戲嗎[8]？如

　　　　　果他們以後長大成為一般演員——這是很可能

　　　　　的，假如沒有別的謀生能力——難道不會說，他

　　　　　們的作家要他們攻擊自己未來的職業，是很不

　　　　　應當的？　　　　　　　　　　　　　　　　349

羅增侃　　說真的，雙方都卯足了勁；舉國上下都認為慫恿

　　　　　他們去爭吵沒有什麼不對。有一陣子，劇團肯出

　　　　　錢買的劇本，內容一定是寫劇作家跟演員的互相

　　　　　攻擊。

哈姆雷　　竟有這種事？　　　　　　　　　　　　　　355

紀思騰　　啊，鬧得不可開交。

哈姆雷　　小孩子他們贏了嗎？

羅增侃　　是啊，他們贏了，大人，他們大勝，就像赫克力

　　　　　士扛起了地球[9]。

哈姆雷　　這也沒什麼好奇怪。只因為我的叔父現在當上丹

　　　　　麥國王，當年我父親在世的時候對他扮鬼臉的

　　　　　人，現在都肯花二十、四十、五十、一百金幣去

8　莎士比亞時代英國劇場沒有女演員；女角由尚未變嗓的男孩擔任；他們
　　變了嗓之後，就只能演男人角色。

9　上面這一段對話，影射的是1600年左右，倫敦的兒童劇團出現，威脅到
　　成人劇團（參見各家注）。
　　赫克力士（Hercules）是神話裡的大力神，曾經代替擎天神（Atlas）肩負
　　地球。有學者指出，莎士比亞擁有股份的環球劇院（the Globe Theatre）上
　　有赫克力士扛地球的標誌。Jenkins認為，果真如此，則莎士比亞可能暗示
　　他的劇場也被兒童劇團打敗了（Arden）。

買他的小小肖像。天哪，這裡面有點不合情理，
讓哲學去研究吧。

一陣喇叭吹奏。

| 紀思騰 | 演員來了。 | 365 |

哈姆雷　兩位，歡迎來到愛新諾。握個手，沒關係。歡迎
　　　　的手續是一般慣例。容許我用這種方式對待你們
　　　　——否則我對演員的招呼，我跟你們講，是十分
　　　　熱絡的，會顯得比對你們更加友善。歡迎你們。
　　　　可是我的叔叔老爸跟嬸嬸老媽卻上當了。　　　372

紀思騰　怎麼說，好大人？

哈姆雷　我只是偏北西北的瘋癲。吹南風的時候，我還是
　　　　分辨得出老鷹和鋸子。　　　　　　　　　　　375

波龍尼上。

波龍尼　各位先生好。

哈姆雷　您聽著，紀思騰，還有您——左右耳邊各一位聽
　　　　好。你們看到那邊的大娃娃還裹著尿布。

羅增侃　也許這是他的第二回，有道是返老還童嘛。　　381

哈姆雷　我敢說他是來告訴我關於演員的事。聽好了。
　　　　——您說得對，先生，是在星期一早上，確實是
　　　　的[10]。

波龍尼　大人，我有消息稟告您。　　　　　　　　　　385

哈姆雷　大人，我有消息稟告您。羅西斯在羅馬當演員的

10　哈姆雷隨便扯個話題，故意裝作沒有注意到波龍尼的出現(Arden)。

時候[11]——

波龍尼 演員已經來了，大人。

哈姆雷 算了，算了。

波龍尼 我以榮譽發誓—— 390

哈姆雷 於是，每個演員都以驢子——

波龍尼 當今最好的演員，無論演悲劇、喜劇、歷史劇、牧歌劇、牧歌喜劇、歷史牧歌劇、歷史悲劇、悲喜歷史牧歌劇、無法分類的劇本，或無所不包的戲文。既不嫌悲劇大師塞尼卡太沉重，也不嫌喜劇泰斗普勞圖太輕佻[12]。無論是中規中舉的，還是天馬行空的，這些人都是上選。

哈姆雷 啊耶弗他，以色列的士師，你有過一顆明珠[13]！400

波龍尼 他有什麼明珠，大人？

哈姆雷 咦，

> 有個漂亮女兒，沒別的，
> 那個女兒，是他的寶貝。

波龍尼 （旁白）還在念我女兒。 405

---

11 羅西斯（Roscius）是古羅馬最著名的演員，死於西元前62年。哈姆雷這時候提起他，是已經料到波龍尼要說關於演員的事（Oxford）。

12 這裡舉出了各式各樣的劇種，和古典的悲劇喜劇二分法大相逕庭。莎士比亞自己的戲劇常常糅雜了許多形式。
塞尼卡（[Lucius Anaeus] Seneca, 5 B.C.E-65 C.E.）和普勞圖（Plautus, 254-184 B.C.E.）是古羅馬的劇作家，影響伊利莎白時代戲劇頗深。

13 《聖經》〈士師記〉11章記載：耶弗他（Jephta）依約將愛女獻祭給上帝。

哈姆雷	我說的不對嗎，老耶弗他？
波龍尼	如果您說我是耶弗他，我倒有個極為寶貝的女兒。
哈姆雷	這話不能這樣接。
波龍尼	那要怎樣接，大人？
哈姆雷	咦，是 410

　　　　　命也運也，上帝曉得，

然後是，您知道的嘛，

　　　　事情發生，很有可能。

這首根據聖經所寫歌謠的第一節說的還更多，

可是有人來了，只好打住。　　　　　　　　　416

　　　　　　　　　　　　　　眾演員上。

歡迎你們來，各位師傅們。歡迎大家。——我
很高興見到各位平安。——歡迎，好朋友。
——啊，老朋友，怎麼，上次看到你，臉上
還沒有鑲邊嘛。你到丹麥來對我吹鬍子嗎？
——什麼，我的小娘子！聖母明察，娘子已經
比前一回見面更接近上天，又高出一個高腳鞋
跟啦。求求上帝，你的嗓子別破成不管用的劣
幣。——師傅們，歡迎你們大家。咱們辦點正
事，像法國的放鷹者，見了飛鳥就追。咱們馬
上來一段臺詞。來，讓咱家見識見識你們的本
領。來一段激越的臺詞。　　　　　　　　　428

演員甲	是什麼臺詞，好大人？
哈姆雷	我聽你為我念過一段臺詞，卻沒有演出過；就算

是有，也不超過一回——因為這齣戲，我記得，
曲高和寡，並不討一般人的喜愛。而其實呢，就
我看來，以及在比我高明的別人眼裡，是一齣上
乘的戲，場次合宜，文筆收斂老到。我記得有一
位說，詩行裡沒有加油添醋來增加刺激，文句裡
也沒有什麼可以指控作者矯揉造作的；他稱之為
樸實的手法，健康而甜美，渾然天成而不是匠氣
十足。其中有一段臺詞我特別喜愛——是義尼
阿對黛朵說的故事[14]——尤其是他講到普來安被
殺的時候[15]。假如你還記得，就從這一行開始吧
——讓我想想，讓我想想——
445

　　粗獷的霹汝士，像賀堪尼亞的猛獸[16]——
不是這樣。開頭是霹汝士——

　　粗獷的霹汝士，他那黑色的盔甲，
　黑得像他的惡膽，猶如他躲在

14　義尼阿（Aeneas）是希臘羅馬神話裡特洛（Troy）戰爭中的英雄。特洛
　　城毀後，他逃到義大利，在羅馬建國。黛朵（Dido）是羅馬神話中迦太
　　基（Carthage）的女王；據拉丁史詩敘述，她愛上義尼阿；後者棄她而
　　去，她遂自殺。

15　普來安（Priam）是特洛城的老王，其子帕里斯（Paris）在特洛戰爭中
　　射殺希臘軍隊主將阿契力士（Achilles）。
　　這段故事講的是阿契力士的兒子霹汝士（Pyhrrus）如何前來尋仇，以及
　　普來安之后賀秋芭（Heccuba）在丈夫死後的反應。哈姆雷選這個故
　　事，似乎有意對照自己的情況。

16　**賀堪尼亞的猛獸**（Hyrcanian beast）：據傳Hercania（接近裡海 Caspian
　　Sea）產猛虎。

木馬[17]準備屠城時的漆黑暗夜，　　　　　　450
現在把恐怖的烏黑相貌
塗抹得更加猙獰。從頭到腳
現在他是通紅，可怕的裝飾上
多少父、母、子、女的血液，
火熱的馬路把血烤成硬塊，　　　　　　455
明晃晃照出謀殺城主的
殘忍無情。被憤怒與熱火燒烤著，
再加上渾身塗著凝固的血液，
眼睛像紅玉一般，惡煞霹汝士
去搜索老爺爺普來安。　　　　　　460

你接下去吧。

波龍尼　　大人，唸得眞好，字正腔圓、恰到好處。

演員甲　　　　　　　　不久就找到他，
正揮著刀但砍不到希臘人；古老的劍，　　465
拒絕手臂的指揮，躺在落地處，
不聽使喚。兩人勢力懸殊，
霹汝士衝向普來安，怒沖沖揮砍；
才不過聽到他凶猛的劍聲咻咻，
衰老頭就已倒下。無知的特洛城　　　　　　470
似乎預感到這一擊，火光熊熊中

17　希臘軍圍攻特洛城，十年無功。後藏軍士於木馬之中，特洛人迎木馬入城，希臘軍將士出，城遂破。

城塔坍塌，可怕那一聲轟隆
囚禁了霹汝士的耳朵。瞧啊，他的劍，
本來正要落到可敬的普來安
雪白的頭上，卻像懸在空中；　　　　　475
像圖畫裡的暴君，霹汝士站著，
似乎忘了自己的意圖和職責，
一動也不動。
但是就像我們常見暴風雨之前
天上一片安寧，雲朵靜止，　　　　　480
狂風無聲無息，下面的地球
死寂一般，接著恐怖的雷聲
就撕裂天空：霹汝士停頓之後
激起的復仇怒火使他重新動作。
當年獨眼巨人為了鑄造　　　　　485
戰神的金剛盔甲而狠命捶打：
霹汝士更加狠命無情的血劍
如今砍下普來安。
滾開！滾開，淫蕩的命運之神！
天上的眾神，請剝奪她的權力，　　　　490
砸爛她轉輪上的圓圈和輻軸，
把軸心扔下奧林帕斯山，
掉進惡魔的地獄。

波龍尼　　這太長了。

哈姆雷　　該連你的鬍鬚一起送到理髮店。——請唸下去。

他喜歡看歌舞或是聽色情故事，不然會打瞌睡。

唸下去，講到賀秋芭。　　　　　　　　　　　　497

演員甲　　　　誰要是——悲慘哪!——看見蒙面的王后——

哈姆雷　「蒙面的王后」。

波龍尼　很好。　　　　　　　　　　　　　　500

演員甲　　　　光著腳跑上跑下，她涔涔的淚水

　　　　　　威脅著火焰；一塊布纏在前不久

　　　　　　還戴著后冠的頭上；至於后袍，

　　　　　　在她生育太多兒女的瘦弱腰部[18]

　　　　　　有一塊被單，是恐懼中撿起來的——　505

　　　　　　誰看了這景象，都會用浸毒的

　　　　　　舌頭向命運的統治高聲抗議。

　　　　　　當時若是眾神親眼目睹她——

　　　　　　賀秋芭看到霹汝士惡毒地

　　　　　　用劍亂砍她丈夫的手腳，　　　　510

　　　　　　登時發出的大聲哭喊，

　　　　　　除非人間的種種他們漠不關心，

　　　　　　否則會叫天上燃燒的眼睛落淚，

　　　　　　感動諸神。

波龍尼　你看他已經臉色蒼白，淚水盈眶了。請別再唸下

去了。　　　　　　　　　　　　　　516

哈姆雷　很好。我會很快安排讓你把這段唸完。——好大

18　據說賀秋芭生育子女二十人。

人，麻煩您好好安頓這些演員歇息。聽好了：好
好款待他們，因為他們是時代的縮影和簡史。寧
可死後墓誌銘寫得差一些，也不要讓這些人在您
生前說您的壞話。　　　　　　　　　　　522

波龍尼　大人，我會給他們應得的待遇。

哈姆雷　天哪，老兄，要好得多才行！如果給每個人他應
得的待遇，那誰逃得過鞭子抽？要以您自己的榮
譽和體面來招待他們。他們越是擔當不起，越發
顯出您的寬厚。帶他們進去。　　　　　　528

波龍尼　來吧，各位。

哈姆雷　跟他走，朋友們。我們明天要看一齣戲。（向演
員甲）你聽我講，老哥。你們會演《謀殺貢札
果》嗎？　　　　　　　　　　　　　　532

演員甲　會啊，大人。

哈姆雷　我們明天晚上就看這一齣。我要是寫一段大約
十五、六行的臺詞插進去，臨時要你背，你背得
起來吧？　　　　　　　　　　　　　　536

演員甲　可以，大人。

哈姆雷　那就好。（向眾演員）跟那位大人去吧，千萬別
取笑他。

　　　　　　　　　　　　波龍尼和眾演員下。
　　（向羅增侃和紀思騰）我的好朋友，晚上再見
　了。歡迎光臨愛新諾。　　　　　　　　541

羅增侃　好大人。　　　　　羅增侃和紀思騰下。

哈姆雷　是啊，好，再見了。現在剩下我一個人。
　　　　啊眞個混蛋卑賤的奴才啊，我！
　　　　還不夠驚人嗎，瞧那個演員，　　　　　　　　　　545
　　　　才只是假裝的，夢幻的感情，
　　　　竟能夠強迫心靈去結合想像，
　　　　透過它的運作，臉色變白，
　　　　眼裡噙著淚水，表情迷亂，
　　　　聲音哽咽：整個行爲舉止都　　　　　　　　　　550
　　　　配合著他的思想？而且什麼也不爲！
　　　　爲賀秋芭！
　　　　賀秋芭是他的誰，他是賀秋芭的誰，
　　　　竟要如此爲她哭泣？他該會怎樣，
　　　　假如他傷痛的動機和理由　　　　　　　　　　555
　　　　跟我相同？他會用淚水淹沒舞臺，
　　　　用恐怖的言語撕裂觀眾的耳朵，
　　　　使有罪的人發狂，令無辜的人喪膽，
　　　　叫愚昧的更加糊塗──眞正做到
　　　　讓眼睛耳朵都無所適從。　　　　　　　　　　560
　　　　而我，
　　　　一個魯鈍麻木沒精打采的渾球，
　　　　迷迷糊糊，不知道採取行動，
　　　　連個氣都沒吭──沒有，任憑國王的
　　　　一切以及最寶貴的性命　　　　　　　　　　565
　　　　被惡毒地幹掉了。我是懦夫嗎？

誰說我是惡棍，打破我腦袋，
扯掉我的鬍子對著我的臉吹，
擰我的鼻子，罵我是徹頭徹尾
的大說謊家──誰這樣對我做？　　　　　　570
喝！
老天在上，我全接受：因為必然
我是個窩囊廢，沒有膽子
才感受不到欺壓的痛苦，否則
我老早該讓滿天的老鷹吃掉　　　　　　　575
那賤貨的五臟。血腥、淫蕩的惡棍！
無情、陰險、好色、變態的惡棍！
哎，我是笨驢啊！真是了不起，
親愛的父親被謀殺了，而我這兒子，
雖然天堂和地獄都鼓勵我復仇，　　　　　580
卻像賣春的，只會發發牢騷，
嘴裡開始咒罵，簡直是個妓女，
一張臭嘴巴！不要臉哪！呸！
動一動吧，我的腦筋。嗯──我聽說
曾經有犯罪的人坐著看戲，　　　　　　　585
由於劇情裡面精采的表演，
心靈受到重大打擊而當下
宣布了他們自己的罪行。
謀殺雖然沒有舌頭，卻會用
最奇妙的聲音說話。我要讓這些演員　　　590

演出類似謀殺我父親的情節
給我叔父看。我要觀察他的表情；
我要仔細探索他。只要他縮頭，
我就知道該怎麼辦。我見到的鬼魂
可能是惡魔；惡魔有本事　　　　　　　　　595
假扮可親的形象，是啊，很可能，
利用我的脆弱還有我的憂鬱──
因為他很能夠控制這種人──
他就來騙我、害我。我需要
更有強力的證據。利用這齣戲，　　　　　600
我要把國王的良心獵取。　　　　　　下。

第三場

【第一景】

　　　　　國王、王后、波龍尼、娥菲麗、羅增侃、紀思騰上。

國王　　而你們沒有辦法利用談話
　　　　探聽出他為什麼搞得精神失常，
　　　　任憑混亂而危險的瘋狂
　　　　攪亂了他平靜的日子？

羅增侃　他的確承認自己覺得腦筋混亂，　　　　5
　　　　但，是什麼原因他無論如何不肯說。

紀思騰　我們也發現他不願別人打聽，
　　　　反而在要誘使他招出
　　　　他的真情實況時，狡猾地
　　　　裝瘋賣傻。

王后　　　　　他有沒有好好接待你們？　　　　10

羅增侃　彬彬有禮得很。

紀思騰	卻又很不自然。
羅增侃	不大肯開口，但是對我們的問題
	卻回答得很乾脆。
王后	你們有沒有勸他
	做些什麼消遣？ 15
羅增侃	夫人，事有湊巧，我們在途中
	趕過了一個戲班子。我們跟他說起，
	他聽了之後，的確好像顯出
	高興的樣子。他們就在宮廷附近，
	而且，據我所知，他們奉命 20
	今晚要演戲給他看。
波龍尼	一點也不假，
	他還託我請求兩位陛下
	去欣賞呢。
國王	我欣然同意；也十分高興
	知道他有這份好興致。 25
	兩位先生，再去進一步鼓勵他，
	好讓他轉注於這些玩樂的事。
羅增侃	我等遵命，大人。 *羅增侃與紀思騰下。*
國王	親愛的葛楚，也請離開，
	因為我們已經密召哈姆雷來此，
	好讓他，像是偶然地，在這裡 30
	巧遇娥菲麗。
	她父親和我自己是合法的偵探，

我們要躲起來，看得見而不被看見，
以便清楚判斷他們的會面，
然後，根據他的行為，來看　　　　　　　　　35
到底是不是愛情的煩惱
造成他如此的痛苦。

王后　　　　　　　　　　　我謹從命。
至於你，娥菲麗，我真心希望
的確是由於你的美貌造成
哈姆雷的狂亂；也希望你的美德　　　　　　40
能夠使他恢復往常的模樣，
對你們兩個都好。

娥菲麗　　　　　　　　　　夫人，但願如此。

　　　　　　　　　　　　　　　　王后下。

波龍尼　娥菲麗，你在這裡走動。——有勞陛下，
我們要躲起來了。——讀這本書[1]，
利用虔敬的模樣來掩飾　　　　　　　　　　45
你的孤單。——太多事例證明
我們常犯這種錯：用虔誠的外表
和虔敬的行為，我們替魔鬼
包裹蜜糖。

國王　　（旁白）啊真是一點也不假。

1　「顯然是祈禱之書，見下文47、89行」（New Cambridge）。

那句話痛痛鞭打了我的良心[2]。　　　　　　50
妓女的臉要靠化妝來美容，
但比起她所用的化妝品，也沒有
我的行爲比起我的花言巧語來得醜陋。
啊，沉重的負擔！

波龍尼　我聽到他來了。我們退下吧，陛下[3]。　　55

　　　　　　　　　　　國王與波龍尼下。

　　　　　　　　　　　　哈姆雷上。

哈姆雷　要生存，或不要生存，這才是問題：
比較高貴的是在內心容忍
暴虐命運的弓箭弩石，
還是拿起武器面對重重困難，
經由對抗來結束一切？死去──睡去；　　60
如此而已；假如一覺睡去就結束了
內心的痛苦，以及千千萬萬種
肉體必然承受的打擊：這種結局
正是求之不得。死去，睡去；
睡去，可能還做夢──對，這才麻煩。　　65
因爲在死亡這睡眠裡會做哪一種夢，
即使當時已經擺脫了凡塵的羈絆，
還是會逼得我們躊躇──也因此

2　國王這句話等於已經向觀衆招供了（Arden, New Cambridge）。
3　哈姆雷王子正在策畫戲中戲，以試探國王（見上一場戲）；在這同時，
　　國王這廂也設計了另一場戲中戲，意圖獵取哈姆雷的良心。

苦難的生命才會如此長久。
誰甘心容忍世間的鞭笞和嘲諷、　　　　　　70
壓迫者的欺負、傲慢者的侮辱、
失戀的創痛、法律的延誤、
官員的蠻橫，以及有德之士
默默地承受小人的踐踏──
假如他自己單憑一把短刀　　　　　　　　　75
就能清償宿債？誰甘心背負重擔，
在困頓的人生中喘氣流汗，
若不是從死亡那個未明就裡的
國度，沒有一個旅客回來過，
而對死後的恐懼麻痺了意志，　　　　　　　80
使我們寧願忍受現有的苦難
也不要飛向未知的折磨。
就這樣，意識使我們懦弱，
就這樣，決心的赤膽本色也因
謹慎顧慮而顯得灰白病態，　　　　　　　　85
於是乎偉大而重要的事業
由於這種關係改變了方向，
失去了行動之名。且慢！
是美麗的娥菲麗！仙子，你祈禱時，
要替我一切罪行懺悔。

娥菲麗　　　　　　　　　　　　好大人，　　90
您這些日子以來可安好？

哈姆雷	我多謝您[4]，好。	
娥菲麗	大人，這些是您送的紀念品， 我很早就想要奉還。 拜託您現在收回吧。	
哈姆雷	不，我才不要； 我從沒給過您什麼。	95
娥菲麗	尊貴的大人，您明明知道給過； 而且，同時還附上甜言蜜語， 使禮物更加貴重。如今香味消散， 收回去吧；對有自尊的心靈， 送的人變心，禮物再貴也是輕[5]。 拿去吧，大人。	100
哈姆雷	哈，哈！您貞潔嗎？	
娥菲麗	大人？	
哈姆雷	您美麗嗎？	105
娥菲麗	大人說什麼？	
哈姆雷	我說如果您貞潔而美麗，您的貞潔不該和您的美麗接觸。	
娥菲麗	大人，美麗最應該交往的，有勝於貞潔的嗎？	110
哈姆雷	噯，沒錯，因為美麗的力量會把貞潔變成拉皮條的，貞潔的力量無法把美麗變得跟它一樣。這在	

4　**我多謝您**：哈姆雷似乎意識到自己的興奮，立刻改用客套（或譏誚）的「您」稱呼娥菲麗。

5　這行與上一行叶韻。娥菲麗似乎下定決心結束兩人的戀情。

以前很難相信，但是現在時間已經證明了。我的
確愛過您。　　　　　　　　　　　　　　　　115

娥菲麗　真的，大人，您使我相信是這樣。

哈姆雷　您不該相信我的；因為美德無法完全改變我們的
本性。我沒有愛您。

娥菲麗　那我就更上當了。　　　　　　　　　　　　120

哈姆雷　你去修女院吧[6]。怎麼，你想要繁殖罪人嗎？我自
己還算是個正直的人，然而我自知罪孽深重，恨
不得我母親沒有生下我來。我很自大、愛報仇、
有野心，壞點子多得不得了，只差腦子不夠用，
沒法去構思；想像力不足，無法去描繪；時間也
不夠，來不及去執行。像我這種人匍匐在天地之
間所為何來？我們每個人都是大混蛋；誰也不要
相信誰。去你的修女院吧。令尊在哪裡[7]？　　131

娥菲麗　在家裡，大人。

哈姆雷　門要上鎖把他關起來，這樣他只能在自己家裡扮
演傻瓜。再會。

娥菲麗　啊老天慈悲，救救他吧。　　　　　　　　　　135

哈姆雷　假如你結婚，我要送你這個詛咒當嫁妝：你就算

6　Nunnery本意為「修女院」，有時也含諷刺之意，指「妓院」（見各家
　　注）。
　　哈姆雷急切憤怒之下，又改用「你」稱呼娥菲麗，諷刺的口氣，鄙夷多
　　於親密。

7　哈姆雷是否懷疑波龍尼在附近竊聽？

堅貞如冰、純潔似雪，也躲不過毀謗。去修女
院，再會。假如你非嫁不可，就嫁個傻瓜吧；因
爲聰明人很清楚你們會給他們戴什麼樣的綠帽。
去修女院，走——而且趁早。再會。　　　　142

娥菲麗　天哪，拯救他吧。

哈姆雷　我很知道你們塗臉的把戲。上帝賜給你們一張
臉，你們自己又去再造它一張。你們走起路來扭
捏作態，說起話來嗲聲嗲氣；上帝的生物，你
們亂取綽號；自己不正經，就推說不懂事。去你
的，我不要再說了，氣死我了。我說不准再有婚
姻了。已經結了婚的——除了一個以外——都
可以活下去[8]；其他的人保持原狀。去修女院，
走。　　　　　　　　　　　　　　　下。151

娥菲麗　啊，這麼高貴的心靈竟如此毀了！
廷臣、軍人、學者的眉目、口舌、刀劍[9]，
美麗國家的期許與玫瑰，
風尚的榜樣與行爲的模範，　　　　　155
眾所仰望的對象——完全垮了！
而我，最爲可憐可悲的女人，

8　這一個應是指國王柯勞狄。或許哈姆雷也懷疑國王在場，才故意說給他
　　聽。
9　這是大眾對君王的期許（Oxford）。按照常理，口舌對應學者，刀劍對
　　應軍人；可能娥菲麗在惶亂中說錯。但也有人指出，哈姆雷的才智是他
　　的利劍，他也用口舌和他的對手打鬥（New Cambridge）。

聽過他音樂般的甜蜜誓詞，
現在眼見高貴至上的理智
像悅耳的鐘聲變得荒腔走板，　　　　　160
英姿煥發無與倫比的青年
因爲發瘋而枯萎。可憐我啊，
見過昨日的他，又見今日的他。

　　　　　　　　　　　國王與波龍尼上。

國王　　戀愛！他的心事並不在那上頭。
　　　而且他說的話，雖然有點沒條理，　　165
　　　也不像發瘋。他心裡有事，
　　　正在讓憂傷孵育著；
　　　若是不加注意，我擔心後果
　　　會造成危險。爲防萬一，
　　　我已經當機立斷，如此　　　　　　　170
　　　決定：要他火速前往英國
　　　去追討欠繳我國的貢金。
　　　也許海上旅行以及種種
　　　異國風光，能夠排遣那
　　　使他牽腸掛肚的心事，　　　　　　　175
　　　那腦海裡揮之不去，害他
　　　大異於往常的病根。你看如何？

波龍尼　這樣很好。不過我相信，
　　　他的鬱鬱寡歡，追根究柢，還是
　　　起於情場失意。怎麼樣了，娥菲麗？　180

不必告訴我們哈姆雷大人說了些什麼。
我們全聽到了。陛下，聽憑您處置，
不過，如果您覺得可行，在散戲之後
讓他的母后一個人去鼓勵他
發洩哀傷。讓王后實話實說，   185
而我呢，請容我藏起來，聽他們
全部的談話。假如王后探不出實情，
就送哈姆雷到英格蘭；或是把他關在
您認為最合適的地方。

國王   就這麼辦。
大人物發瘋，不可以小看。   同下。190

【第二景】

哈姆雷與三演員上。

哈姆雷　唸這段臺詞的時候，拜託各位，要像我唸給你們
聽的那樣，在舌頭上輕輕說出。如果你們扯著嗓
門吼叫，像很多演員那樣，還不如讓街頭扯嗓門
宣布消息的人來唸我那幾行。也不要用手過分地
在空中揮舞，如此這般；一切都要中規中矩。因
為處在感情的洪流、暴雨，乃至旋風當中，尤其
需要練就並生成不慍不火的功夫，顯得平順穩
當。啊，聽到中氣太足、頭戴假髮的傢伙把感情
裂成碎片，震破那些多半只能欣賞莫名其妙啞劇
和噪音的站票觀眾的耳朵[10]，真是會把我氣炸。
這種過分喧鬧的大聲公，我要叫他吃鞭子。這種
演法比暴君希律更希律[11]。拜託各位避免。

演員甲　大人請放心。　　　　　　　　　　　　　　10

10　莎士比亞時代，站票觀眾（groundlings）付費甚低，也可自由走動。今
　　日倫敦重建的莎士比亞環球劇院（The Shakespeare Globe Theatre）仍保
　　持這一特色。

11　希律（Herod）：史上希律王至少有兩人。此處應是指大希律，在耶穌
　　出生時統治以色列，是出名的暴君；經常出現在中世紀的宗教劇
　　（Arden, New Cambridge, Oxford）。

哈姆雷　也別過分拘謹，而要根據自己的判斷。表演配合
　　　　文字、文字配合表演。特別注意這一點：不可逾
　　　　越了自然的中庸之道。因爲任何表演過了頭就悖
　　　　離了它的原意。演戲的目的，從古到今，一直都
　　　　好比是舉起鏡子反映自然；顯示出美德的眞貌、
　　　　卑賤的原形，讓當代的人看到自己的百態。無論
　　　　是過或是不及，雖然能逗得外行人發笑，卻無法
　　　　不叫內行人痛心。而一位行家的意見，你們一定
　　　　要比整個戲院其他人的更加重視。唉，有些演
　　　　員我看過他們表演，也聽到別人誇獎，而且還是
　　　　高誇；可是，不怕說句褻瀆的話，這些人說起話
　　　　來非我族類，走起路來更不像人；看他們大搖大
　　　　擺、大叫大嚷，我還以爲他們是造物手下的工人
　　　　造出來的，又沒有造好，因爲他們模仿人性太不
　　　　像樣了。　　　　　　　　　　　　　　　　35

演員甲　希望我們已經改得差不多了。

哈姆雷　啊，要完全改過來。叫那班演小丑的，除了寫給
　　　　他們的臺詞之外，不要多講——他們有的人會帶
　　　　頭笑，讓許多沒頭沒腦的觀眾跟著笑，也不管那
　　　　時候戲裡有必須嚴肅思考的問題。那就太惡劣
　　　　了，顯得使用這種手法的傻傢伙狂妄得可憐。去
　　　　準備準備吧。　　　　　　　　　　　　　　45

　　　　　　　　　　　　　　　　　　　　演員下。

　　　　　　　　　　　波龍尼、羅增侃、紀思騰上。

	怎麼樣了，大人？王上要聽這齣戲嗎？	
波龍尼	還有王后呢！而且馬上就來了。	
哈姆雷	去叫演員快一點。　　　　　　　　波龍尼下。	
	可否請兩位幫忙去催一催？	50
羅增侃	是，大人。　　　　　　羅增侃與紀思騰下。	
哈姆雷	喂，何瑞修！	

　　　　　　　　　　　　　　何瑞修上。

何瑞修	在，親愛的大人，有什麼吩咐？	
哈姆雷	何瑞修，在我交往的人物裡，	
	你的確是最爲平和的一位。	55
何瑞修	哎呀，好說。	
哈姆雷	嘿，別以爲這是恭維；	
	我從你那裡可以指望什麼好處？	
	你什麼財富也沒有，只有內在美	
	作爲衣食。窮人有什麼好恭維的？	
	算了，讓諂媚的舌頭去舔無謂的榮華，	60
	要隨時隨地卑躬屈膝，也必須	
	巴結奉承之後有好處。告訴你吧，	
	自從我寶貴的靈魂能夠自主，	
	辨識人品的高下，她就	
	選中了你；因爲你一向	65
	在受苦的時候，毫不介意，	
	對命運的打擊和獎賞	
	同樣的感恩。有福氣的人	

血氣和理智搭配良好，
不會成爲命運手中的笛子，　　　　　　70
任由她吹奏。若是有哪一個人
不是血氣的奴隸，我就把他
擺在我心當中，對，在我心中之心，
一如我之於你。話說得太多了。
今晚在王上面前要演一齣戲：　　　　　75
其中一個場景的情況類似
我告訴過你的，我父王之死。
我拜託你，看到那一幕上演時，
千萬要仔仔細細地
觀察我的叔父。假如他隱藏的罪過　　80
沒有在某一段臺詞裡洩漏出來[12]，
那我們見到的鬼魂便是個邪靈，
而我的想像力也齷齪得
跟火神的鐵工廠一般。小心看好他；
我自己的眼睛會盯住他的臉，　　　　85
之後我們倆再交換意見，
來判斷他的表情。

何瑞修　　　　　　　　好的，大人。
假如這齣戲演出時，他偷藏了什麼
而沒有被察覺，我負責賠償。

12　這應當是哈姆雷自己加進去的一段（見2.2.535）。

| 哈姆雷 | 他們來看戲了。我必須裝傻。 | 90 |
| | 你找個地方。 | |

國王、王后、波龍尼、娥菲麗、羅增侃、紀思
騰及其他隨侍廷臣上。國王的護衛手持火炬。

國王	朕的侄兒哈姆雷可好？	
哈姆雷	好極了，是真的，靠變色蜥蜴的伙食。我吃的是	
	空氣，塞滿了許諾。塞閹雞也不能這樣[13]。	
國王	真是答非所問，哈姆雷；這話跟我不相干。	96
哈姆雷	沒錯，說過之後也跟我不相干了。——（向波龍	
	尼）大人，您說在大學時代曾經演過戲是吧？	
波龍尼	是有過，大人，而且還算是個好演員呢。	100
哈姆雷	您演什麼角色？	
波龍尼	我確實演過凱撒大將。我在天神廟裡被殺死。卜	
	如德把我殺了。	
哈姆雷	卜如德不道德，竟在廟堂之上把如此堂	
	堂的牛犢開了膛[14]。演員預備好了嗎？	105
羅增侃	好了，大人，他們等候您吩咐。	
王后	過來，親愛的哈姆雷，來我旁邊坐。	
哈姆雷	不要，好媽媽，這邊的磁石更有吸引力。	

13　傳說中變色蜥蜴以空氣維生。
　　國王說"How fares my cousin Hamlet?"本來只是普通問候的話；哈姆雷
　　故意把fare解釋成另一義，「吃東西」，並藉此表達對國王的不滿。
14　這裡有兩個雙關語：卜如德Brutus/野蠻brute；議會、神廟Capitol/美妙、
　　大capital。卜如德是謀殺凱撒的主腦人物。

（轉向娥菲麗。）

波龍尼	（向國王旁白）啊喝！您聽到沒有？	110
哈姆雷	（躺在娥菲麗腳下）小姐，我倒在你懷裡好嗎？	
娥菲麗	不好，大人。	
哈姆雷	我是說，把頭枕在你膝蓋上。	
娥菲麗	可以，大人。	
哈姆雷	你想我剛才要做下流事嗎？	115
娥菲麗	我腦子裡空洞洞的，大人。	
哈姆雷	空洞洞——放在少女兩腿當中倒是挺好的。	
娥菲麗	什麼，大人？	
哈姆雷	不過是空洞洞那話兒[15]。	
娥菲麗	您愛說笑，大人。	120
哈姆雷	誰？我？	
娥菲麗	是啊，大人。	
哈姆雷	啊上帝，我是你獨一無二的開心果！人不開心枉爲人。不信瞧瞧我母親多歡喜的樣子啊——而我父親死了還不到兩小時。	125
娥菲麗	不對，兩個月都過去兩次了，大人。	
哈姆雷	有這麼久？哦，那就讓魔鬼去穿黑衣吧，我要穿貂皮衣。天哪！死了兩個月，居然還沒有被遺忘？這麼說來，大人物死後，還有可能讓人懷念個半年囉。不過我敢說他一定要蓋教堂，否則會	

15　那話兒：原文nothing亦做「女性生殖器」解。

被人遺忘，跟那騎木馬的一樣──他的墓誌銘就
是「哎呀，哎呀，騎木馬的給忘啦。」　　　　133

　　　　　　　　　吹喇叭。啞劇開始。

國王與王后上。后擁抱王，王擁抱后。后跪
下，對王強烈表態。王扶后起，低頭與后交
頸。王臥於花叢之上。王入睡，后遂離去。隨
後另一人進場，取王之冠，吻之，傾倒毒汁於
王耳後離開。后復返，見王已死，做激動狀。
下毒者率三、四人復上，狀似安慰王后。屍體
移開。下毒者獻禮向王后示愛。后初則似乎峻
拒，但終於接受。

　　　　　　　　　眾演員下。

娥菲麗　這是什麼意思，大人？
哈姆雷　啊，這是祕密的詭計。意思是做壞事。　　135
娥菲麗　看來這是在預告戲的內容。

　　　　　　　　　敘事者上。

哈姆雷　我們聽這傢伙就知道了。演戲的不會保密：他們
　　　　什麼都抖出來。
娥菲麗　他會告訴我們剛剛演的是什麼嗎？
哈姆雷　會啊，或是你秀給他看的。只要你不害臊秀出
　　　　來，他就會毫不臉紅告訴你那是什麼意思。　　142
娥菲麗　您使壞，您使壞。我要看戲。
敘事者　　我們來演這齣悲劇，
　　　　　感謝看官賞臉出席，　　　　　　　　145

　　　　　　　　　　敬請各位耐心聽戲。　　　　　　　　下。

哈姆雷　這是序幕，還是戒指內圈刻的銘文？

娥菲麗　的確很短，大人。

哈姆雷　像女人的愛情。

　　　　　　　　　　　　　　演員扮國王及王后上。

扮王　　自從愛情和紅娘以最神聖的誓言　　　　　　　150

　　　　　把我倆心心相連、手手相牽，

　　　　　整三十次，日神的馬車已巡迴

　　　　　地神的地球和海神的鹹水，

　　　　　三十打的月亮憑著借來的光輝

　　　　　也已行經地球十二乘三十回。　　　　　　　　155

扮后　　太陽和月亮還會讓我們數算

　　　　　同樣的路程，不叫我們愛情中斷。

　　　　　只是我很可憐：您最近玉體病恙，

　　　　　鬱鬱寡歡，一點也不像以往，

　　　　　真叫我憂心忡忡。但我雖然憂愁，　　　　　　160

　　　　　陛下，您卻千萬不可以難受；

　　　　　因為女人的恐懼和愛情一樣多，

　　　　　不是完全沒有，就是兩者太過。

　　　　　我的愛情如何，您經歷過自然懂，

　　　　　我的愛有多少，我的恐懼也相同[16]。　　　　　165

16　以下灰底部分為對開本（F）所無。

> 愛到深處，再小的疑慮也變成恐懼；
> 小小的恐懼變大，滋長的愛情無與倫比。

扮王　　我的確快要離你而去，愛人：
　　　　我的器官已經失去功能；
　　　　你必須在這花花世界繼續生活，　　　　　170
　　　　接受敬、接受愛；或許嫁個跟我
　　　　一樣溫柔的丈夫——

扮后　　　　　　　　　　啊不許說下去。
　　　　這樣的愛情，表示我心懷叛逆。
　　　　若有第二任丈夫，讓我受到天譴；
　　　　沒有人肯再嫁，除非殺夫在先。　　　　　175

哈姆雷　（旁白）苦啊。

扮后　　造成第二次婚姻的動機
　　　　不是愛情，而是卑鄙的利益，
　　　　若是跟第二任丈夫床上親愛，
　　　　等於我第二次把親夫殺害。　　　　　　　180

扮王　　我相信這是你現在的肺腑之言；
　　　　然而我們的決心，常無法實現。
　　　　決心不過是記憶的奴隸，
　　　　力量並不大，雖然起初驚天動地，
　　　　像那生澀的水果，懸掛在樹梢，　　　　　185
　　　　一旦成熟，不去搖它也會掉。
　　　　忘記償還自己對自己的虧欠，
　　　　這種事本來就難以避免。

我們一時興起，對自己許諾：
興頭過了，決心也就失落。　　　　　　　　190
憂傷或喜樂若是過於激烈，
都會把自己以及決心毀滅。
歡樂最高潮，悲哀到極點；
悲而歡，歡而悲，不過一轉眼。
世界並非永恆，有朝一日我們的情愛　　　195
隨著財富改變，也不足為怪：
因為這場爭辯還有待證明：
是愛情勝過財富，或財富勝過愛情。
大人物一旦倒下，寵佞便一哄而散，
小癟三升了官，仇家過來把臂言歡。　　200
如此說來，人情伺候著財寶：
豐衣足食，朋友自然不缺少；
飢寒交迫，你去找三朋四友，
他們立刻跟你反目成仇。
我的意思，歸納起來說：　　　　　　　205
我們的旨意和命運相差太多，
我們的計畫，最後總是成空：
念頭屬於我們，結果難以掌控。
所以你現在自認不會改嫁，
頭一個丈夫死了，就會改變想法。　　　210

扮后　讓老天斷我光明，大地絕我糧米，

> 讓我白天沒有娛樂，夜晚不得安息[17]，
> 讓絕望主宰我的信心和期盼，
> 隱士的生活是我的極限，
> 我熱心追求的一切歡樂　　　　　　　　　215
> 全部適得其反，慘遭摧折，
> 今生或來世，擾擾攘攘無止息——
> 假如我做了寡婦，又嫁為人妻。

哈姆雷　要是她現在就打破誓言呢？

扮后　這個誓很重。甜心，你且去吧。　　　　220
　　我的精神不濟，想小睡一下，
　　打發煩悶的時間。

扮后　　　　　　　　　好好睡一覺，
　　願我倆不受厄運的干擾。

　　　　　　　　　　　　　　　扮后下。扮王睡。

哈姆雷　夫人，您覺得這齣戲如何？

王后　那位夫人表白得過分了，我覺得。　　　225

哈姆雷　哦，可是她說話算話。

國王　你聽過劇情大綱沒有？內容有沒有不妥當的？

哈姆雷　沒有，沒有，他們只是玩假的嘛——假裝下毒。
　　絕對沒有犯法。

國王　這齣戲叫什麼名字？　　　　　　　　231

哈姆雷　《捕鼠器》——啊，怎麼說？比喻嘛！這齣戲演

17　以下灰底部份爲對開本（F）所無。

的是發生在維也納的一件謀殺案——公爵名叫貢
札果，他太太叫芭提絲姐——您馬上就會看到。
真是惡毒啊，可是又怎麼樣呢？陛下，以及我們
這些沒做虧心事的人，不受影響。磨破皮的馬兒
才會退縮，我們不為所動。 238

盧先納上。

這個人叫盧先納，是國王的侄兒[18]。

娥菲麗	您在解說劇情啊，大人。	240
哈姆雷	我也可以替你跟你愛人唸臺詞，只要讓我看到小偶人談情說愛。	
娥菲麗	您很尖刻，大人，很尖刻。	
哈姆雷	您不呻吟一陣休想奪走我的銳利[19]。	
娥菲麗	越發高明，越發壞[20]。	245
哈姆雷	你們就是這樣欺騙丈夫的[21]。——動手吧，謀殺者。別裝出那副可惡的表情，動手。來呀，淒厲	

---

18 哈姆雷介紹劇中人物盧先納跟國王的關係，（無意中？）洩漏出自己殺叔的意圖。

19 **呻吟（groaning）**：可釋為婦女生產時的呻吟（New Cambridge, New Swan）；亦可釋為新婚初夜的呻吟（Arden, Oxford）。娥菲麗說哈姆雷的話「尖刻」（keen），哈姆雷扭轉字義，影射性慾強烈，故有「呻吟」與「銳利」（edge）之說。也因此娥菲麗才會在下一句說他既「高明」又「壞」。

20 **越發高明，越發壞（Still better, still worse）**：指哈姆雷玩弄文字的技巧高明，但內容要不得（見各家注）。

21 英國教會的結婚誓詞裡，有「無論是好是壞，是富是貧」（For better or worse, rich or poor）之語；其中兩個關鍵字（better, worse）跟娥菲麗前一句話相同，於是哈姆雷又用來諷刺女性對婚約的不忠實（見各家注）。

　　　　　　的烏鴉高喊著復仇。

盧先納　　心黑手辣藥性毒、時間湊巧，
　　　　　機會難得，旁邊沒有人瞧，　　　　　　　　250
　　　　　夜半採集的腥臭毒藥，經過
　　　　　女魔三度詛咒，毒性加強三倍多，
　　　　　以你天然的魔法、恐怖的藥力，
　　　　　把他健康的生命頃刻間奪取。

　　　　　　　　　　　　　　　　倒毒藥於睡者耳中。

哈姆雷　　他在花園毒死他，要奪取他的王位。他的名字叫
　　　　　貢札果。這個故事流傳下來了，寫成精美的義大
　　　　　利文。您馬上會看到凶手如何獲得貢札果妻子的
　　　　　芳心。　　　　　　　　　　　　　　　　　　258

娥菲麗　　王上站起來了。

哈姆雷　　什麼，被空包彈嚇著啦？　　　　　　　　　260

王后　　　陛下怎麼了？

波龍尼　　別演了。

國王　　　拿火把來。走。

波龍尼　　火把，火把，火把！

　　　　　　　　　　眾下，只剩哈姆雷和何瑞修。

哈姆雷　　　唉，管他受傷的母鹿在流淚，　　　　　265
　　　　　　　公鹿沒事照樣玩。
　　　　　　總有人警醒，也有人睡；
　　　　　　　天下事情都這般。
　　　　　就憑我這本事，加上滿頭的羽毛，即使今後命

　　運跟我作對，我只要穿上漂亮的玫瑰花鞋，總
　　可以在一票演員裡，混個股東吧[22]？

何瑞修　　半個股東。　　　　　　　　　　　　　　273

哈姆雷　　一整股，沒問題。

　　　　　　好朋友啊，你很清楚，　　　　　　　275

　　　　　　　世界已經失去

　　　　　天神；誰在當家作主？

　　　　　　　不折不扣的——賤貨。

何瑞修　　您何不押韻呢[23]？

哈姆雷　　老何啊，那個鬼魂的話真是一字值千金哪。你看
　　　　　　到沒有？

何瑞修　　很清楚，大人。　　　　　　　　　　　　282

哈姆雷　　就在說到下毒的時候。

何瑞修　　我的確很清楚地注意到他。

哈姆雷　　啊哈！來點音樂；吹豎笛吧。　　　　　　285

　　　　　　若是國王不愛這喜劇，

　　　　　　天哪，八成他是沒興趣。

　　　　　來點音樂。

　　　　　　　　　　　　羅增侃與紀思騰上。

紀思騰　　我的好大人，容我稟告一句話。

22　指成爲劇團的股東，可以享受分紅，而不只是領工資而已（Arden, New
　　Swan）。

23　何瑞修以爲哈姆雷的最後一句會唱A very, very ass「不折不扣的驢」，
　　配合韻腳（參見各家注）。

哈姆雷	先生，細說歷史吧。	290
紀思騰	大人，王上他……	
哈姆雷	是啊，大人，他怎麼啦？	
紀思騰	他回到宮裡，火大了。	
哈姆雷	因爲喝了酒嗎，先生？	
紀思騰	不是，大人，是因爲生氣了。	295
哈姆雷	你們如果聰明點，就應該把這件事向大夫去說。因爲，如果由我來替他消氣，只怕會惹他氣上加氣。	
紀思騰	好大人，請你說話正經些，不要扯得太遠。	301
哈姆雷	我遵命，先生。請宣布。	
紀思騰	您的母后，心裡難過極了，派我來找您。	
哈姆雷	歡迎啊。	305
紀思騰	不是，大人，這樣客套就不對了。您肯正經的回答，我才把令堂的吩咐說出來。否則，容我告辭，算是交差了。	
哈姆雷	先生，我不能。	310
羅增侃	不能什麼，大人？	
哈姆雷	不能正經地回答您。我的腦筋壞了。不過先生，只要是我能夠回答的，一定向您稟告——照您講，應該是向我母親稟告。因此廢話少說，言歸正傳。我的母親，您說——	316
羅增侃	她是這樣說的：您的行爲著實讓她大吃一驚。	
哈姆雷	眞是驚人的兒子，能如此驚動他的母親！不過，	

難道這個母親驚嚇之後沒有後續的動作嗎？宣布
吧。   321

羅增侃 她要您在就寢之前，到她房裡談一談。

哈姆雷 寡人遵命，即使她做了十遍我的母親。您還有其他
買賣要跟寡人做的嗎[24]？   325

羅增侃 大人，您曾經對我好過。

哈姆雷 現在還是一樣——憑著這雙不乾不淨的手發誓。

羅增侃 好大人，您生什麼氣？假如您不肯把心事說給朋
友聽，當然是關閉了自己的解脫之門。   330

哈姆雷 老哥，我沒有前程。

羅增侃 那怎麼可能？國王自己都說支持您繼承丹麥的王
位。

哈姆雷 是啊，老哥，可是，小草沒長高——這句俗語有
些老掉牙了[25]。

演員持豎笛上。

啊，豎笛。拿一隻來瞧瞧。——咱們私底下
說，您為什麼這樣緊追不捨，好像要把我趕到
陷阱裡？   338

紀思騰 啊大人，要是我的責任感太重，都怪我對您的情

24　這是哈姆雷在劇中僅有的一次自稱「寡人」（we, our），正式結束了他
　　跟紀思騰、羅增侃的交情（Arden），「擺出王者之尊」（New
　　Swan），端起架子，表示他不受這兩個同學的威脅。「買賣」一詞諷
　　刺紀、羅的工作性質（Oxford, New Swan）。

25　全句是：「草兒沒長高，笨馬餓壞了。」（While the grass grows, the
　　simple horse starves.）（Arden, New Swan）

	感太深。	340
哈姆雷	我不太懂。您吹吹豎笛好嗎？	
紀思騰	大人，我不會。	
哈姆雷	我拜託您。	
紀思騰	說實在，我不會。	345
哈姆雷	我懇求您。	
紀思騰	我不懂得指法，大人。	
哈姆雷	這跟撒謊一樣簡單。用手指和拇指操控這些氣孔，用嘴巴吹氣，就會吹出最美妙的音樂。您瞧，這些就是氣孔。	351
紀思騰	可是我無法操控它們，發出和諧的聲音。我沒有技術。	
哈姆雷	怎麼，您瞧瞧，您把我看成多不值錢的東西啦！您想要玩弄我，您似乎知道我的氣孔，您想要挖掘我心裡的祕密，您想要聽出我的最低音符到最高音域；而在這小小樂器裡多的是音樂、優美的聲音，但您卻無法使它說話。天哪，您以為我比笛子還容易玩弄嗎？您愛把我當成什麼樂器都行，就算您可以把我惹毛，可別想玩弄我。	

波龍尼上。

	上帝保佑您，先生。	
波龍尼	大人，王后要跟您說話，現在就要。	366
哈姆雷	您看見那片幾乎是駱駝形狀的雲嗎？	
波龍尼	當然啦，而且它——真像駱駝呢。	

哈姆雷	我覺得它像黃鼠狼。
波龍尼	它的背部像黃鼠狼。 370
哈姆雷	或是像鯨魚。
波龍尼	像極了鯨魚。
哈姆雷	那我馬上去看我母親。——（旁白）他們真是欺 人太甚。——我馬上就來。 376
波龍尼	我照這樣去說。
哈姆雷	「馬上」兩個字說來容易。——朋友們，請便。

眾下，只剩哈姆雷一人。

哈姆雷	現在正是夜晚鬼巫作怪的時刻：
	墳墓張開了大口，地獄也吹出 380
	瘴氣到這世界；現在我可以喝下鮮血，
	做出殘忍的事，管叫白晝看了
	都會發抖。慢著，現在要去母親那裡。
	我的心哪，不要失去天性；千萬別讓
	弒母逆子的心進入我堅定的胸膛[26]。 385
	讓我殘酷可以，但不要喪失天性。
	我要用言語刺傷她，不用刀子。
	我的嘴我的心在這裡作假：
	無論我的話多麼使她傷痛，
	我的心絕不同意付諸行動。 下。390

26　**弒母逆子的心**：原文為 the soul of Nero。Nero（尼祿，37-68 CE）是羅馬皇帝，曾處死其母。

【第三景】

國王、羅增侃、紀思騰上。

國王　　我不喜歡他。任他瘋癲下去
　　　　朕也不安全。因此你們去預備。
　　　　我會火速交給你們派令，
　　　　也要他跟著你們去英國。
　　　　朕身爲一國之君，不容　　　　　　　　　5
　　　　他在身邊時時刻刻盤算
　　　　危險的點子。

紀思騰　　　　　　我們自當準備。
　　　　最爲神聖重要的考量，在於
　　　　確保百姓萬民的安全，而
　　　　陛下乃是他們福祉之所寄。　　　　　　10

羅增侃　　一般的老百姓尚且要
　　　　全心全力保護性命、
　　　　躲避災禍；更何況陛下
　　　　繫芸芸眾生的安危於一身？
　　　　一國之君若是崩殂，並非　　　　　　　15
　　　　個人之死，而會像漩渦一般
　　　　把四周捲入。或是像巨輪

固定於最高的山頂一般，

它巨大的輪輻上掛著

萬千個小零件；一旦巨輪落下，　　　　　　20

每一個細微無用的東西

都會跟著殞滅。只要國君

一聲輕嘆，萬民無不呻吟。

國王　　兩位請去準備快速出發，

朕要把這種恐懼加上鐐銬——　　　　　　25

目前它太放肆了。

羅增侃　　　　　　　　　我們會趕快。

　　　　　　　　　　　　羅增侃與紀思騰下。

　　　　　　　　　　　　　　波龍尼上。

波龍尼　　大人，他這就要去他母親的房間。

我在遮牆幕背後，躲起來，

聽他們說話。我保證王后會痛罵他。

誠如您所說——說得很有道理[27]——　　　30

應該有別人在場——而不只是母親，

因為天性使他們偏袒——去偷聽

談話的內容。再會了，陛下。

您安歇之前我會來拜見，

向您提出報告。

27　這本是波龍尼出的主意（見第三幕第一場結束之前他和國王的對話）。
　　他故意說成是國王的意思，既吹捧了聖上英明，又自誇明智
　　（Oxford）。

| 國王 | 多謝了，賢卿。 | 35 |

波龍尼下。

啊我罪孽的惡臭，已經上聞於天；
這當中帶有原始最早的詛咒——
謀殺親兄[28]。要祈禱我辦不到，
雖然念頭強烈得有如意志；
罪孽太深，勝過堅強的意念，　　　　　　　　40
好像同時被兩件事情捆綁，
我躊躇猶豫，不知先做哪一樣，
結果兩頭落空。就算這該死的手
厚厚沾染了兄弟的血腥，
仁慈的上天難道沒有足夠雨露　　　　　　　　45
把它洗得雪白？慈悲有什麼用，
如果不是用來對抗罪過？
祈禱的意義，豈非在於雙重力量——
在墮落之前預爲防範，
或已墮落，加以原諒？那我仰望上天。　　　　50
往者已矣——可是啊，哪一種祈禱
有效呢？「請饒恕我卑鄙的謀殺？」
那是不可能的，因爲我還在占有
當初因謀殺而得來的利益——

28　根據《聖經》〈創世紀〉4:11-12記載，亞當之子該隱（Cain）謀殺其兄
　　亞伯（Abel），這是人類的第一樁謀殺案。該隱受到上帝的譴責，日後
　　耕作而無收穫。

我的冠冕、我的野心、我的王后。　　　　　55
人可以保住贓物還得到原諒嗎？
在這個腐敗的人世間，
犯罪的金手可能推開正義；
拿不義之財去買通司法
這種事也稀鬆平常。而天上卻不然；　　　60
那裡沒有推諉，一切行為露出
本來面目，而我們被迫要
老老實實面對自己的過錯
來提供證據[29]。怎麼辦？能怎麼辦？
懺悔看看吧。懺悔就可以了。　　　　　65
可以什麼呢，如果不能真心懺悔？
啊悲慘的下場！啊死亡般的黑心！
啊被捕捉的靈魂，越想掙脫束縛
越是捆綁得緊！救命，天使！試一試。
彎下吧，頑固的膝蓋；鐵石心腸啊，　　　70
化做初生嬰兒柔軟的筋骨吧。
或許還有救。　　　　　　　　　　跪下。

哈姆雷上。

哈姆雷　　現在我可以輕易下手，趁他在祈禱。
現在就來下手。　　　　　　　　　拔劍。

29　**提供證據**：英國法律和天國法律不同，除非是叛亂罪，否則不得強迫被
　　告提出不利於己的證據（Oxford）。

就這樣讓他去升天；
而我算報了仇。這可要仔細考慮。 75
一個混蛋殺了我父親；而因此，
我這做獨子的，竟把那混蛋送上
天國。
嘿，這是拿工錢替人辦事，不是報仇。
他謀殺的時候，父親還在行樂， 80
他的罪愆盛開得像五月的花，
至於總帳如何除了老天誰知道？
但是根據世俗的了解和想法，
他現在並不好受[30]。這樣也算報仇嗎——
在凶手洗清靈魂之際下手， 85
讓他做好了升天的準備？
不行。
回鞘吧，寶劍，且待更惡毒的時機。
趁他酒醉熟睡、或是暴怒、
或是享受亂倫的床笫之樂、 90
在遊戲中詛咒、或是做些什麼
毫無救贖指望的行為，
那時候再絆倒他，要讓他腳跟踢向天堂，
他的靈魂受到天譴，黑得
像地獄，它的去處。母親在等我。 95

---

30 鬼魂在第一場第五景曾經對哈姆雷訴說它所受的痛苦。

　　　　　　這帖藥方³¹只把你病情拖一拖。　　　　　下。

國王　　我的言語飛往上界，心念還在凡間。

　　　　　　言語沒有誠心，永遠無法升天。

31　「這帖藥方」可以是指（1）國王的禱告，（2）哈姆雷決定暫時放國王
　　一馬（Oxford, Bantam）。

【第四景】[32]

　　　　　　　　　　　　　　　　王后與波龍尼上。

波龍尼　　他這就來了。您得好好教訓他，
　　　　　跟他說，他的把戲太過分，受不了，
　　　　　說您已經迴護他，替他擔待了
　　　　　多少怒氣。我就躲在這裡不吭聲。
　　　　　您老實不客氣。

王后　　　　　　　　　我答應您就是，放心。　　　　5
　　　　　退下吧，我聽到他來了。

　　　　　　　　　　　　　波龍尼躲到遮牆幕後面。

　　　　　　　　　　　　　　　　哈姆雷上。

哈姆雷　　母親啊，什麼事啊？

王后　　　哈姆雷，你大大冒犯了你父親。

哈姆雷　　母親，您大大冒犯了我父親。

王后　　　少來這一套，你的回答很無聊。　　　　　10

哈姆雷　　去您那一套，您的問題很惡毒。

32　各家註解多說明這一場的場景是王后的內室（closet），不是寢宮
　　（bedroom）。惟今日演出多以寢宮為場景，其來亦有自：據New
　　Cambridge所注，Du Guernier早在1714年所繪插圖已清楚顯示臥床，葛
　　楚且著睡衣。

王后	唉，怎麼了，哈姆雷？	
哈姆雷	現在又怎麼了？	
王后	你忘了我是誰了嗎？	
哈姆雷	沒有，我發誓，沒有。	
	您是王后，您丈夫的弟弟的妻子。	
	而且——何其不幸！——您是我的母親。	15
王后	算了，我去找那會說話的來對付你。	
哈姆雷	且慢，您坐下來，您不許動。	
	您別走，我要先給您一面鏡子，	
	好讓您瞧瞧自己內心最深處。	
王后	你想幹嘛？不是要謀殺我吧？	20
	救命唷！	
波龍尼	（在幕後）哎呀！救命！	
哈姆雷	怎麼？有老鼠！一塊金幣斃了你[33]！斃了！	
	哈姆雷以劍刺穿遮牆幕。	
波龍尼	（幕後）啊，我完了。	
王后	哎呀，你做下什麼事啦？	
哈姆雷	我也不知道。	25
	是國王嗎？	

　　　掀起遮牆幕，露出已經斷氣的波龍尼。

---

33 老鼠通常躲在暗處，所以喻間諜（參照今日用語：I smell a rat）。「一塊金幣斃了你」：原文 "Dead for a ducat" 意指（1）以一塊金幣的代價要你死（Arden）；（2）賭一塊金幣，牠（他）死了（Oxford, New Cambridge）。Dead和ducat雙聲，暗示死者只值一個金幣（New Swan, Bantam）。

王后	啊多麼魯莽多麼血腥啊！
哈姆雷	對！血腥。好母親，這件事幾幾乎壞到 像殺死國王又嫁給他弟弟一樣。
王后	像殺死國王？

哈姆雷　　　　　　　　是啊夫人，我是這樣說的。—— 　30
倒楣、魯莽、愛管閒事的笨蛋，永別了！
錯以為你的身分更高呢。認命吧：
你知道多管閒事很危險了吧。——
不要儘是絞手。安靜，坐下來，
讓我來絞您的心；我打算這樣做， 　35
如果它是可以穿透的東西，
如果邪惡的習慣還沒有使它
堅硬到完全無情無義。

王后　我做了什麼事，你竟敢鼓動唇舌
向我無禮地大呼小叫？

哈姆雷　　　　　　　　這件事， 　40
泯滅了天良和羞恥之心，
混淆了美德和虛偽；摘下了
純潔愛情額頭上的玫瑰，烙上
娼妓的戳印，使結婚的誓言
虛假如賭徒的詛咒——啊這件事 　45
奪取了海誓山盟的精神，
使甜蜜的宗教儀式成為一串
毫無意義的文字。老天的臉

都羞紅了，照著這整個地球
憂傷的面容，好像末日快到，　　　　　　　50
為這件事難過。

王后　　　　　　　　　　哎呀，是哪一件事，
引發出這如雷的巨響？

哈姆雷　仔細瞧瞧這幅肖像，和這一幅，
畫著兩兄弟的相貌。
看這張臉何等雄姿英發；　　　　　　　　55
日神的鬢髮，天神的額頭，
戰神般的眼睛，威風凜凜；
他的姿態有如傳信之神
剛降落到高聳入雲的山巔；
像這樣的五官和身材，必然　　　　　　　60
是每一位天神都參與了塑造，
好給世間一個完美的男子漢。
這是您的前夫。看看現在這第二個。
這是您的現任丈夫，像發霉的麥穗，
毒害到他健康的哥哥。您瞎了眼嗎？　　　65
您怎麼可能拋棄美麗的高山
去就低下的沼澤？哈，您瞎了眼嗎？
別說這是愛情，因為您這把年紀，
亢奮的熱血已經平淡，它會馴服、
聽命於理智的判斷，而哪一種判斷　　　　70

會從這裡轉到這裡³⁴？感覺您總還有，

否則您就不能行動；顯然那感覺

已經痲痺，因為就算精神失常

或是頭腦變得蒙昧無知，

總還會有一點辨別的能力　　　　　　　　　　75

可以區分天壤之別。是哪個惡魔

這樣蒙住您的眼睛欺騙您？

有眼睛沒觸覺，有觸覺沒眼力，

有耳朵沒手沒眼，有嗅覺而已，

乃至只剩一種感覺的一小部分，　　　　　　　80

都不該如此荒唐。

羞恥啊，你怎麼不臉紅？叛逆的性慾，

你既能促使老媽行為踰矩，

請容許青春的美德像蠟一般，

融化在自己的火焰；不要恥笑　　　　　　　　85

難以遏制的熱情主宰一切，

因為寒霜自己都燒得火熱，

理智作了情慾的紅娘。

王后　　　　　　　　　　　　啊哈姆雷，別說了。

你使我的眼睛轉向了靈魂，

我在那裡看到黑色的汙點，　　　　　　　　　90

34　下面這段話，第二四開本（Q2）較長；以下灰底部分為對開本（F）所
　　無。

洗也洗不乾淨。

哈姆雷　　　　　　　　　　　對，只會生活在

齷齪床鋪的臭汗裡面，

泡在腐爛當中，卿卿我我

在汙穢的豬欄裡！

王后　　　　　　　　　　　啊別再說了。

這些話像刀一般刺進我耳朵。　　　　　　95

別說了，好哈姆雷。

哈姆雷　　　　　　　　　　一個殺人的惡棍，

一個抵不上您前夫兩百分之一

的賤貨，一個宮廷裡的跳梁小丑，

一個竊取國家竄奪王位的賊，

從架子上偷了寶貴的王冠　　　　　　100

擺在自己口袋的人——

王后　　　別說了。

哈姆雷　　一個穿著百衲衣的國王[35]——

　　　　　　　　　　　　　　　　　　鬼魂上。

快來救我啊，天使！用你們的翅膀

保護我。您大駕出現有什麼吩咐[36]？　　　　　105

王后　　　天哪，他發瘋了。

哈姆雷　　您是來責備您遲鈍的兒子吧？

35　小丑穿百衲衣。

36　上次鬼魂出現時（第一場第四景），哈姆雷以「你」（thou）稱呼它。
　　如今既已確知它是父王的鬼魂，便改用敬語「您」（you）。

他錯失先機、喪失熱情，沒有執行
您嚴格囑咐的迫切命令。
說話呀。

鬼魂　　　　　　　不要忘記。這一次來　　　　110
只是要你確定幾乎游移的目標。
可是你看，你母親一臉驚惶。
啊，保護她不受靈魂的打擊。
身體越是虛弱，越是容易幻想。
去跟她說話，哈姆雷。　　　　115

哈姆雷　您怎麼了，夫人？

王后　　　　　　　　天哪，你自己怎麼了，
居然瞪大眼睛對著空虛，
還跟虛無縹緲的空氣說話？
你的眼睛透著瘋狂的神色，
而且，有如熟睡的軍人被驚醒，　　　　120
你平順的頭髮，像多餘之物也有了
生命，突然豎起[37]。好兒子呵，
在你精神失常的熱火烈焰上，
撒下清涼的忍耐。你在看什麼？

哈姆雷　看他呀，看他。您瞧他眼神多慘白？　　　　125
憑他的模樣和冤屈，就算向頑石哀求，

37　鬚髮、指甲都是長在「體外」之物，故曰多餘（Arden, Oxford）；又因
　　沒有感覺，向來視爲沒有生命（Arden, Bantam）。

	它們也會點頭的。——不要瞪著我瞧，	
	免得您這哀憐的舉動，改變了	
	我堅強的意志。那一來我該做的事	
	就會失去本色——眼淚可能代替鮮血。	130
王后	你是在對誰說這番話？	
哈姆雷	您看那裡，難道什麼也沒有？	
王后	什麼也沒有；可是有的我都看見了。	
哈姆雷	您也沒聽見什麼？	
王后	沒有，除了我們自己。	135
哈姆雷	咦，您瞧那邊，瞧它悄悄走了。	
	是我父親，跟生前穿的一樣！	
	看，他現在正要走出門口。	鬼魂下。
王后	這完全是你腦裡幻想出來的。	
	這種毫無根據的想像，瘋癲時	140
	容易會有。	
哈姆雷	我的脈搏跟您的一樣正常，	
	節奏一樣健康。我剛剛說的	
	不是胡言亂語。儘管考我好了，	
	我可以把事情重講一遍；換了瘋子	145
	就會天馬行空。母親，要得到恩典，	
	別用欺人的香膏塗抹自己的靈魂，	
	說這不是您的罪過而是我的瘋癲。	
	這樣只會遮蓋潰爛的表皮，	
	讓發臭的腐肉在裡面作怪，	150

感染而看不見。向上天認罪吧，

懺悔過去，避免未來；

不要添加肥料在野草上，

使它們更加猖獗。原諒我這種美德。

因為在這放蕩囂張的時代， 155

美德本身必須向邪惡討饒，

沒錯，打躬作揖替他服務。

王后　啊哈姆雷，你把我的心切成兩半了。

哈姆雷　啊，丟掉比較爛的那一半，

陪另一半過比較純潔的日子。 160

晚安。但是不要上我叔父的床。

就算您沒有德性，也要努力學[38]。

習慣這怪獸，會吞滅一切感性，

製造惡習如魔鬼；但他也像天使，

對善良美好的行為和習性， 165

同樣給予外套或制服，

穿起來很方便。今晚不去，

那麼下次要克制就會

比較容易；再下一次更容易；

因為習慣幾乎可以改變天性， 170

不是接待惡魔，就是把他趕走，

38　下面這段話，第二四開本（Q2）較長；以下灰底部分為對開本（F）所無。

力量大得驚人。再說一遍，晚安。
等您想要得到上天的祝福[39]，
我會替您祈求。至於這位大人，
我真心懺悔；但天意如此，　　　　　　　175
以我懲罰他，以他懲罰我；
我注定是上天懲罰的工具。
我會把他安頓了，好好解釋
他的死因。好了，再一遍，晚安。
我必須殘忍，卻是慈悲為懷。　　　　　　180
這是壞的開始，後頭還有更壞。
還有一句話，好夫人。

王后　　　　　　　　　　　　要我怎麼做？

哈姆雷　我請您絕對不要做這件事：
讓那臃腫的國王引誘您上床，
亂掐您的臉蛋，叫您小乖乖，　　　　　　185
讓他用臭嘴巴親吻兩下子，
或用該死的手指愛撫您的脖子，
就使您把這一切全抖了出來，
說我其實並沒有發瘋，
而是裝瘋賣傻。讓他知道很好啊：　　　　190
哪個美麗、冷靜、聰明的王后
會向癩蛤蟆、蝙蝠、公貓

39　意指等母后真心懺悔的時候。

隱瞞這些大事？誰會這樣做？
不，管他什麼常識和保密，
只管把籠子提到屋頂上打開，　　　　　　195
放鳥飛走，再學那家喻戶曉的猴子，
爲了試試結果，也爬進籠子裡，
於是掉下去，跌斷了脖子。

王后　　你放心，如果語言是氣息，
而氣息是生命，我的生命不會吐露　　　　200
你告訴我的事情。

哈姆雷　我得去英國，您知道嗎？

王后　　　　　　　　　　　　哎呀，
我倒忘了。是已經這樣決定的[40]。

哈姆雷　信都封好了，還有我的兩個同學。
我信任他們，就像信任毒蛇的毒牙——　　205
他們帶著命令，他們會做安排
把我送去受罪。隨它去吧；
好玩的是，叫那製造巧機關的
被自己的砲彈炸爛；我定要在他們
地道底下三呎挖地道，把他們　　　　　　210
轟上月球！否則算我倒楣。啊，好美，
一條線上兩個陰謀直接交會。
這個人會使我立即上路。

40　以下灰底部分爲對開本（F）所無。

我來把屍體拖進隔壁房間。

母親，真的要說晚安了。這位顧問　　　　215

現在最安靜、最保密、最深沉，

雖然生前是個愚蠢、囉嗦的賤人。

來吧，先生，跟您做個了斷。

晚安，母親。

　　　　　　拖著波龍尼下。王后留在舞臺上。

第四場

【第一景】

國王上[1]。

國王　這些感嘆、這些沉重的嘆息，應有深意；
　　　你必須解釋。應該讓朕了解。
　　　你的兒子人呢？

王后　大人啊，您不知道我今晚見了什麼了！

國王　什麼，葛楚，哈姆雷怎麼了？　　　　　　　5

王后　瘋狂得像大海跟強風較勁，
　　　比誰力氣大。他正沒頭沒腦發著瘋，
　　　聽到簾幕後面有東西在動，

1　這一場其實緊連著上一場，其間無須停頓（分場乃是後來編者所加）：
　　王后仍留在戲臺上。Arden版（根據Q1, Q2），有羅增侃與紀思騰等人陪
　　同國王上場，但在Q2兩人隨即被王后請下去。此處從F1（Oxford 改為
　　「國王上」）。

	拔出劍來，喊著「老鼠，老鼠」，	
	就這樣瘋瘋癲癲地殺死了	10
	躲在後面的老好人。	
國王	啊事態嚴重了！	
	朕若是在那裡，命運也是一樣。	
	放著他亂來，對大家都有威脅——	
	對你自己、對朕、對每一個人。	
	天哪，這椿血案該怎麼處置？	15
	會怪罪到寡人，因為朕應該	
	看守、管制、不讓這年輕的瘋子	
	到處亂跑。都只怪朕太愛護他，	
	不肯相信最合適的對策，	
	就像那得了惡疾的人，	20
	怕別人知道，而任由它破壞	
	生命的重要器官。他人去哪裡了？	
王后	去搬走被他殺害的屍體，	
	為了這，他還——他的瘋癲，	
	猶如礦砂當中的黃金，顯得	25
	純潔——他還為自己的行為流淚。	
國王	啊葛楚，走吧。	
	一等太陽照到山巒，朕就要	
	用船把他載走；這個慘劇，	
	朕只好利用一切權勢與手腕	30
	予以寬容、加以遮掩。——喂，紀思騰！	

　　　　　　　　　　　　　　羅增侃與紀思騰上。

你們兩位，再去加派一些幫手。

哈姆雷發起瘋來殺死了波龍尼，

從他母親的房間拖走了屍體。

去把他找來——說話要客氣——把屍體　　　　　　35

抬到小教堂。請你們趕緊辦這事。

　　　　　　　　　　　　　　羅增侃與紀思騰下。

來，葛楚，我們要召集最有智慧的朋友，

跟他們說我們有什麼打算

以及發生了什麼不幸[2]。[就算有誰毀謗，]

東南西北到處造謠，　　　　　　　　　　　　40

像大砲筆直對準它的目標，

發射有毒砲彈，也無損朕的美名，

只會打到不怕受傷的空氣。啊咱們走，

我的內心充滿不安、十分難受。　　　　同下。

2　以下灰底部分爲對開本（F）所無。

【第二景】

哈姆雷	藏得好好了。　　　　　　　　　　*內有叫喊聲。*
	慢著，什麼聲音？是誰在叫哈姆雷？喔，他們
	來了。
	羅增侃、紀思騰、與眾人上。
羅增侃	大人，您把那屍體怎麼處理了？
哈姆雷	跟泥土混在一起了，他們是一家。　　　　　5
羅增侃	告訴我們在哪裡，好讓我們把它移到小教堂去。
哈姆雷	不要相信。
羅增侃	相信什麼？
哈姆雷	我會聽您的話，洩漏自己的祕密。再說，讓一塊
	海綿來命令——身為國王的兒子該怎樣回答？　12
羅增侃	您把我當作海綿嗎，大人？
哈姆雷	是的，先生，會吸納國王的寵信、他的獎賞、他
	的權威。但這種官員對國王的最佳服務還在最
	後：國王會保留這些人，像猴子保留蘋果一樣
	——先含在嘴裡，最後才吞掉。等他需要你所吸
	取的，只消擠一下，你這海綿就又乾了。　　20
羅增侃	我聽不懂，大人。
哈姆雷	那可好。話中有話，聽不懂的是傻瓜。

羅增侃　　大人，您一定要告訴我們屍體在哪裡，跟我們去
　　　　　　見王上。

哈姆雷　　屍體陪著王上，但王上沒有陪著屍體[3]。國王這玩
　　　　　　意兒——　　　　　　　　　　　　　　　　　　26

紀思騰　　玩意兒，大人？

哈姆雷　　不是個玩意兒。帶我去見他。　　　　　　同下。

3　**屍體陪著王上，但王上沒有陪著屍體**：原文是The body is with the King,
　　but the King is not with the body。各家解說不一：（1）屍體還在王宮，故
　　曰「陪著王上」，但王上還活著，所以沒有「陪著屍體」。（2）根據當
　　時的觀念，國王一身兼攝兩「體」——肉體（body natural）和政體
　　（body politic）。國王的肉體自然是跟著他的人，但王權（the King /
　　kingship）可以遞嬗，「政體」與個人的「肉體」可以分開（Arden；另
　　參見New Cambridge 及Bantam）。（3）哈姆雷認為波龍尼已經升天，跟
　　天上的父王在一起（New Swan）。另有認為原文是修辭學上漂亮的交叉
　　配位（chiasma），但是意義費解如謎（Oxford）。哈姆雷也可能是說，
　　波龍尼已經陪老王去了，但現任國王（柯勞狄）沒有死。

【第三景】

國王與二、三[大臣]上。

國王　我已經派人去找他，也去找那屍體。
　　　　放著這個人不管，多危險哪！
　　　　然而朕又不能對他嚴辦：
　　　　他受到盲目無知的群眾愛戴，
　　　　他們的喜好不靠理智只看外表，　　　　　5
　　　　這時候，只考慮犯人受到的懲罰，
　　　　不管他的罪行。為免引起軒然大波，
　　　　這次倉促把他遣送，表面上
　　　　還要像是經過深思熟慮。重病
　　　　必須下猛藥，否則根本　　　　　　　　　10
　　　　救不了。

羅增侃、紀思騰等人上。

　　　　怎麼樣了，事情如何？

羅增侃　回大人，屍體放在哪裡，
　　　　他不肯說。

國王　　　　　但是他的人呢？

羅增侃　回大人，在外面看管著，聽候您指示。

國王　帶他進來。

羅增侃	喝！把大人帶進來。　　　　　　　　　15

哈姆雷與守衛上。

國王　哈姆雷，你說，波龍尼在哪裡？

哈姆雷　在晚餐。

國王　在晚餐？哪裡？

哈姆雷　不在他吃飯的地方，而在他被吃的地方。一群精
明的蛆蟲正在吃他。蛆蟲才是餐會上唯一的皇
帝：我們餵肥其他動物，來餵自己；餵肥了自
己，來餵蛆蟲。無論是肥國王　或瘦乞丐，都只
是不同的食物——兩道菜，卻是給同一桌來辦
席。結局如此。　　　　　　　　　　　　　25

國王　天哪，天哪。

哈姆雷　誰都可以用吃過國王的蛆蟲來釣魚，再吃那條享
受過那蛆蟲的魚。

國王　你這話什麼意思？

哈姆雷　無非是向您說明，做國王的可以如何在乞丐的腸
肚裡出巡。　　　　　　　　　　　　　　31

國王　波龍尼在哪裡？

哈姆雷　在天堂。派人去那裡找。假如您的聽差在那裡找
不到他，您可以親自到另外那個地方去打聽[4]。不
過，假如您真的一個月內沒有找到他，您走上通
往大廳的階梯時，鼻子會聞得到他。　　　37

4　**另外那個地方**：指地獄。

國王	（命侍從）到那裡去找！
哈姆雷	他會等你們的。　　　　　　　　　侍從數名下。
國王	哈姆雷，你捅了這紕漏，特別爲了你的安全——　40
	因爲朕十分關心你的安全，一如朕十分痛心
	你做下的這件事——必須火速把你
	送走。所以你去準備吧。
	船已經備妥了，風向也合適，
	隨從人員在待命，一切都預備好　　　　　　　45
	要到英國。
哈姆雷	到英國？
國王	沒錯，哈姆雷。
哈姆雷	很好。
國王	是很好，如果你知道朕的苦心。　　　　　　　50
哈姆雷	我見到一個天使，他看得出您的苦心。管他的，
	去英國吧！再會了，親愛的母親。
國王	是你慈愛的父親，哈姆雷。
哈姆雷	是我的母親。父母是夫妻，夫妻是一體；所以，
	我的母親。走吧，去英國。　　　　　　　下。　56
國王	緊緊跟著他。勸他快上船，
	不要拖延——我要他今晚就出發。
	快去，因爲相關的事情都已經
	準備停妥了。你們快快動作吧。

除國王外，眾人皆下。

英國的王啊，假如你還在乎我的情誼——　　　　61

而我的威力應該會使你在乎，
因為丹麥刀劍所造成你的創傷
鮮紅依舊，你也嚇得自動
向寡人進貢——你當不會等閒看待　　　　　65
寡人的命令，裡面有詳細指示，
公函內容的意思就是要立刻
處死哈姆雷。英國的王啊，照著辦；
他像熱病般在我血液裡翻騰，
你要把我治好。除非知道此事辦妥，　　　　70
無論運數如何，我都難以快活。　　　　下。

【第四景】

符廷霸及其隊伍【行軍】走過舞臺。

符廷霸　　隊長，你替我去向丹麥王致意。
　　　　　　告訴他，符廷霸根據他的特准，
　　　　　　請求派人帶路，率領隊伍借道
　　　　　　他的國境。你知道集合的地點。
　　　　　　若是國王陛下對我等有什麼　　　　　　　　5
　　　　　　要求，我等當親自表達敬意；
　　　　　　把這話告訴他。

隊長　　　　　　　　　遵命，大人。

符廷霸　　客客氣氣地去⁵。　　　除隊長外，眾人皆下。

哈姆雷、羅增侃、紀思騰，及其他人等上。

哈姆雷　　請問長官，這些是誰的軍隊？

隊長　　　是挪威的軍隊，先生。　　　　　　　　10

哈姆雷　　敢問長官，目的何在？

隊長　　　去攻打波蘭某處。

哈姆雷　　是誰領軍的，長官？

隊長　　　老挪威王的侄兒，符廷霸。

5　以下灰底部分爲對開本（F）所無。

| 哈姆雷 | 是要攻打波蘭本土呢，長官， | 15 |

哈姆雷　是要攻打波蘭本土呢，長官，　　　　　　　15
　　　　還是什麼邊境？
隊長　　說真的，一點也不加油添醋，
　　　　我們是要去奪取一小塊土地，
　　　　除了名義之外，毫無利益可言。
　　　　叫我出五塊金幣租金——五塊——我都不要耕
　　　　種。　　　　　　　　　　　　　　　　　　20
　　　　就算是賣斷了，挪威或波蘭
　　　　也得不到更好的價錢。
哈姆雷　哦，那波蘭是絕對不會去防守了。
隊長　　不然。他們已經做好防備了。
哈姆雷　兩千條人命加上兩萬塊金幣　　　　　　　25
　　　　也無法解決這個小小爭端！
　　　　這是養尊處優引起的膿瘡
　　　　在裡面破裂，表面上看不出來
　　　　為什麼死的。多謝您了，長官。
隊長　　再會，先生。　　　　　　　　　　下。
羅增侃　　　　　可否請您上路，大人？　　　　30
哈姆雷　我立刻就跟上來。你們先走。
　　　　　　　　　　除哈姆雷外，眾人皆下。
　　　　啊所有的一切都在控訴我，
　　　　激勵我遲遲沒有進行的復仇。
　　　　人生在世，如果主要的好處
　　　　只是吃飯睡覺，算什麼呢？禽獸罷了。　　35

上帝賦予我們思維的大能，

可以前思後想；不會給我們

這種能力以及如神一般的理性，

卻讓它在我們身上發霉無用。

無論是出於禽獸般的無知，還是什麼 　　　　40

怯懦的思考，對後果顧慮得太多——

這種顧慮，分析起來，只有一分智慧

卻有三分怯懦——不知道為什麼

到如今我還在說這件事該做，

因為我有理由、有決心、有力量、有辦法 　　　45

可以做到。有地球般巨大的榜樣鼓舞我，

就像這個部隊，不惜大批人力與錢財，

領軍的是一位溫柔年輕的王子，

他的精神，受到神聖野心的鼓舞，

對未可預見的後果不屑一顧， 　　　　50

把凡夫俗子和難以預料的事

交託給命運、死亡，以及危險，

只為了彈丸之地。真正了不起的，

不是非要有重大理由才激動，

而是能為雞毛蒜皮大打出手—— 　　　　55

只要事關榮譽。而我的情形呢，

父親被人殺害，母親遭到玷汙，

理智和血性都已經受了刺激，

卻讓一切沉睡，慚愧的看著

死亡就要臨到兩萬名壯士，　　　　　　　　　60
這些人，爲了小小的虛名，
視死如歸，爲區區之地而戰。
這塊地既不足以容納這些軍人，
就連當作陣亡將士的葬身之地
也嫌太小。啊，從此刻開始，　　　　　　　65
我若不心狠手辣就一文不值。　　　　下。

【第五景】

王后、何瑞修、一隨從上。

王后　　不要，我不要跟她說話。

隨從　　　　　　　　　她堅持要，
簡直神志不清。她的心境值得同情。

王后　　她要怎麼樣？

隨從　　她屢屢談到她父親，說是聽到
世間有詭計，發出「哼」聲，搥著胸口，　　　5
為小事情發大脾氣，說話不清不楚，
辭不達意。她的言語荒謬，
可是錯亂之中，卻能使
聽者捉摸出意義。大家用猜的，
把她的話牽強附會，各自揣摩；　　　10
看她眨眼、點頭、做手勢，
的確會使人認為，也許裡面
有許多苦楚，雖然不是很確定。

何瑞修　最好跟她說話，免得讓
居心不良的人做出危險的揣測。　　　15

王后　　讓她進來吧。　　　　　隨從下。
　　（旁白）只因我自己內心愧疚，當然連

　　　　　　芝麻小事都像會招來大難。
　　　　　　愚蠢的罪愆總是疑神疑鬼，
　　　　　　正因為擔心事發反而被毀。　　　　　　　　20

　　　　　　　　　　　　　　　　　娥菲麗上。

娥菲麗　丹麥美貌的王后在哪裡？

王后　　怎麼了，娥菲麗？

娥菲麗　（唱）　要我如何分辨你的情人
　　　　　　　　　跟別人不一樣？
　　　　　　　　　看他的貝殼帽子跟手杖，　　　　25
　　　　　　　　　和那草鞋一雙[6]。

王后　　天哪，好小姐，這支曲子什麼意思？

娥菲麗　您在問我嗎？那就請您聽好！
　　　　　（唱）　姑娘他已經死了，去了，
　　　　　　　　　已經死了，去了。　　　　　　30
　　　　　　　　　他的頭上一叢青草覆蓋，
　　　　　　　　　腳下是石頭一塊。

　　　　　　哎唷！

王后　　唉，娥菲麗——

娥菲麗　請您聽好。　　　　　　　　　　　　35
　　　　　（唱）　他的屍衣白如山頭雪——

　　　　　　　　　　　　　　　　　國王上。

6　這是朝聖者的典型打扮。朝聖者則比喻情有所鍾的男子（他尊情人為
　　聖）（參見Arden）。

王后	天哪，陛下你看。
娥菲麗	（唱）　　　綴滿美麗的花瓣，
	在前往墳墓的路途上，
	不見真情淚雨相伴。　　　　　　40
國王	你好嗎，美麗的姑娘？
娥菲麗	好，上帝保佑您！他們說，貓頭鷹是麵包師父的
	女兒。主啊，我們知道自己的現在，卻不知道未
	來。願上帝與你們同席。
國王	在思念她的父親。　　　　　　　　　　　　　45
娥菲麗	請別再說這些了，不過，有人問起這是什麼意
	思，你們要這樣講。
	（唱）　明天就是聖華倫情人節，
	人人趕早起身。
	我來到你窗前，冰清玉潔　　　50
	當你的情人。
	那個人就起床穿上衣服，
	打開了房門，
	迎進那處女──等到她走出，
	已非處女身。　　　　　　　　55
國王	美麗的娥菲麗──
娥菲麗	真是的，我不要發誓，來把它唱完。
	（唱）　憑著基思憑著聖慈善[7]，

7　**基思**（Gis）、**聖慈善**（Saint Charity）：都是發誓用語。前者通常拼做

　　　　哎唷太不像樣，

　　　到那節骨眼，少年郎就幹——　　　　　　60

　　　　基啊[8]，都要怪他們。

　　女的說，「你把我翻倒之前，

　　　答應過娶我入洞房。」

　男的回答說，

　　　「太陽為證，本來我要實踐諾言，　　　65

　　　只怪你自己先跟我上床！」

國王　她這樣子有多久了？

娥菲麗　但願一切平安無事。我們要有耐心。但一想到他
們把他放進冷冷的泥土裡，我就忍不住眼淚直
掉。這件事一定要叫哥哥知道。好了，謝謝各
位的寶貴意見。我的馬車，過來。晚安，各位女
士，晚安。可愛的女士，晚安，晚安。　　下。　73

國王　好好跟住她；注意看著，拜託。　　何瑞修下。
　唉，這是深痛的憂傷所造成；都因　　　　　75
　她父親的死而引起，你看現在——
　啊葛楚，葛楚，
　憂慮來時，不是個別的單獨探子，
　而是大批大批的部隊。先是她父親被殺；

（續）
　jis，源於「耶穌」（Jesus）；後者源於古法文*par seinte charite*（by holy
　charity）（Oxford）。
8　**基啊**：原文 "By Cock" 是 By God 的誤用；cock另有「陰莖」之意，在此語
　意雙關（Oxford注）。

接著，你兒子走了——他做下最凶殘的事，　　　80
可說罪有應得。老百姓愚昧，
腦子糊塗，思想不清，竊竊私語
波龍尼那好人的死——也怪我們太傻，
草草把他埋葬；可憐娥菲麗
就瘋瘋癲癲，失去了理智　　　　　　　　　85
（沒有理智，人虛有其表，不過是禽獸）；
最後一點，嚴重程度更超過以上種種：
她哥哥已經偷偷從法國回來，
滿腦子困惑，滿肚子狐疑，
偏偏多的是碎嘴子去造謠，　　　　　　　90
搬弄他父親死去的是非，
雖然是憑空猜想，毫無實據，
卻大膽對朕加以指責，
口耳相傳。啊，親愛的葛楚，這一切，
像開花砲彈，同時落在各處，　　　　　　95
硬是要我多死幾回。　　　　裡面傳出聲音。
　　　　　　　　你聽！
我的侍衛呢？要他們看緊大門。

　　　　　　　　　　　　　　一信差上。

什麼事？

信差　　　　　　陛下快快自保。
海水高漲，漫過了海岸，
吞食平地的凶猛速度，　　　　　　　　　100

　　　　　　也不及少壯的雷厄提起兵謀反，
　　　　　　制伏您的軍官。暴民稱他王上，
　　　　　　而且，好像世界才渾沌初開，
　　　　　　忘了舊禮數，也沒有規矩──
　　　　　　這些才是說話的道理啊──　　　　　　　　105
　　　　　　他們喊著：「我們來選！要雷厄提當王！」
　　　　　　甩帽子、鼓掌、喊聲震天，
　　　　　　「要雷厄提當王，雷厄提當王！」
王后　　　　他們叫得真帶勁，方向卻不對。
　　　　　　反啦！丹麥狗，你們弄錯啦！　裡面傳出聲音。　110
國王　　　　門被衝破了。

　　　　　　　　　　　　　　　　雷厄提與從眾上。

雷厄提　　　國王人在哪裡？──各位，請都外面站。
從眾　　　　不行，讓我們進去。
雷厄提　　　　　　　　　請你們聽我的。
從眾　　　　是，是。
雷厄提　　　謝謝你們。把門守好。　　　　　　從眾下。
　　　　　　　　　　　啊你這混蛋國王，　　　　115
　　　　　　還我父親來。
王后　　　　（拉住他）　冷靜些，好雷厄提。
雷厄提　　　那一滴冷靜的血液會宣稱我是雜種，
　　　　　　會高呼我父親是個烏龜，把妓女兩個字
　　　　　　烙印在我親生母親純潔無瑕的
　　　　　　額頭這裡。

國王	這是幹嘛呀，雷厄提，	120
	你竟如此來勢洶洶地造反？——	
	放開他，葛楚。不必擔心朕的安危。	
	一國之君自有上天的保佑[9]，	
	叛徒只能垂涎他想要的，	
	卻拿不到。——你告訴我，雷厄提，	125
	幹嘛火氣這麼大？——放開他，葛楚。——	
	說吧，兄弟。	
雷厄提	我父親在哪裡？	
國王	死了。	
王后	但不是他殺的。	
國王	讓他問個明白。	
雷厄提	他怎麼死的？不要跟我耍花樣。	130
	去他的君臣之義！向魔頭效忠吧！	
	什麼良心和恩典，滾到十八層地獄！	
	我才不怕天譴。我的立場是，	
	管他今生來世，我都顧不得了，	
	該來的就來吧，我只要替家父	135
	徹底地報仇。	
國王	誰能阻擋你呢？	
雷厄提	除非我達到目的，否則誰都別想。	

---

9 柯勞狄難道忘了前王老哈姆雷就是被他殺的？真是「特大號偽君子」
（Oxford）。

至於手段嘛，我會好好地準備，
巧妙地達成目的。

國王　　　　　　　好個雷厄提，
你既然是想要清楚知道　　　　　　　　　140
令尊大人的死因，那你的復仇計畫
是不是通吃一切，不分敵友，
無論輸贏？

雷厄提　只對付他的仇家。

國王　　　　　　那你想知道是誰囉？

雷厄提　對家父的好朋友，我會這樣張開手臂，　145
像那獻出生命的鵜鶘一樣，
以我的鮮血，餵養他們[10]。

國王　　　　　　　啊，這
才像是好兒子、真君子講的話。
我跟令尊的死毫不相干，
並且為此而萬分哀痛，　　　　　　　　150
這一點你自己可以判斷，
一清二楚如白晝。

　　　　　　後臺有聲響。傳來娥菲麗的歌聲。
　　　　　　讓她進來。

雷厄提　咦，那是什麼聲音？

10　**鵜鶘**（pelican）：亦稱伽藍或塘鵝。傳說牠們以自己的血餵食雛鳥
　　（Oxford；另參見Arden）。

娥菲麗上。

熱火啊，燒乾我的腦汁！熱淚啊，

以七倍的鹽分弄瞎我的眼睛！　　　　　　155

蒼天為證，害你發瘋的這個仇

若不重報絕不干休。啊，五月的玫瑰！

親愛的少女——好妹妹——乖娥菲麗——

天哪！難道少女的腦筋竟也

像老人的性命一樣脆弱？　　　　　　　160

愛使人多愁善感到一個地步，

會把自身一部分珍貴之物

送給所愛。

娥菲麗　　（唱）　他們抬著他去，棺木沒有蓋，

　　　　　　　　他的墳裡，多少淚水滴下來——　　165

再會了，我的鴿子。

雷厄提　　你就是神智清楚來叫我復仇，

也不會像這樣打動我。

娥菲麗　　您來唱「阿當阿當」；您唱「叫他阿當—哪。」[11]

呦，這副歌多麼相配！是那沒良心的管家偷了他

主人的女兒。　　　　　　　　　　　　171

雷厄提　　這胡言亂語之中含有深意。

娥菲麗　　有迷迭香，代表長相憶——希望愛人，你，要記

11　娥菲麗在分配眾人唱副歌。「阿當阿當」(A-down a-down) 是當時歌曲
　　流行的疊句。「叫他阿當—那」（Call him a-down-a）則來自另一首流
　　行歌，詠唱某一愛情騙子（Arden, Oxford）。

得。還有三色堇，那是代表憂思。

雷厄提 瘋子的教學：憂思搭配著回憶。 176

娥菲麗 這茴香給您，還有漏斗花。這芸香給您，我也留
一些。到了禮拜天，我們可以管它叫神恩草。您
戴芸香卻必然不同。有一朵雛菊。我本來想送您
幾朵紫羅蘭，可是我父親一死，它們全枯萎了[12]。
據說他得到善終。

（唱） 帥哥羅賓是我心肝。

雷厄提 哀愁和痛苦、折磨，甚至地獄， 185
在她身上都化做嬌媚和美麗。

娥菲麗 （唱） 難道他一去不回頭？
難道他一去不回頭？
是啊，他已經死亡，
你回到自己的靈床， 190
他已經一去不回頭。
他的鬍鬚似雪白。
頭髮淡黃如亞麻。
他已去世，他已去世，
我們哀慟也不濟事。 195

---

12 一般認為，娥菲麗所持的這些花都有象徵意義。根據Bernard Lott的注
釋，娥菲麗依照其含義，分送場上不同的人：例如代表常相憶的迷迭香
是給雷厄提（她誤把哥哥當作情人）；代表諂媚的茴香和代表不忠的漏
斗花給國王；芸香代表憂思和懺悔──對娥菲麗是憂思，對王后是懺
悔，所以同樣的花，兩人戴起來「必然不同」；雛菊代表虛假的愛情；
紫羅蘭代表忠貞──所以不在分送之列（New Swan 170）。

　　　　　　　上帝，請你原諒他。

　　以及一切基督徒的靈魂。上帝保佑你們。　下。

雷厄提　您看見了嗎，上帝啊？

國王　雷厄提，你的憂傷一定要讓我分擔，

　　那是我應該的。你不妨自己　　　　　　　200

　　挑選你最有智慧的朋友，

　　讓他們做我們之間的公斷。

　　若是他們認為，直接或間接，

　　朕是有罪的，朕就把國家、

　　王位、性命，以及所有一切，　　　　　　205

　　無條件奉送給你；但若是不然，

　　你也要甘心對朕忍耐些，

　　朕會和你同心聯手，努力

　　讓你得到應得的滿足。

雷厄提　　　　　　　　　一言為定。

　　他是怎樣死的，他草率的葬禮——　　　　210

　　沒有紀念物、軍刀、紋章覆蓋遺體，

　　沒有崇隆的儀式，沒有正式的典禮——

　　在在都需要解釋，有如天地的呼求，

　　因此我要追查。

國王　　　　　　　會讓你追查。

　　誰是罪魁，就讓刀斧落在誰家。　　　　　215

　　請你跟我來。　　　　　　　　　　同下。

【第六景】

　　　　　　　　　　　　　　　何瑞修與一僕人上。

何瑞修　　是什麼人要跟我說話？
僕人　　　是水手，大人。說是有信給您。
何瑞修　　讓他們進來。　　　　　　　　　　　僕人下。
　　　　　天涯海角，會有誰
　　　　　寫信給我，除非是哈姆雷。　　　　　　　　　　5
　　　　　　　　　　　　　　　水手上。
水手甲　　上帝保佑您，先生。
何瑞修　　讓祂也保佑你。
水手甲　　先生，他會的，只要祂高興。先生，有一封信給
　　　　　您。是派往英國的大使交代的——您的大名若是
　　　　　何瑞修的話，據我所知應該沒錯。　　　　　　11
何瑞修　　（讀信）何瑞修，你看完此信之後，設法讓這些
　　　　　人去見國王。他們有信要給他。我們出海不到兩
　　　　　天，一艘火力十足的海盜船追過來。我們的速度
　　　　　太慢，只好擺出勇敢的架式；打鬥之間我上了他
　　　　　們的船。他們立刻把船開走，於是我一個人成了
　　　　　他們的階下囚。他們像慈悲的盜賊一般對待我。
　　　　　不過他們心裡有數：我勢必要回報他們。讓國王

收到我寄的信，你則火速來見我，就如逃避死亡
那樣。我有些話，跟你說了，會叫你瞠目結舌；
不過，還不足以形容事態的嚴重於萬一。這些
好心人會帶你來我這裡。羅增侃和紀思騰照原定
路線去英國；關於他們我有許多話要對你說。再
會。

你的知心朋友，
哈姆雷

來，我會設法讓你們送這些信，   29
動作要快一點，好帶我
去找那個託你們送信的人。   同下。

【第七景】

國王與雷厄提上。

國王　現在你該憑良心承認我無辜，
把我當作朋友擺在心上，
因爲你已經親耳聽到，明白
那殺害你高貴父親的人
要的是我的命。

雷厄提　　　　　看來是如此。但請告訴我，　　5
您怎麼沒有去對付這些行爲，
既然罪行如此重大惡毒，
從您的安全、智慧、其他種種考量，
您都該有所動作。

國王　　　　　　啊，有兩個特殊理由，
在你看來可能是薄弱不堪，　　10
但對我十分重要。他的母后
幾乎沒有他就不能活，而我呢——
也不知道是美德還是詛咒，總之——
王后跟我的靈肉緊密相連，
猶如星球離不開自己的軌道，　　15
我沒有她也不行。另一個動機

　　　　　使我無法公開審判他，
　　　　　是因爲百姓對他百般呵護，
　　　　　用愛包容他的種種過錯，
　　　　　就像泉水把木頭變成石頭[13]，　　　　　　　　20
　　　　　明明上了腳鐐，還硬說是光榮；
　　　　　我的箭太脆弱，擋不住如此強風，
　　　　　反而可能轉射到我的弓上，
　　　　　而不是我原先對準的目標。

雷厄提　　就這樣我失去了高貴的父親，　　　　　　　25
　　　　　又看著妹妹被逼得發瘋——
　　　　　若是恢復正常，她的價值
　　　　　敢說是舉世無比，因爲她
　　　　　如此完美。不過，我終將報仇。

國王　　　儘管安心睡你的覺。別以爲　　　　　　　　30
　　　　　朕這塊料是個窩囊廢，
　　　　　會讓人家揪著鬍鬚威脅，
　　　　　還當作消遣。你走著瞧就是。
　　　　　我愛令尊[14]，朕也愛自身，
　　　　　憑這一點，我希望你就能想像——　　　　　35
　　　　　　　　　　　　　　　一信差攜信上。

　　　　　怎麼，有消息嗎？

13　根據歷史記載，英國有因泉水所含礦物質而將木頭變成石頭（石化）的
　　事例（參見各家注釋）。
14　國王改用「我」自稱，表示他跟波龍尼朋友般的私誼。

信差　　　　　　　　　大人，哈姆雷有信來[15]。

　　　　　這封呈陛下，這封呈王后。

國王　　哈姆雷寄的！誰送來的？

　　　　　信差陛下，據說是水手。我沒有見到。

　　　　　信是柯羅底交給我的。他從帶信人

　　　　　手上拿到的。

國王　　　　　　　雷厄提，你聽信的內容。——　　40

　　　　　你退下。　　　　　　　　　　信差下。

　　　　　（讀信）謹稟至高至威者：我已經光桿一人來到

　　　　　您的國土。乞求明日拜見尊顏。屆時自當首先懇

　　　　　求恕罪，並面陳緣由，說明我何以突然詭異地回

　　　　　國。

　　　　　　　　　　　　　　　　　哈姆雷

　　　　　這是什麼意思？其他人都回來了嗎？　　47

　　　　　或者其中有詐，根本沒有此事？

雷厄提　您認得出筆跡嗎？

國王　　　　　　　　是哈姆雷的字。

　　　　　「光桿」——　　　　　　　　　　50

　　　　　這裡還有附筆，說是「一個人」。

　　　　　你來解釋給我聽。

雷厄提　陛下，我搞糊塗了。但是別理他。

　　　　　我心頭的難受已經化解，

15　Arden 據Q2，沒有這一行。今從其餘各家，據F補入，似乎較合情理。

想到我能活著當面對他說，　　　　　　　55

「你就是這樣幹的。」[16]

國王　　　　　　　　　　既然這樣，雷厄提——

怎麼會這樣，怎麼不會？——

你肯聽我的嗎？

雷厄提　　　　　　　　　是的，陛下。

只要您不是逼我去講和。

國王　　要讓你心平氣和。他現在要是　　　　60

因為旅途中斷而折返，而又無意

繼續行程，我就來設法叫他

做一件事，現在已經計畫成熟，

照這樣做，他非死不可；

而且他的死沒有誰會怪罪，　　　　　　65

甚至他母親都不會懷疑有詐，

而會說是意外[17]。

雷厄提　　　　　　　陛下，我聽您的，

但是最好您還能夠安排，

由我來執行。

國王　　　　　可真湊巧。

自你出國以後，經常有人提起你，　　　70

而哈姆雷也聽到了，他們說

16　此句 Arden 版作 Thus diest thou；茲根據其餘各家，改作 Thus didest thou，更能顯示雷厄提以牙還牙的報復心態。

17　以下灰底部分為對開本（F）所無。

你有某種本領特別高強。你的
其他本領加起來，也不會使他
更爲忌妒。雖然這一樣，在我眼中，
根本微不足道。

雷厄提　　　　　　　　陛下，是哪一樣？　　　　75

國王　不過是年輕人帽上的彩帶罷了——
卻也是必要的，因爲年輕人適合
穿著輕便沒有拘束的服裝，就如
年長的人該穿貂皮，從衣服上
顯示注重健康和體面。兩個月前，　　　80
此地來了一位諾曼第的紳士——
我自己見識過也領教過法國人，
他們的馬術了得。但這位好手
像是有魔術。他端坐在馬墊上，
使喚馬兒做奇妙的動作，　　　　85
簡直跟那匹駿馬合爲一體，
有一半的馬性。他遠超乎我的
想像，甚至我假想的姿勢和技巧
都不如他的眞功夫。

雷厄提　　　　　　　　是個諾曼人嗎？

國王　是諾曼人。　　　　　　　　　90

雷厄提　我敢擔保，是拉莫。

國王　　　　　　　　就是他。

雷厄提　我跟他很熟。說他是他們的國寶，

一點不爲過。

國王　他公開證實你的本領，
著實大大宣揚了一番，說你的　　　95
劍術有多麼多麼精湛，
最最特別是在細劍方面，
他宣稱，若有人能跟你較量，一定
精采可期。他還說，他本國的劍客
遇上了你，無論動作、防守、眼神，　100
都會亂了章法。老弟，他這番褒獎
的確害得哈姆雷大爲嫉妒，
恨不得你立刻就回來，
也好跟你比劃比劃。
這麼一來──

雷厄提　　　　　這麼一來怎麼樣，陛下？　105

國王　雷厄提，令尊生前你敬愛他嗎？
還是說，你像一幅憂傷的圖畫，
有面無心。

雷厄提　　　　您問這個是爲什麼？

國王　不是我以爲你不愛你父親，
是我知道愛的產生要靠時機，　　110
而我見過許許多多的例證，
時間會減弱愛的火花[18]。

18　以下灰底部分爲對開本（F）所無。

在那愛的火燄裡，有一種
燈芯，會把愛漸漸削減；
沒有一樣東西能夠常保完美，　　　　　　115
因為完美的品質，發展得太過，
也會因過量而消滅。我們想做的，
想做時就該做：因為這個「想」字會改變，
因著別人的口舌、行動，以及意外，
而減弱、而拖延，花樣繁多。　　　　　　120
那時候，「應該」就像浪費的嘆息，
感覺舒服，卻傷身體[19]。言歸正傳：
哈姆雷回來了；你想要怎麼做，
以行動表現你無愧為令尊之子，
不只說說而已？

雷厄提　　　　　　　　要在教堂裡割斷他喉嚨[20]。　　125

國王　　的確，沒有地方可以庇護謀殺；
復仇應該不限地點。但是，好雷厄提，
要想做這件事，你別在外走動；
哈姆雷返國後，會知道你回家了；
朕會派人誇讚你的本領，　　　　　　130
把那法國人給你的名聲

19　根據莎士比亞當代人的想法，嘆氣會把血液引出心臟，故而有傷身體（見各家注）。

20　教堂本是庇護所（見下一行）。雷厄提的魯莽對照出哈姆雷在宮中放過國王的謹慎（Arden）。

加倍吹噓，最後，湊合你們倆，
在你們身上打賭。他沒有心機，
稟性正直，從來不耍花招，
不會去檢查那些鈍劍[21]，你很輕易的——　　　　135
最多是稍一交換——可以挑到一把
尖利的劍，使個詐就一劍刺去，
報了你的殺父之仇。

雷厄提　　　　　　　　　　這事我來幹！
為達目的，我還要在劍上淬毒。
我向江湖郎中買了毒藥，　　　　　　　140
毒性猛烈，只消把刀子在藥裡
蘸那麼一下，就能見血封喉，
哪怕你是在月光底下採集的
最靈驗的藥膏[22]，也是回生乏術，
就算只擦破皮而已。我要用這毒藥　　　　145
塗在劍頭上，這樣輕輕刺傷他，
也會要他的命。

國王　　　　　　　　咱們多考慮一下，
看時間和方式上怎麼方便，
能配合我們的角色。如果失敗，
沒有演好而露出馬腳，　　　　　　　150

21　比劍時，劍頭套上防護帽（button），以免傷到對方。
22　據信月光可以增強藥效（Arden）。

還不如不做。因此這個計謀
該有備胎或乙案可以撐得住，
即使甲案擦槍走火。慢著，我想想看。
朕要為兩位的劍法賭下大注——
有了！　　　　　　　　　　　　　　　　　155
等你們打起來，又熱又渴——
為此你要打得凶狠一些——
他討著要喝水，我早替他備好
一杯毒藥，只要喝下那麼一點，
就算他躲過你毒劍的攻擊，　　　　　　　160
我們的目的還是達到了。慢著，什麼聲音？

　　　　　　　　　　　　　　　　王后上。

王后　　眞是禍不單行，接踵而來。
　　　　你妹妹淹死了，雷厄提。

雷厄提　淹死了？啊，在哪裡？

王后　　河邊有一棵柳樹斜斜長向河心，　　　165
　　　　銀白的葉子映著鏡子般的河面。
　　　　她用柳葉編織精巧的花環，
　　　　配上毛茛、蕁麻、雛菊和長頸蘭——
　　　　嘴巴髒的牧人給它取了個難聽的名字[23]——

23　長頸蘭（long purple）的花，因為根莖的形狀，而有種種不雅的俗稱，
　　例如 "dog's cods"（「狗屌」）（Arden, Oxford）、"dead man's fingers"
　　（「死人手指」）（New Cambridge）、"rampant widow"（「放蕩寡
　　婦」）（New Swan）。

但純潔的少女管它叫死人手指。　　　　170
就在那裡，她爬上突出的柳枝
去掛花冠，一根沒良心的枝條
斷了，這時她連人帶著花環
掉進嗚咽的流水裡。有一會兒，
她的衣服散開，把她像人魚般撐起。　　175
那時她哼著古老的讚美歌，
好像沒有感覺到自己的災難，
又像是個自然的生物，
在水裡悠游。但過不了多久，
她的衣服，因為吸了水而變重，　　　180
把這可憐的孩子從悅耳的歌聲
拖進泥濘的死亡。

雷厄提　　　　　　　　　天哪！她淹死了。

王后　　淹死了，淹死了。

雷厄提　可憐的娥菲麗，妳的水已經太多，
因此我要忍住淚水。然而　　　　　185
人的天性如此；人性改不了，
顧不得什麼羞恥了。（哭泣）等眼淚流過，
就不再是娘兒們了。再會，陛下，
我有滿腔的火氣要發洩，卻被這
愚蠢的淚水撲滅。　　　　　　　下。

國王　　　　　　　咱們跟過去，葛楚。　　190
我費了好大勁才安撫了他的怒氣。

只怕他現在又要發作起來。
我們還是跟過去吧。　　　　　　　　　同下。

第五場

【第一景】

> 丑角甲乙二人上；丑甲是掘墳者。

掘墳者　要用基督徒的葬禮埋葬她嗎？她可是自己要上天堂的唷。

丑乙　沒錯，我告訴你。所以馬上幫她挖吧。驗屍官給她驗過，決定用基督徒葬禮。 5

掘墳者　那怎麼可能？除非她是爲了自衛才跳河。

丑乙　欸，正是如此。

掘墳者　那肯定是「自我侵害」[1]，不會是別的了。因爲重點在這裡：假如我存心要淹死自己，那就是一種行動；行動分爲三個部分——那就是動作、作

1　原文（拉丁文）se offendendo，是愛表現的丑甲把「自我防衛」(se defendendo)說反了（見各家注）。

為、執行；古曰²，她是故意淹死自己的。

丑乙　慢著，掘墳大哥，您聽我說——

掘墳者　對不起。假定水在這裡——好。人站在這裡——好。假如這個人走進這水裡，淹死自己，那，管他是高興也好不高興也好，他就去啦，這點您要注意了。但假如是那水過來淹死他，他就不是自己淹死的。古曰，他既沒有自殺，就沒有縮短自己的陽壽。　　　20

丑乙　法律真是這樣規定的？

掘墳者　是啊，當然囉，驗屍官的法律。

丑乙　您想不想知道這件事情的真相？她要不是個有來頭的女人，就不會有什麼基督徒的葬禮啦。　25

掘墳者　嘿，你這話說對了。太不應該了，同樣是基督徒，大人物可以享受特權，愛在這個世界上淹死或上吊自殺都行，別人卻不可以。來，我的鋤頭。有出息的行業裡，要算挖土的、挖溝的，和挖墳的歷史最悠久——他們繼承了亞當的行業。　31

　　　　　　　　　　　開始挖。

丑乙　他有什麼出息？

掘墳者　他是第一個有產階級。

丑乙　哼，才怪。

2　原文（拉丁文）argal也是丑甲的錯誤，正確唸（拼）法是 ergo，意為「故曰」。

掘墳者	怎麼，你是個異教徒啊？你懂不懂聖經啊？聖經上說，亞當挖土。他挖土能沒有「鏟」嗎[3]？我再問你一個問題。你要是回答不出來，就俯首認罪[4]——
丑乙	去你的！
掘墳者	哪一種人造的東西，比蓋房子的、造船的、做木工的還要牢固？
丑乙	搭絞刑臺的，因為他搭的玩意兒，讓一千個人用過也壞不了。
掘墳者	佩服佩服，絞刑臺是好。好在哪裡呢？它好在對付那壞人。可是，你說絞刑臺比教堂還要牢固，這就壞啦；古曰：絞刑臺用來對付你可能好。再猜猜看，來。
丑乙	誰造的東西，比蓋房子的、造船的、做木工的還要牢固？
掘墳者	對，說出答案，就饒了你。

(行號) 40
(行號) 51

3　丑甲在這裡玩弄雙關語。原文裡說，亞當是中上階層的富裕「紳士」（gentleman），紳士的衣飾應當有代表身分的「紋章」（coat of arms）作為表記，簡稱為arms；arms另一意為「手臂」。因此才說，「亞當挖土能沒有手臂／紋章嗎？」中譯另起爐灶，以保持喜劇效果。
亞當挖土，見《聖經》〈創世紀〉3:19：「[亞當犯了上帝的誡，上帝處罰他，說]你須流汗才有糧食」，從此亞當必須耕作。

4　丑甲引用諺語，原文Confess thyself之後還有下半句 and be hanged，意思是：「俯首認罪，接受絞刑」。但丑乙不讓他把話說完，免得受詛咒（見各家注）。

丑乙	嘿，我曉得了。	
掘墳者	說啊。	
丑乙	唉，我說不上來。	55
掘墳者	你也不必傷腦筋了。笨驢子再抽牠也走不快。下	
	回碰到這個問題，就說：「挖墳的。」他蓋的房	
	子可以用到世界末日。去吧，去搖哼酒家給我弄	
	一杯烈酒來。	60

丑乙下。掘墳者繼續挖。

（唱）	年輕時候談戀愛，談戀愛，	
	感覺多麼的甜蜜：	
	恨不得——哦——縮短——啊——光陰[5]	
	回想起來——啊——沒道——啊——理。	

他還在唱著，這時哈姆雷與何瑞修上。

哈姆雷	這傢伙幹這一行難道沒有感覺，竟在挖墳的時候	
	唱歌？	66
何瑞修	他做慣也就麻木了。	
哈姆雷	不錯，嬌生慣養的手比較敏感。	
掘墳者	（唱） 可是歲月輕躡著腳步，	
	把我緊緊地捉牢，	70
	他又將我送還給泥土，	

---

5 丑甲的三段曲子出自當時流行的歌曲，不過他都唱得荒腔走板；詞中幾
 處「哦」「啊」，可能是他換氣的聲音（Arden, Oxford），也可能是他
 自己加進去的（New Cambridge）。「縮短」應該是「延長」之誤；
 Jenkins指出，丑甲有顛倒用詞的習慣（Arden）。

　　　　　　　　　　我恰似白走一遭。

　　　　　　　　　　　　　他丟出一個骷髏。

哈姆雷　那骷髏裡當年也有舌頭，會唱歌。這壞傢伙把它
　　　　甩到地上，只當它是該隱的顎骨，那犯下第一樁
　　　　謀殺案的。[6]讓這頭驢子擺布的，可能是個耍陰險
　　　　的腦袋瓜，生前想要欺騙上帝，對不對？

何瑞修　對，大人。　　　　　　　　　　　　　　　　　80

哈姆雷　也可能是在朝當官，滿口「大人早安。大人萬
　　　　福。」也許是某某大人甲，想要某某大人乙的馬
　　　　兒，就把那馬兒誇獎一頓，是不是？　　　　　85

何瑞修　是啊，大人。

哈姆雷　啊，真的，現在屬於蛆蟲夫人了，丟了下巴，還
　　　　被挖墳的鏟子亂敲腦袋瓜。我們若是能夠參透，
　　　　這就是輪迴。難道這些骨頭這麼不值錢，只能當
　　　　作木棍般來耍？想到這裡我渾身骨頭不舒服。　91

掘墳者　　（唱）　一把尖鋤一把鍬，一把鍬，

　　　　　　　　一塊白布把屍體包，

　　　　　　啊呀挖它一個泥窟窿，

　　　　　　　　送給貴客剛剛好。　　　　　　　95

　　　　　　　　　　　　　　又丟出一個骷髏。

───────────

6　該隱（Cain）打死其兄亞伯（Abel）的故事，見《聖經》〈創世紀〉
　　4:11-12。根據中世紀英國傳說，該隱用驢的顎骨打死自己親兄弟。這裡
　　則是驢子（指掘墳者，見下一句）甩該隱的顎骨（New Cambrdige；參見
　　Arden, Oxford, New Swan）。

哈姆雷	又來一個。咦，這會不會是個律師的頭蓋骨？他的巧言善辯而今安在哉？他的犀利言詞，他的案件，他的權狀，他的策略呢？他怎麼容忍這個亂整的傢伙用骯髒的鏟子敲他的腦袋瓜，也不提出傷害告訴？嗯，這傢伙當年可能是個大地主，有抵押，有借據，有讓渡契約，有雙人擔保，有產權保證。難道說，他所有的讓渡，所有的產權，到頭來，不過是讓他精細的腦袋裡裝滿精細的泥土？難道他的擔保，而且還是雙人擔保，只能擔保他買到像兩份契約書一般大小的土地？他的土地買賣權狀還擺不滿這個盒子，難道買主自己只能有這麼多，啊？ 110
何瑞修	多一丁點都不能，大人。
哈姆雷	契約書不是用羊皮做的嗎？
何瑞修	是的，大人，也有用小牛皮做的。
哈姆雷	想用這種方式得到保證的人，何異於牛羊？我來跟這傢伙講幾句話。——喂，這是誰的墳哪？ 116
掘墳者	先生，是我的。
	（唱）　啊呀挖它一個泥窟窿——
哈姆雷	想來一定是你的，因為你賴在裡面嘛[7]。
掘墳者	先生，您賴在外面，所以不是您的。 120 至於我嗎，我不賴在裡面，但它是我的。

7　**你賴在裡面**：原文thou liest in it，意指「你這是撒謊」，但掘墳者故意取lie的另一義：躺（見下一句）。以下他們繼續耍嘴皮。

哈姆雷	你活生生在裡面還說這是你的，這就是賴皮了。 這是給死人的，不是給活人的：所以你賴皮。
掘墳者	這叫活賴皮，先生，會從我身上回到您身上。　125
哈姆雷	你是給哪位仁兄挖的？
掘墳者	先生，不是個男人。
哈姆雷	是給哪個女人呢？
掘墳者	也不是個女人。
哈姆雷	是誰要葬在裡面？　130
掘墳者	先生，先前是女人，可是——願她的靈魂得到安 息——現在死了。
哈姆雷	這傢伙真會咬文嚼字。我們說話要精確，閃爍其 詞就倒楣了。天哪，何瑞修，這三年來我注意到 社會變得十分講究，農夫的腳尖都蹭上士大夫的 腳後跟，蹭破他的水泡了。——你幹這行有多久 了？　138
掘墳者	不早不晚，我開始做的那一天，恰好是先王哈姆 雷打敗了符廷霸。
哈姆雷	那到現在有多久了？
掘墳者	您連這也不曉得？連傻瓜都曉得。就是小哈姆雷 出生那一天嘛——發瘋送到英國的那個。
哈姆雷	是啦沒錯。為什麼送他到英國？　145
掘墳者	為什麼？因為發瘋了嘛。他到那裡會恢復正常。 就算不能恢復，在那裡也沒什麼大不了。
哈姆雷	這話怎麼說？

掘墳者	那裡的人不會看出他發瘋。那裡的人跟他一樣是瘋子。	150
哈姆雷	他怎麼發瘋的？	
掘墳者	聽說是非常奇怪。	
哈姆雷	怎麼個奇怪法？	
掘墳者	眞的，因爲失去了理智。	
哈姆雷	是哪裡出了問題呢？	155
掘墳者	嘿，就在丹麥這裡嘛。我在這裡挖墳，從小到大，算來三十年啦。	
哈姆雷	一個人躺在土裡，多久才會腐爛？	
掘墳者	說眞的，假如他生前沒有腐爛的話——這年頭有許多長楊梅瘡的屍體，還沒下葬就先爛啦——可以熬個八年、九年。皮匠可以熬上九年。	
哈姆雷	爲什麼他比別人久呢？	163
掘墳者	嘿，先生，因爲他幹那一行，皮鞣得久了，防水時間久。水那玩意兒最容易腐爛他媽的屍體。瞧這個骷髏，埋在土裡二十有三年了。	168
哈姆雷	是誰的？	
掘墳者	是個王八蛋瘋子的。您猜是誰的？	
哈姆雷	我不知道。	
掘墳者	這個混蛋瘋子活該遭瘟疫！有一回他把一壺萊茵葡萄酒倒在我頭上。先生，這個骷髏啊，正是國王弄臣優俚哥的。	175
哈姆雷	這個啊？　　　　　　　　　*接過骷髏。*	

掘墳者	沒錯。
哈姆雷	天哪，可憐的優俚哥。何瑞修，我認得他，一個超爆笑的傢伙，想像力一級棒。他背過我不下千百回，而現在——想起來多噁心。我都要嘔吐了。這裡曾經掛著我當年親吻過不知多少次的嘴唇。你的尖酸刻薄哪裡去了？你的把戲呢？你的歌喉呢？你那令人哄堂大笑的詼諧本事呢？沒留下一個來嘲諷自己咧著嘴的模樣？眞個垂頭喪氣了？現在就去小姐的閨房，跟她說，她就算抹了一吋厚的粉，最後還是變成這副尊容。看她笑得來嗎？——何瑞修，請你告訴我一件事。 190
何瑞修	什麼事，大人？
哈姆雷	你想，亞歷山大[8]在地下也是這副模樣嗎？
何瑞修	沒錯。
哈姆雷	也這麼臭？噗！ 放下骷髏。
何瑞修	沒錯，大人。 195
哈姆雷	到頭來，人是多麼卑賤啊，何瑞修。咦，憑著想像力，豈不是可以追蹤亞歷山大的高貴骨灰，直到發現它用來當酒桶的塞子？
何瑞修	這樣的想像力未免太豐富了吧。
哈姆雷	不會，絕對不會，只不過按照普通常理去追蹤、

8　**亞歷山大（Alexander）**：亞歷山大三世（356-323 BCE）是古希臘馬其頓國王，因武功蓋世，號稱亞歷山大大帝。據Jenkins注，他在世時，以「皮膚白皙」、「身體芳香」聞名（Arden）。

去推斷而已。亞歷山大死了，亞歷山大埋了，亞
歷山大回歸灰塵，灰塵即是泥土，我們用泥土攪
拌成泥灰，為什麼不能用那由他變成的泥灰來作
啤酒桶的塞子？

> 凱撒多威風，死了化成灰，　　　　　206
>
> 用它來塞洞，防止狂風吹。
>
> 啊呀那塊泥，生前極崇隆，
>
> 如今塗牆壁，可以驅寒冬。

咦，且慢，小聲點。來的是王上，　　　　210
王后，還有廷臣。

數人抬棺，牧師、國王、王后、雷厄提、大臣等上。

　　　　　　　　　他們是給誰送葬啊？

禮數這麼簡單？這就表示
他們送葬的人是在情急之下
自殺的。還滿有地位的。
咱們躲起來看。　　　　　　　　　　　215

雷厄提　　還有什麼儀式？

哈姆雷　　那個人叫雷厄提，十分高貴的青年。注意看。

雷厄提　　還有什麼儀式？

牧師　　她的葬禮我們已經盡可能
做到隆重了。她的死因可疑；　　　220
若不是上面有特別的吩咐，
理當把她埋在教會之外，直到
末日的號角吹起；不得善頌善禱，

該把瓦礫、燧石、細沙丟到她身上。
現在都已經給她閨女的花圈，　　　　　　　　225
撒閨女花朵，還用喪鐘跟喪禮
爲她送終。

雷厄提　　就不能再有別的儀式嗎？

牧師　　　　　　　　　　　　不能。
要是把她當作壽終正寢來處理，
還唱嚴肅的安魂曲什麼的，　　　　　　　　230
便是褻瀆葬禮。

雷厄提　　　　　　　　放她入土吧。
但願從她美麗純潔的軀體
長出紫羅蘭。告訴你，小器的牧師，
等你躺著哀號，我妹妹早已成爲
慈悲的天使了。

哈姆雷　　　　　　什麼！美麗的娥菲麗？　　235

王后　　（撒花）香花給美人！永別了！
本希望你做我哈姆雷的妻子：
本想用鮮花裝點你新娘床，美麗的閨女，
不是撒在你的墳頭。

雷厄提　　　　　　　千百重災難
落在那該死傢伙的頭上，　　　　　　　　240
是他的罪惡行爲奪取了你的
冰雪聰明。——且別急著掩土，
等我再一次把她抱在懷裡。　　　　　　跳進墳裡。

把活的跟死的都用泥土堆上吧，

在這平地堆出一座山來，　　　　　　　　　245

高過那天山或是藍色奧林帕斯

聳入雲霄的巔峰。

哈姆雷　　　　　　　　　　　是誰的哀傷

竟然如此巨大？悲痛的言語

叫天上的星球停止運行，發呆

如那聽到吃驚消息的人？吾乃　　　　　　250

丹麥國王哈姆雷[9]。

雷厄提　　　　　　　　爬出來抓住哈姆雷[10]，與哈姆雷扭打。

讓魔鬼奪走你的靈魂！

哈姆雷　　　　　　　　　　你的祈禱不高明。

請你把手放開，不要掐我喉嚨。

我雖然不是個脾氣火爆的人，

個性裡卻也有危險的成分，　　　　　　　255

放聰明點，提防些。把你手放開。

國王　　把他們拉開。

王后　　哈姆雷！哈姆雷！

眾人　　兩位先生！

何瑞修　好大人，請冷靜。　　　　　　　　　　260

9　**丹麥國王哈姆雷**：原文作Hamlet the Dane。哈姆雷在國王、母后，以及眾人面前自稱為王，似乎已經打定主意爭取自己的名分（參見各家注）。

10　Q1的舞臺說明是「哈姆雷隨雷厄提跳入墳墓裡」，一般版本從之。但這會影響兩人隨後的扭打。此處從New Cambridge。

哈姆雷	哼，為這樁事，我要跟他拚命，
	直到眼皮都跳不動為止。
王后	兒啊，為哪一樁事？
哈姆雷	我愛過娥菲麗。把四萬個
	兄弟的愛加起來也抵不過
	我全部的愛。你要替她做什麼？
國王	啊，他瘋了，雷厄提。
王后	看在上帝份上，別理他。
哈姆雷	來呀，讓我看看你要做什麼？
	要哭？要打架？要禁食？要撕裂自己？
	要喝濃醋，還是要吃鱷魚？
	我全做！你來是為了哭哭啼啼嗎？
	是為了表示比我行，跳進她的墳墓？
	你要活活跟她埋在一起，我也奉陪。
	你要吹噓什麼高山，就讓高山拋出
	千百萬頃泥土在我們身上，直到
	它拚著自己腦袋被太陽燒焦，藐視
	巍峨的傲薩如肉瘤[11]。哼，你口沫橫飛，
	我跟你一樣會吹噓。
王后	這只是瘋言瘋語，
	他會這樣發一陣子瘋。
	不久，就會像孵出一對

265

270

275

280

11　**傲薩** (Ossa)：山名，在今日希臘東部。

金黃雛鳥的母鴿一般溫順，

安安靜靜坐下。

哈姆雷　　　　　　　先生您聽著：

您有什麼理由如此對待我？

我一向對您好。但是別提了。　　　　　　　285

赫克力士愛怎麼做，隨他便，

貓總是會喵，狗也會有出頭天[12]。　　　下。

國王　　好何瑞修，請你去照顧他。

　　　　　　　　　　　　　　何瑞修下。

（向雷厄提）記得我們昨晚所講的，多忍耐。

這件事我們要立即採取行動。——　　　　　290

好葛楚，派人看緊你的兒子。

這座墳墓要有個永恆的紀念碑[13]。

平靜的時刻就快要來到；

在這之前，凡事容忍莫煩躁。　　　眾下。

12　**赫克力士**（Hercules）：希臘神話中的大力士。哈姆雷以此喻雷厄提以力取勝；他自己則另有一套做法。「狗也會有出頭天」，自喻終將成功（Arden, Oxford）。

13　**永恆**：原文living=enduring，但聽在雷厄提的耳裡可能有第二個意思：暗指以哈姆雷的性命為紀念碑（Arden）。

【第二景】

哈姆雷與何瑞修上。

哈姆雷　老哥，這件事說到這裡。還有另一件。
　　　　你還記得所有的細節吧？

何瑞修　記得，大人！

哈姆雷　老哥，當時我的心情起伏，
　　　　睡不著覺。我覺得躺著比戴著　　　　　　　　5
　　　　腳鐐的叛徒還難受。我鹵莽地——
　　　　真要感謝鹵莽：使我了解到
　　　　冒冒失失有時反倒有利，
　　　　而深思熟慮沒有效果；可見
　　　　有天意雕琢我們的命運，　　　　　　　　　10
　　　　無論我們如何去塑造——

何瑞修　　　　　　　　　　　　那當然。

哈姆雷　我從艙房起身，
　　　　披著水手穿的短袍，摸黑
　　　　找到了他們，達成了我的願望，
　　　　偷了他們的包裹，最後回到　　　　　　　　15
　　　　自己的房間，膽子壯了起來，
　　　　因為疑懼而忘記禮節，竟打開了

他們的訓令；在裡面哪，何瑞修——
啊，奸詐的國王！——有明確的指示，
花言巧語講了一大堆理由，　　　　　　　20
爲了丹麥王的安全，還有英王的，
嘿！講到讓我活下去有多可怕，
所以，看到信之後，不得有片刻延誤，
對，連磨刀的時間都省了，
就要把我的頭砍下。

何瑞修　　　　　　　　　　怎麼可能？　　　　25

哈姆雷　訓令在此，有空自己看吧。
　　　　想不想聽我是怎麼對付的？

何瑞修　願聞其詳。

哈姆雷　如此這般被惡棍包圍——
　　　　開場白還來不及在腦裡構思，　　　　30
　　　　戲就上演啦——我坐下來，
　　　　編了個新的訓令，用工整的書法——
　　　　我也曾像一般做官的那樣，
　　　　鄙視工整的書法，還曾努力
　　　　忘掉自己學過的，可是老哥，這回　　35
　　　　它可派上用場了。你想知道
　　　　我寫的內容嗎？

何瑞修　　　　　　　　　想啊，好大人。

哈姆雷　是以國王名義寫一封懇求的信，
　　　　茲因英國乃其忠誠之屬國，

茲因兩國邦誼當如棕葉欣欣向榮，　　　　　40
茲因和平花環必須常戴，以保
兩國繁榮富足、合作無間——
諸如此類偉大的種種茲因，
一旦看到這封信的內容，
不得有片刻耽擱或任何延誤，　　　　　　45
他必須立刻把送信人處死，
不容有時間懺悔。

何瑞修　　　　　　　信怎麼封的？

哈姆雷　欸，就連這也是老天的安排。
我的皮包裡有先父的圖章，
就是丹麥國璽所用的模子。　　　　　　　50
我依樣畫葫蘆把信摺好，
簽了名，蓋了章，把它摺好，
掉包的事神不知鬼不覺。第二天
就是海上打鬥，以後的事
你已經知道了。　　　　　　　　　　　　55

何瑞修　紀思騰跟羅增侃就這麼走了。

哈姆雷　咦，老兄，是他們愛做這件差事。
我的良心沒有不安：他們毀滅
是因為自己鑽營而造成。
地位卑下而想在兩個強敵　　　　　　　　60
無情的刀劍之間穿梭來往，
太危險啦。

何瑞修	哎呀，這是什麼國王！	
哈姆雷	你想想，難道我現在沒有責任——	
	他殺了我父親又姘了我母親，	
	害我當選國王的希望破滅，	65
	還以這種欺詐手段做下陷阱	
	想要我的命——用這隻手臂	
	把這傢伙幹掉，難道不合天地良心？	
	任這個毒瘤繼續擴散，	
	危害人類，難道不怕天譴？	70
何瑞修	他會很快從英國方面知道	
	這件事情後來的結果。	
哈姆雷	是會很快。這段時間還是我的。	
	人生也是彈指間就過了。	
	可是何瑞修啊，我悔不當初	75
	對雷厄提失去了自制；	
	因為將心比心，我可以了解	
	他的心境。我會求他原諒。	
	但他的哀痛未免過分，害我	
	火冒三丈。	
何瑞修	噓！是誰來了？	80

廷臣奧斯瑞上。

奧斯瑞	歡迎殿下回丹麥來。
哈姆雷	先生，愧不敢當。——你認得這隻蜻蜓嗎？
何瑞修	大人，不認得。

哈姆雷	那你就更加有福了，因為認識他是一種罪過。他擁有許多肥沃的土地。一個禽獸若當了禽獸之王，他的食槽也可以擺在國王的餐廳。這是個土財主，不過，如我所說，有泥土萬頃。
	89
奧斯瑞	親愛的殿下，大人若是方便，王上有命，要小的稟告一件事。
哈姆雷	先生，我洗耳恭聽。您的帽子應該好好使用：該戴在頭上。
奧斯瑞	謝謝殿下，天氣很熱。
哈姆雷	不對，聽我說：天很冷，颳著北風。
	95
奧斯瑞	殿下，的確是有點冷。
哈姆雷	然而，我想，對我這種體質，太燥熱了。
奧斯瑞	熱極了，殿下，真是乾燥——像是——我說不上來。殿下，王上要我來奉告，他已經在您身上下了一大筆賭注。大人，是這樣的——
	102
哈姆雷	（打手勢要他戴上帽子）拜託，請您記得[14]——
奧斯瑞	不用了，好大人，這樣舒服，真的[15]。大人，新近宮裡來了雷厄提——的的確確是個完美的君子，有諸般與眾不同的優點，溫文有禮、儀表堂堂。真的，說句公道話，他是紳士風度的模範典型，因為在他身上，紳士想要見到的所有氣質，

14　「記得禮貌」之意。是要屬下戴帽子的慣用說法（Norton）。
15　以下灰底部分為對開本（F）所無。

	可謂應有盡有。	111
哈姆雷	先生，您對他的描述可謂盡善盡美，雖則若是把他的特質一一臚列，會令人目不暇給、忘其所以、望塵莫及。然而，說句由衷的讚美，我認爲他的優點不勝枚舉，他的內在氣質十分高貴，老實說，能跟他一樣的，只有他鏡子裡的身影，誰想要亦步亦趨地追隨，不過是東施效顰而已[16]。	
奧斯瑞	殿下您對他的評語可謂恰到好處。	121
哈姆雷	您的尊意是——？幹嘛用這種辭不達意的言詞來包裝這位先生？	
奧斯瑞	大人的意思是說？	
何瑞修	換了別的講法，就聽不懂啦？您還是可以聽懂的，眞的。	126
哈姆雷	爲何提起這位先生的大名？	
奧斯瑞	雷厄提嗎？	
何瑞修	他的錢包已經掏空，所有黃金字眼都用光了。	130
哈姆雷	就是他，先生。	
奧斯瑞	我知道大人不是不知——	
哈姆雷	但願如此。不過老實講，您的證明我並不希罕。說吧，大人[17]。	
奧斯瑞	大人不是不知雷厄提本領有多高強——	135

16 哈姆雷故意模仿奧斯瑞裝模作樣的語言。
17 哈姆雷故意打斷奧斯瑞的話（見下一行），使奧斯瑞的話變成：我知道大人不是無知。

哈姆雷	那我倒不敢講，免得說是我要跟他比較高下[18]； 然而，真要了解別人，必須先了解自己。	
奧斯瑞	稟大人，我是指他使的那一種兵器；不過，據他 手下人的說法，他是舉世無雙。	
哈姆雷	他使哪一種兵器？	141
奧斯瑞	細劍和匕首。	
哈姆雷	那是兩種兵器囉。也罷。	
奧斯瑞	王上已經跟他賭下六匹巴伯里駿馬[19]，據我所知， 他也相對質押了六套法國細劍和匕首，外加所有 配搭，像是腰帶、掛帶等等。其中三副臺架真的 是極為賞心悅目，和劍柄極為相稱——精緻無比 的臺架——設計之妙巧奪天工。	150
哈姆雷	您說的臺架是什麼？	
何瑞修	我早料到您非參考注釋不可[20]。	
奧斯瑞	回大人，所謂臺架就是掛帶。	154
哈姆雷	假如我們的兩腰掛得住大砲，說是臺架還有道理 ——不然還是應該講掛帶。說下去吧。六匹巴伯 里駿馬賭上六套法國細劍、配搭，還有三副設計 巧妙的臺架——這是法國賭注對丹麥賭注。為什 麼要這樣——「質押」，照您講的？	161

18　哈姆雷的意思是：唯高明之士才能欣賞別人的高明（見各家注）。

19　**巴伯里駿馬（Barbary horse）**：原產於阿拉伯，以快速著名，極為昂
　　貴；後由詹姆士一世引進英國（Arden, NCS）。

20　本行為對開本（F）所無。

奧斯瑞	稟大人，王上已經下了注，大人，說是您和雷厄提比上十二個回合，他贏您的勝差不會超過個三回合；而他賭十二回合九勝[21]。而且馬上就可以比賽，只等殿下您答應一句話。 166
哈姆雷	如果我答應一句不呢？
奧斯瑞	大人，我的意思是，如果您接受挑戰的話。
哈姆雷	先生，我會在這個大廳裡活動。去稟告王上，現在正是我的運動時間。如果把劍拿來，那位仁兄願意，王上的心意也不變，我會盡力替他打贏；否則，大不了是自己丟臉，多挨那幾下而已。 175
奧斯瑞	我可否照您的話去回稟？
哈姆雷	意思是這樣，先生，隨你怎麼舌粲蓮花都行。
奧斯瑞	小的願聽憑殿下吩咐。
哈姆雷	豈敢。 奧斯瑞下。 180 他還是聽自己的吩咐才好，沒有別的舌頭可以代替。
何瑞修	這隻鴝，頭上帶著蛋殼跑掉了[22]。
哈姆雷	牠吃奶之前倒是對奶頭禮貌十足。我知道，這個好壞不分的時代崇拜他——以及許多同樣的貨

---

21 照前半句的說法，雷厄提只需八勝，勝差即可「超過三回合」，與這後半句不符。Oxford 注：到底賭法如何，可能莎士比亞也沒弄清楚；清楚的是：國王以激將法羞辱哈姆雷，使他接受挑戰，而且讓雷厄提至少有五次機會致哈姆雷於死（因為哈姆雷至少要贏五回合，比武才會結束）。但，也可能是奧斯瑞講錯了（參見Arden注）。

22 鴝在孵出幾個小時之內就會離巢；俗語以此喻躁進青年（見各家注）。

色。他們只因爲聽得多了，學會別人的調調，堆
起了泡沫，竟也能在最挑剔的人物當中，站得住
腳；其實只消對他們吹一口氣，泡沫就破了[23]。　191

　　　　　　　　　　　　　　　　　　　一廷臣上。

廷臣　大人，王上剛才派年輕的奧斯瑞來看您，奧斯瑞
回話，說您在大廳迎駕。王上派我來問，不知道
您是否還願意跟雷厄提比武，還是說，需要過一
段時間。　196

哈姆雷　我的決心沒有改變，聽憑王上吩咐。只要他方
便，我隨時都可以。無論現在或什麼時候，只要
我跟現在一樣強健。

廷臣　王上和王后他們這就過來。　200

哈姆雷　歡迎之至。

廷臣　王后希望您在比武之前，跟雷厄提客客氣氣打招
呼。

哈姆雷　謹遵母后指教。　　　　　　　　　　廷臣下。

何瑞修　您會輸的，大人。　205

哈姆雷　我想不會。自從他去了法國之後，我一直都在練
習。我占了便宜，會贏的[24]。你不知道我心裡有
多難受；不過沒關係。

何瑞修　不行，大人。　210

哈姆雷　只是胡思亂想而已。這種疑慮或許會使女人不安

23　以下灰底部分爲對開本（F）所無。
24　**占了便宜**：指他只需在十二回合中贏五回合即可。

吧。

何瑞修　如果您心裡不願意，就別勉強。我去叫他們別
　　　　來，說您沒有準備好。

哈姆雷　沒有的事！咱家偏不信邪。一隻麻雀掉下也有特
　　　　別的天意。注定是要現在，不會等到未來；若
　　　　不是未來，就會是現在；若是現在不來，將來
　　　　也免不了。但求有備而已。既然沒有人知道他
　　　　留下的世界會變得如何，早點結束又怎麼樣？
　　　　不說了[25]。　　　　　　　　　　　　　　　　　220

　　　　　　一張桌子已經擺好。有喇叭手、鼓手，軍官攜
　　　　　　坐墊。國王、王后、雷厄提、奧斯瑞，以及
　　　　　　文武百官，隨扈攜鈍劍、匕首，上。

國王　　過來，哈姆雷，過來，來跟他握手。

哈姆雷　先生，請您賜諒。我對不起您；
　　　　但您是君子，還請原諒。
　　　　在場列位都知道，您一定也聽說了，
　　　　我受到天譴，精神嚴重失常。　　　　　　　　225
　　　　我做的事
　　　　如果激發了您的天性、榮譽以及不滿，
　　　　我要在此聲明，是發瘋所致。
　　　　哈姆雷得罪了雷厄提？哈姆雷絕對沒有。
　　　　假如說哈姆雷精神錯亂，　　　　　　　　　　230

───────────────

25　「不說了」（Let be）是對開本（F）所無。

在失去理智的時候得罪雷厄提，
那不能算在哈姆雷頭上，哈姆雷要否認。
那是誰做的呢？是他的瘋病。這樣，
哈姆雷也是一個受害者；
瘋狂與可憐的哈姆雷為敵。　　　　　　235
先生，當著大家的面，
我否認有過任何不良的居心。
請以最寬大的心胸原諒我，
算是我一箭射過了房屋，
傷到自家兄弟。

雷厄提　　　　　　　感情上我可以就此算了，　　235 240
雖然在這件事上感情最是鼓動我
要報仇；不過從榮譽方面來說，
我還是無動於衷，絕不善罷甘休，
除非有德高望重的大老出面，
一言九鼎，同時有講和的前例，　　　245
能保住我的名聲。但是在那之前，
我把您的友愛當作友愛來接受，
不會對不起它。

哈姆雷　　那就太好了，
我毫無芥蒂地作這場兄弟之爭。——
鈍劍拿過來。　　　　　　　　　　250

雷厄提　　來，給我一把。

哈姆雷　　我來陪你練劍，雷厄提。我的淺陋

襯托出你的高強，像漆黑夜裡的一顆明星，
光耀如火。

雷厄提　　　　　　先生，您是在取笑我。

哈姆雷　我舉手發誓，沒有。　　　　　　　　　　255

國王　把鈍劍發給他們，奧斯瑞小將。哈姆雷賢侄，
你可知道賭注？

哈姆雷　　　　　　　清楚得很，大人。
陛下押注在較弱的一邊了。

國王　我不擔心。我見識過兩位的劍術，
但他名氣比較響亮，朕才要他相讓。　　　　260

雷厄提　這一把太重。我試試另一把。

哈姆雷　這把很順手。這些劍，長短都一樣吧？

奧斯瑞　是的，大人。　　　　　　　　　　*兩人預備。*
　　　　　　　　　　　僕從攜酒壺上。

國王　把酒壺給我擺在那張桌上。
如果哈姆雷先得了一分或兩分，　　　　　　265
或是第三回合反擊成功，
就命令碉堡一齊放砲：
朕要喝一杯祝哈姆雷愈戰愈勇，
還要在杯子裡投下一顆大珍珠，
價值超過丹麥四代國王　　　　　　　　　　270
王冠上所鑲的──酒杯拿過來──
讓鼓聲傳話給喇叭，
喇叭告訴外面的砲手，

	大砲告訴天，天告訴地，
	「國王爲哈姆雷乾杯」。來，開始。　　　　275
	你們這些裁判，眼睛擦亮點。
哈姆雷	先生，請。
雷厄提	殿下，請。　　　　　　　　　比武開始。
哈姆雷	一擊！
雷厄提	沒有。　　　　　　　　　　　　　　280
哈姆雷	請裁判。
奧斯瑞	一擊，非常明顯的一擊。
雷厄提	好吧，再來。
國王	停——拿酒來。哈姆雷，這顆珍珠是你的了。
	這一杯祝你健康。　　　鼓聲；喇叭聲；砲聲。
	把這杯酒給他。　　　285
哈姆雷	我先把這一回合比完。酒暫時擺著。
	來。　　　　　　　　　兩人再比武。
哈姆雷	又一擊。您說呢？
雷厄提	我承認。
國王	咱們的兒子會贏。
王后	他很壯，連氣都不喘[26]。　　　290
	過來，哈姆雷，用我的手帕擦擦臉。
	母后這杯祝你好運，哈姆雷。

26　**他很壯，連氣都不喘**：原文是 He's fat, and scant of breath。各家對此注
　　解不一。中譯從David Daniell, *The Language of Hamlet*（1994）之說。
　　（參見〈緒論〉第四節之「結語」。）

哈姆雷	好夫人。
國王	葛楚，不要喝！
王后	對不起，陛下，我要喝。	295

　　　　　　　　喝酒，然後要把杯子遞給哈姆雷。

國王	（旁白）那是毒酒。已經來不及了。
哈姆雷	夫人，我還不敢喝——等一下吧。
王后	來，讓我替你擦擦臉。
雷厄提	陛下，我現在要擊中他了。
國王	我看辦不到。
雷厄提	（旁白）然而這幾乎違背我的良心。	300
哈姆雷	雷厄提，來吧，第三回合。別拖時間。
	拜託你，使出你的狠招數吧。
	恐怕你是在逗著我玩。
雷厄提	這可是你說的。來吧。　　　兩人再比。
奧斯瑞	雙方都沒有擊中。	305
雷厄提	（偷襲）看劍！

雷厄提刺傷哈姆雷；之後，打鬥間，兩人互換了劍。

國王	把他們拉開；他們動肝火了。
哈姆雷	不行，再來呀！　　刺傷雷厄提。王后倒地。
奧斯瑞	喝！快看王后！
何瑞修	兩人都流血了。怎麼樣了，大人？	310
奧斯瑞	怎麼了，雷厄提？

雷厄提	哎，我上了自己的圈套，成了那笨鳥[27]。
	我是死有應得，被自己的陰謀所害。
哈姆雷	王后怎麼了？
國王	她見他們流血就暈過去了。
王后	不！不！是酒，是那酒！啊我親愛的哈姆雷！　315
	是酒，是酒！我中毒了。　　　　王后死。
哈姆雷	啊卑鄙！喝！把門鎖上！　　　奧斯瑞下。
	有陰謀！要找出來！
雷厄提	就在這裡，哈姆雷。哈姆雷，你死定了[28]。
	世界上沒有仙丹救得了你；　　　　　　320
	你最多只能再活半個鐘頭了。
	陰險的工具就在你手裡，
	劍頭尖尖，還淬了毒。陰謀
	已經反過來對付我。瞧，我躺在這裡
	再也起不來。你母親是中毒的。　　　325
	我撐不下去了。國王——都要怪國王。
哈姆雷	劍尖還淬了毒！毒藥啊，去完成你的使命！
	刺傷國王。
眾人	叛逆！叛逆！
國王	啊來保護我，朋友們。我只是受了傷。

27　俗話有「捕鳥反而落入自己圈套」以及「套索捕山鷸」；雷厄提把兩句合併，有乃父之風（Oxford）。

28　這時候，雷厄提與哈姆雷的心結已解，兩人開始用比較親近的「你」（thou）相稱。

哈姆雷　　　 唔，你這亂倫、謀殺、該死的丹麥王[29]，　　　　330
　　　　　　　 喝下這毒酒。你的珍珠還在嗎[30]？
　　　　　　　 跟我母親珠聯璧合去吧。　　　　　　　國王死。
雷厄提　　　　　　　　　　　　　他是罪有應得。
　　　　　　　 那毒藥是他親自調配的。
　　　　　　　 高貴的哈姆雷，讓我們互相寬恕吧。
　　　　　　　 我和我父親的死都不怪你，　　　　　　335
　　　　　　　 你也別怪我。　　　　　　　　　　　　　　死。
哈姆雷　　　　 願上天赦免你的罪。我跟你去。
　　　　　　　 我死定了，何瑞修。可憐的王后，永別了！
　　　　　　　 各位看到這場不幸而大驚失色，
　　　　　　　 其實你們只是這一幕戲的觀眾，　　　　　340
　　　　　　　 我若還有時間——但死亡這殘忍的捕頭
　　　　　　　 勾拿人命毫不留情——否則我可以告訴你們——
　　　　　　　 不過，算了。何瑞修，我快死了，
　　　　　　　 你還活著。把我的行為和理由，正確地
　　　　　　　 告訴不明就裡的人。
何瑞修　　　　　　　　　　　　沒有這種事。　　　　　345
　　　　　　　 我情願學古羅馬人，不做丹麥人[31]。

29　稱國王爲「你」，而不用比較尊敬的「您」（you），表示哈姆雷的憤
　　 怒與不齒。

30　**珍珠**：原文是union，另有「團圓」之意。珍珠是國王下毒的工具；團
　　 圓則諷刺國王跟王后死在一起，如下一行所示（參見各家注）。

31　古羅馬人寧可自殺也不願苟且偷生（見各家注）。

這裡還剩一些酒。

哈姆雷 你要是個男子漢，

就把杯子給我。放手，我一定要。

天哪，何瑞修，事情要是這樣

不明不白，我會留下什麼樣的汙名。　　　　　350

如果你是真心對待我，

請別急著到極樂世界，

要忍痛活在這殘酷的人間，

述說我的故事。後臺傳出遠遠的行軍聲音與砲聲。

那是什麼戰鬥的聲音？

奧斯瑞上。

奧斯瑞 是小符廷霸，他從波蘭凱旋而歸，　　　　　355

向來自英格蘭的使節鳴放了

一陣禮砲。

哈姆雷 啊，我快要死了，何瑞修。

猛烈的毒藥即將奪走我的性命。

我等不到來自英國的消息，

但我預言，推舉出來的新王會是　　　　　360

符廷霸。他有我臨終的支持。

因此你要告訴他，事情的本末，

才會引起──別的不提了。　　　　　*死。*

何瑞修 一顆高貴的心碎了。晚安，親愛的王子，

願結隊的天使高歌護送你安息。　　　　　365

後臺有行軍的聲音。

為什麼鼓聲向著這裡來？

符廷霸、英國使節、帶著軍鼓、軍旗的兵士上。

符廷霸　　　這是什麼景象啊？

何瑞修　　　　　　　您想要看什麼？
若是想看人間慘劇，不必到他處尋找。

符廷霸　　　這堆死屍表示有過屠殺。得意的死神哪，
你那永恆的地府要辦什麼酒席，　　　　370
竟然一下子把這麼多王公貴人
這麼血淋淋地宰殺？

使節甲　　　　　　　　慘不忍睹；
我等帶自英國的消息來遲了。
該聽我們報告的耳朵已經不靈，
沒法告訴他他的命令已經執行，　　　　375
羅增侃與紀思騰已經死了。
我們要向誰去討賞呢？

何瑞修　　　　　　　　不會是他，
就算他還活著，能感謝你們。
他從沒有下令要他們的命。
不過，既然這裡才發生了血腥事件，　　380
您就從波蘭戰爭，您從英國，
來到這裡，先下令把這些屍體
擺在高高的平臺上，讓眾人憑弔，
容我向還不知情的世人訴說
整個事情的來龍去脈。你們會　　　　　385

聽到淫蕩、血腥、亂倫的行爲，
聽到巧合的報應、意外的屠殺，
聽到死亡的陷阱和捏造的理由，
而，到頭來，居心不良的後果
落在設計者的頭上。這一切我可以　　　　　390
據實報導。

符廷霸　　　　　　我們迫不及待想聽，
請把地位最高貴的請來。
我呢，我以哀慟的心情擁抱運氣。
記得我在這個國家還有一些權利，
現在提出要求，正是大好時機。　　　　　395

何瑞修　關於這一點我也要替他發言──
那個人的意見會有影響力。
不過，既然現在人心惶惶，
這件事還請立刻處理，以免陰謀
和錯誤造成更多不幸。

符廷霸　　　　　　　　　派四名軍官　　　　400
以軍禮把哈姆雷抬到高處。
他如果有機會，一定可以
成爲賢明的君主；他的告別式上，
要用軍樂和戰鬥禮儀
高聲替他發送。　　　　　　　　　　　405
把屍體抬起來。像這種場面，
只適合戰場，本不該在此出現。

去，命令士兵鳴砲。

　　眾人抬著屍體，齊步下；隨後有砲聲響起。

【劇終】

重要參考書目

一、參考版本

Bates, Jonathan and Eric Rasmussen, eds.

  2007 *William Shakespeare: Complete Works* (New York: Random House).

Bevington, David, ed.

  1992 *The Complete Works of William Shakespeare*. Fourth Ed.(New York: HarperCollins).

  1988 *Hamlet*, by William Shakespeare (Toronto: Bantam Books, The Bantam Shakespeare).

Edwards, Philip, ed.

  1985 *Hamlet, Prince of Denmark*, by William Shakespeare (The New Cambridge Shakespeare. Gen. Ed. Philip Brockbank. Cambridge: Cambridge UP) .

Greenblatt, Stephen. ed.

1997　*Hamlet. The Norton Shakespeare Based on the Oxford Edition* (Gen. Ed. Stephen Greenblatt. New York: W.W. Norton, 1659-66).

Hibbard, G. R., ed.

1987　*Hamlet* (The Oxford Shakespeare. Oxford: Oxford UP).

Jenkins, Harold, ed.

1982　*The Tragedy of Hamlet, Prince of Denmark* (The Arden Edition of the Works of William Shakespeare. London and New York: Methuen).

Lott, Bernard, ed.

1970　*Hamlet*. By William Shakespeare (New Swan Shakespeare. London: Longman).

Shakespeare, William.

1603　*Hamlet, First Quarto* (Menston, England: The Scolar P, 1969).

1605　*Hamlet, Second Quarto* (Menston, England: The Scolar P, 1969).

1623　*Hamlet, The Text of the First Folio* (Menston, England: The Scolar P, 1969).

二、臺灣可見《哈姆雷》中文譯本

卞之琳，譯

1999　《莎士比亞四大悲劇（新譯本）》，上冊（臺北：貓

頭鷹出版社）。

方平，主編

　2000　《新莎士比亞全集》（臺北：貓頭鷹出版社）。

朱生豪，虞爾昌，譯。

　1966　《莎士比亞全集》（臺北：世界書局）。

朱生豪，譯

　1980　《莎士比亞全集》（臺北：河洛書局）。

　1981　《莎士比亞全集》（臺北：國家書局）。

利文祺，譯

　2008　《哈姆雷特》（臺北：波詩米亞工作室）。

孫大雨，譯

　1999　《莎士比亞四大悲劇》（臺北：聯經出版公司）。

梁實秋，譯

　1967　《莎士比亞全集》（臺北：遠東圖書公司）。

三、其他引用書目（相關評論及其他莎士比亞譯本）

中文：

王婉容

　2000　〈莎士比亞與臺灣當代劇場的對話〉，彭鏡禧主編，
　　　　《發現莎士比亞》，頁337-47。

王淑華

　2001　〈眾聲喧譁裡的莎士比亞〉，《中外文學》20:10 (3
　　　　月)：118-27。

朱生豪

1944　〈莎士比亞全集譯者自序〉，《中華雜誌》（重印）
2:8 (1964)：19。

朱生豪、虞爾昌，譯

1996　《莎士比亞全集》（中英對照）39冊（臺北：世界書
局）。

朱立民

1993　《愛情・仇恨・政治──漢姆雷特專論及其他》（臺
北：三民書局，7月）。

利文祺，譯

2008　《羅密歐與朱麗葉》（臺北：波詩米亞工作室）。

利文祺，譯

2009　《暴風雨》（臺北：波詩米亞工作室）。

呂健忠，譯

1999　《馬克白（逐行注釋新譯本）》（臺北：書林）。

宋美瑩，譯

2007　《推理莎士比亞》（*Will in the World*）。葛林布萊
（Stephen Greenblatt）原著（臺北：貓頭鷹出版社）。

宋清如

1983　〈關於朱生豪譯述《莎士比亞全集》的回顧〉，《社
會科學》（上海社會科學院）1：78-81。

李啓範

2000　〈中（漢）譯莎士比亞戲劇的問題〉，《文山評
論》（臺北：國立政治大學英國語文學系）1:4（10

月）：153-87。

李魁賢，譯

1999　《暴風雨》（臺北：桂冠）。

周兆祥

1981　《漢譯〈哈姆雷特〉研究》（香港：中文大學出版社）。

林紓、魏易，譯

1904　《英國詩人吟邊燕語》（上海：商務印書館）。

林璟南

2000　〈戲劇寫作與作者身份——以莎士比亞為例〉，彭鏡禧主編，《發現莎士比亞》，頁349-74。

孟憲強

1994　《中國莎學簡史》（長春：東北師範大學出版社）。

胡耀恆

2000　〈我對《漢姆萊脫》的三點看法〉，彭鏡禧主編，《發現莎士比亞》，頁163-80。

2001　〈中國莎劇研究的里程碑〉，楊世彭編譯，《仲夏夜之夢》，頁10-11。

夏翼天，譯

1961　《朱立奧該撒》[含《卡麗歐黎納士》]（臺北：廣文書局）。

清如[宋清如]

1946　〈介紹生豪〉（原題〈譯者介紹〉），《中華雜誌》2:8：20-22。

曹樹鈞、孫福良

1989　《莎士比亞在中國舞臺上》（哈爾濱：哈爾濱出版社，1994重印）。

梁實秋

1963　〈關於莎士比亞的翻譯〉，《文星》80：33-38。

1967　〈翻譯莎氏全集後記〉，《書目季刊》2:1：75-77。

陳冠學

1998　《莎士比亞識字不多？》（臺北：三民書局）。

陳淑芬

〈王生善與莎士比亞戲劇的演出——以《李爾王》為例〉，《美育》105：43-46。

彭鏡禧

1998　〈「據實以告」：《哈姆雷》的文本與電影〉，《電影欣賞》16:1（1月）：19-23。

1998　〈言為心聲：《哈姆雷》劇中柯勞狄的語言及其兩段獨白的中譯〉，《中外文學》27:7（12月）：94-120。

1999a　〈拼湊哈姆雷〉，《西洋文學大教室》，彭鏡禧主編（臺北：九歌），頁176-207。

1999b　〈莎劇中譯本概述：臺灣篇〉，《中外文學》28:2（7月）：149-64。

2000　《發現莎士比亞：臺灣莎學論述選集》（主編）（臺北：貓頭鷹出版社）。

2001　〈《哈姆雷的戲劇語言》，《中外文學》30:4（9

月）：148-82。

2006　《威尼斯商人》[*The Merchant of Venice*]（譯）（臺北：聯經出版公司）。

2009　《與獨白對話：莎士比亞獨白研究》（臺北：書林）。

2012　《量・度》[*Measure for Measur*e]（譯）（臺北：聯經出版公司）。

黃美序，譯、編

1987　《李爾王》，《中外文學》16:2（7月）：72-112。

黃國彬，譯注

2013　《解讀哈姆雷特──莎士比亞原著漢譯及詳注》（北京：清華大學出版社）。上下兩冊。

黃偉儀

1999　〈「發現莎士比亞」──香港、殖民、劇場〉，《中外文學》28:1（6月）：6-19。

楊世彭，譯

1982　《馴悍記》，《中外文學》11:2（7月）：72-131。

楊世彭，編譯

2001　《仲夏夜之夢》（臺北：貓頭鷹出版社）。

2002　《李爾王》（新北市新店：木馬文化）。

楊牧，譯

1999　《暴風雨》（臺北：洪範）。

劉蘊芳，譯

1999　《莎士比亞》。F.E.哈勒岱（F.E. Halliday）原著（臺北：貓頭鷹出版社）。

顏元叔

1984a 〈《哈姆雷特》的評論（上）〉，《中外文學》
12:11（4月）：44-90。

1984b 〈《哈姆雷特》的評論（下）〉，《中外文學》
12:12（5月）：4-15。

英文：

Aldus, P.J.

1977 *Mousetrap: Structure and Meaning in* Hamlet (Toronto:
U of Toronto P).

Berson, Misha

1997 "A Gallery of Princes to Remember," "Movie Reviews &
News," *The News-Times*, January 27.

Bevington, David

1980 ed. *Hamlet*, By William Shakespeare (New York: Bantam
Book).

1992 "Introduction to *Hamlet*." *The Complete Works of William
Shakespeare*, Ed. David Bevington, Fourth Ed. (New
York: HarperCollins).

Booth, Stephen

1995 "On the Value of *Hamle*t." In Kastan, *Critical Essays on
Shakespeare's* Hamlet, pp.19-42.

Branagh, Kenneth

1996a dir. *Hamlet*, by William Shakespeare(Castle Rock

Entertainment).

1996b   Hamlet: *Screenplay, Introduction and Film Diary* (New York and London: W.W. Norton).

Brennan, Anthony

1989   *Onstage and Offstage Worlds in Shakespeare's Plays* (London: Routledge).

Burnett, Mark Thornton

1996   "'For they are actions that a man might play': Hamlet as Trickster," *Hamlet*. Eds. Peter J. Smith and Nigel Wood (Buckingham: Open UP), pp. 24-54.

Cantor, Paul

1989   *Shakespeare: Hamlet* (Cambridge: Cambridge UP).

Cartwright, Kent

1991   *Shakespearean Tragedy and Its Double: The Rhythms of Audience Response* (University Park: The Pennsylvania State UP).

Charney, Maurice

1969   *Style in* Hamlet (Princeton: Princeton UP).

1988   *Hamlet's Fictions* (New York: Routledge).

Cohen, Michael

1989   Hamlet *in My Mind's Eye* (Athens: The U of Georgia P).

Daniell, David

1995   *The Language of* Hamlet (London: U of London).

Derrida, Jacques

2001   "What Is a 'Relevant' Translation?" *Critical Inquiry* 27.2 (Winter):174-200 (Tr. Lawrence Venturi).

Dodsworth, Martin

1985   *Hamlet Closely Observed* (London: The Athlone P).

Doran, Madeleine

1976   *Shakespeare's Dramatic Language.* Madison: The U of Wisconsin P).

Evans, Ifor

1959   *The Language of Shakespeare's Plays* (London: Methuen).

Ewbank, Inga-Stina

1995   "*Hamlet* and the Power of Words." In Kastan, *Critical Essays on Shakespeare's* Hamlet, pp.56-78.

Ferguson, Margaret W.

1995   "*Hamlet*: letters and spirits." In Kastan, *Critical Essays on Shakespeare's* Hamlet, pp.139-155.

Greenblatt, Stephen

1997   "Introduction to *Hamlet, *" *The Norton Shakespeare Based on the Oxford Edition* (Gen. Ed. Stephen Greenblatt).

1997   Gen. Ed., *The Norton Shakespeare Based on the Oxford Edition* (New York: W.W. Norton).

2001   *Hamlet in Purgatory* (Princeton: Princeton UP).

2005   *Will in the World: How Shakespeaere Became Shakespeare* (N.Y.: W.W. Norton).

Gross, Kenneth

2001　*Shakespeare's Noise* (Chicago: U of Chicago P).

Halio, Jay L.

1988　*Understanding Shakespeare's Plays in Performance* (Manchester: Manchester UP).

Hansen, William F.

1983　*Saxo Grammaticus & the Life of* Hamlet (Lincoln and London: U of Nebraska P).

Hapgood, Robert

1999　"Introduction." *Hamlet, Prince of Denmark*, ed. Robert Hapgood (Cambridge: Cambridge UP), pp. 1-96.

Holden, Anthony

1999　*William Shakespeare, the Man behind the Genius: a Biography* (Boston: Little, Brown, and Co.).

Holderness, Graham

1987　*Hamlet* (Milton Keynes, England: Open UP).

Houston, John Porter

1988　*Shakespearean Sentences: A Study in Style and Syntax* (Baton Rouge: Louisiana State UP).

Kastan, David Scot, ed.

1995　*Critical Essays on Shakespeare's* Hamlet (New York: G.K. Hall).

Kermode, Frank

2000　*Shakespeare's Language* (New York: Farrar, Straus and

Giroux).

Kerrigan, John

1996 *Revenge Tragedy: Aeschylus to Armageddon* (Oxford: Clarendon P).

Kerrigan, William

1994 *Hamlet's Perfection* (Baltimore: The Johns Hopkins UP).

Maher, Mary Z.

1992 *Modern Hamlets & Their Soliloquies* (Iowa City: U of Iowa P).

MacCary, W. Thomas

1998 Hamlet: *A Guide to the Play* (Westport, Connecticut: Greenwood P).

McGee, Arthur

1987 *The Elizabethan Hamlet* (New Haven: Yale UP).

Newel, Alex

1991 *The Soliloquies in* Hamlet—*The Structural Design* (Rutherford, N.J.: Fairleigh Dickinson UP).

Nochimson, Richard L.

1995 "The Establishment of Tragic and Untragic Patterns in the Opening Scenes of *Hamlet, Macbeth, Antony and Cleopatra,* and *Troilus and Cressda.*" In *Entering the Maze: Shakespeare's Art of Beginning.* Ed. Robert F. Wilson, Jr. (New York: Peter Lang), pp. 75-94.

Olivier, Laurence

1948   dir. *Hamlet*, by William Shakespeare (Two Cities Film).

Pennington, Michael

1996 Hamlet: *A User's Guide* (New York: Limelight Editions).

Perng, Ching-Hsi [彭鏡禧]

1996   "Dramatic Effect and Word Order in Translation: Some Examples from *Hamle*t," *Tamkang Review* 27:2 (Winter) 209-27.

2005   "Chinese *Hamlets*: A Centenary Review." In *Multicultural Shakespeare: Translation, Appropriation, Performance*. Vol. 2. Eds. Krystyna Kujawinska Courtney and Yoshiko Kawachi (Poland: Lødz UP). 51-62.

2011   *Dialogue with Monologue: A Study in Shakespearean Soliloquy* (Taipei: Bookman)。

2013   "Here Is for Thy Pains: Translating *Hamlet* into Chinese." In *The Dancer and the Dance: Essays in Translation Studies*. Eds. Laurence K. P. Wong and Chan Sin-wai (Newcastle upon Tyne: Cambridge Scholars Publishing). 131-41.

Preminger, Alex, and T.V.F. Brogan, co-eds.

1993   *The New Princeton Encyclopedia of Poetry and Poetics* (Princeton: Princeton UP).

Righter, Anne

1962   *Shakespeare and the Idea of the Play* (Harmondsworth, Middlesex: Penguin Books).

Rothwell, Kenneth S. and Melzer, Annabelle Henkin

    1990   *Shakespeare on Screen: An International Filmography and Videography* (New York and London: Neal Schuman).

Sanford, Wendy Coppedge

    1967   *Theater as Metaphor in* Hamlet (Cambridge, Mass.: Harvard UP).

Stoppard, Thomas

    1967   *Rosencrantz and Guildenstern Are Dead* (London: Faber).

Snyder, Susan

    1979   *The Comic Matrix of Shakespeare's Tragedies*: Romeo and Juliet, Hamlet, Othello, *and* King Lear (Princeton: Princeton UP).

Thompson, Ann, and Neil Taylor

    1996   *William Shakespeare*: Hamlet (Plymouth: Northcote House).

Taylor, Neil

    1994   "The Films of *Hamlet.*" In *Shakespeare and the Moving Image: The Plays on Film and Television.* Eds. Anthony Davis and Stanley Wells (Cambridge: Cambridge UP).

Thorne, Alison

    2000   *Vision and Rhetoric in Shakespeare: Looking through Language* (New York: St. Martins P).

Vickers, Brian

    1968   *The Artistry of Shakespeare's Prose* (London: Methuen).

1993   *Appropriating Shakespeare: Contemporary Critical Quarrels* (New Haven: Yale UP).

Waters, D. Douglas

1994   *Christian Settings in Shakespeare's Tragedies* (Rutherford: Fairleigh Dickinson UP).

Willbern, David

1997   *Poetic Will: Shakespeare and the Play of Language* (Philadelphia: U of Pennsylvania P).

Willson, Robert F., Jr., ed.

1995   *Entering the Maze: Shakespeare's Art of Beginning* (New York: Peter Lang).

Zeffirelli, Franco, dir.

1990   *Hamlet*, by William Shakespeare (Sovereign Pictures).

聯經經典

哈姆雷 修訂版

2014年2月二版　　　　　　　　　　　　　　定價：新臺幣320元
2016年2月二版二刷
有著作權・翻印必究
Printed in Taiwan.

原 著 者	莎 士 比 亞	
譯 注 者	彭 鏡 禧	
總 編 輯	胡 金 倫	
總 經 理	羅 國 俊	
發 行 人	林 載 爵	

出　版　者	聯經出版事業股份有限公司
地　　　址	台北市基隆路一段180號4樓
編輯部地址	台北市基隆路一段180號4樓
叢書主編電話	(02)87876242轉211
台北聯經書房	台北市新生南路三段94號
電　　　話	(02)23620308
台中分公司	台中市北區崇德路一段198號
暨門市電話	(04)22312023
郵政劃撥帳戶	第0100559-3號
郵撥電話	(02)23620308
印　刷　者	世和印製企業有限公司
總　經　銷	聯合發行股份有限公司
發　行　所	新北市新店區寶橋路235巷6弄6號2F
電　　　話	(02)29178022

叢書編輯	梅 心 怡
校　　對	吳 美 滿
封面設計	顏 伯 駿

行政院新聞局出版事業登記證局版臺業字第0130號

本書如有缺頁，破損，倒裝請寄回台北聯經書房更換。　ISBN　978-957-08-4338-5 (平裝)
聯經網址 http://www.linkingbooks.com.tw
電子信箱 e-mail:linking@udngroup.com

國家圖書館出版品預行編目資料

哈姆雷 修訂版 / 莎士比亞著 . 彭鏡禧譯注 .
--二版 . --臺北市：聯經，2014年2月
320面；14.8×21公分 . (聯經經典)
譯自：Hamlet
ISBN　978-957-08-4338-5（平裝）
[2016年2月二版二刷]

873.43357　　　　　　　　　103000050